سرديات
أدب الطفل
في قطر

AF727512

سرديات أدب الطفل في قطر

هيا ضابت الدوسري

دار جامعة حمد بن خليفة للنشر
HAMAD BIN KHALIFA UNIVERSITY PRESS

دار جامعة حمد بن خليفة للنشر
صندوق بريد 5825
الدوحة، دولة قطر

www.hbkupress.com

جميع الحقوق محفوظة.

لا يجوز استخدام أو إعادة طباعة أي جزء من هذا الكتاب بأي طريقة دون الحصول على الموافقة الخطية من الناشر باستثناء حالة الاقتباسات المختصرة التي تتجسد في الدراسات النقدية أو المراجعات.

الطبعة العربية الأولى عام 2021

الترقيم الدولي: 9789927151903

تمت الطباعة في بيروت-لبنان.

مكتبة قطر الوطنية بيانات الفهرسة – أثناء – النشر (فان)

الدوسري، هيا ضابت، مؤلف.

سرديات أدب الطفل في قطر / هيا ضابت الدوسري. الطبعة العربية الأولى. – الدوحة : دار جامعة حمد بن خليفة للنشر، 2021.

صفحة ؛ سم

تدمك: 978-992-715-190-3

1. أدب الأطفال العربي -- قطر -- تاريخ ونقد. أ. العنوان.

PJ7585. D39 2021

892.7099536323– dc23

20212803540

شكر وتقدير

وما توفيقي إلا بالله،
الشكر لله من قبل ومن بعد، فهو ملاذي الدائم في هذه الحياة،
وجزيل الشكر إلى من أخفض لهما جناح الذل، جزاء بعض كفاح وصبر، والديَّ الكريمين، وإلى جدتيَّ الكريمتين، لدعواتهما المستمرة التي تحيط بي،
والشكر موصول للمؤسسات الثقافية التي قدمت لي يد العون.

الإهداء

إلى جدي رحمة الله عليه حتى امتداد روحي.

المحتويات

تقـديم

حين قدمت لي الكاتبة هيا ضابت الدوسري كتابها «سرديات أدب الطفل في قطر» لأكتب له تقديمًا، تذكرت مقولة «روسو»، وصيحته التي كانت بمنزلة الاكتشاف: «نحن نجهل الطفولة الجهل كله». هذه المقولة التي فعلت فعلها الساحر في حركية إعادة الاعتبار لذلك الكائن الملائكي، وذلك الوجه الغائب في أدبيات العصور القديمة. وبفعل هذه العبارة صبَّ الغرب اهتمامه على مرحلة الطفولة من جميع النواحي. ومن هنا يُعدُّ كتابه «إميل» من بين المرجعيات البارزة في فلسفة التربية، حتى غدا مصدرًا أساسيًا في معرفة الطفولة، وصيحة جريئة في عصره الذي سيطرت عليه الكنيسة، وساد فيه الفساد.

ومع عصر النهضة بدأت في الوطن العربي حركة مماثلة في الاهتمام بالطفولة، وكان من روادها أحمد شوقي، وعثمان جلال، وكامل كيلاني، ومحمد الهراوي وغيرهم.

ثم امتد هذا الاهتمام من مصر إلى أقطار الوطن العربي، فظهر ما يسمى «أدب الطفل» الذي يخاطب شريحة محددة، لها خصائصها في الفهم والتلقي، وهي شريحة الأطفال.

وكانت قطر من بين تلك الدول التي شهدت حركة ملحوظة واهتمامًا بهذه الشريحة العمرية وبهذا الأدب، فكان من معالم هذا الاهتمام تأسيس «جائزة الدولة لأدب الطفل»، عام 2005 التي انطلقت دورتها الأولى عام 2008، وهي إحدى الجوائز العربية التي تشرف عليها وزارة الثقافة والرياضة.

ثم ظهر جيل من الكتاب القطريين أخذوا يمارسون الكتابة للأطفال باقتدار جيد، ورافق ذلك ظهور جيل من النقاد حملوا على عاتقهم دراسة هذا الأدب، ومقاربة نصوصه، والاشتغال عليه، فكان من هؤلاء النقاد الأستاذة هيا ضابت الدوسري، وكتابها هذا «سرديات أدب الطفل في قطر» الذي نقدمه للقارئ العربي والأجنبي؛ ليجد فيه مادة نقدية، ويتعرف من خلاله على حركة الإبداع في مجال أدب الطفل في قطر.

جاء هذا الكتاب ودولة قطر تشهد حركة نشطة وإبداعية في مجال أدب الأطفال، فكان من المبدعين البارزين حصة يوسف العوضي، ومحمد إبراهيم السادة، ومحمد طالب الدويك، وعبد الرحمن المناعي، وصالح المناعي، وحمد الرميحي، وشمة الكواري، ومريم النعيمي، وغيرهم ممن أثروا الحركة الأدبية عمومًا، وميدان أدب الأطفال على وجه الخصوص.

وقد اختارت الكاتبة موضوعها «سرديات أدب الطفل في قطر» هادفة من خلاله إلى مقاربة النصوص السردية الموجهة إلى الطفل في الأدب القطري، وتحديد مرجعياته، وتحليل بنيته السردية، وتوصيف تمثلاته، واستقصاء بنياته ومكوناته. وقد حاولتْ إعادة النظر في بعض المفاهيم المتداولة؛ فقدمت بذلك دراسة علمية رصينة سيكون لها مكانة متميزة في المكتبة النقدية القطرية في مجال النقد الموجه لأدب الطفل العربي.

وقد اقتضت منهجية التأليف، وطبيعة الموضوع، أن تقدم الكاتبة تمهيدًا، تعرضُ فيه مفهوم أدب الطفل واتجاهاته، ثم تقسم دراستها إلى فصلين. تناولت في الفصل الأول مرجعيات أدب الطفل في قطر، مستعرضة مرجعيات هذا الأدب في الآداب العربية والعالمية المختلفة، في حين خصصت الثاني لتناول الجانب التطبيقي المتمثل في تحليل البنيات السردية لأدب الطفل في قطر وتمثلاتها من خلال جملة من المباحث، وانتهت الدراسة بخاتمة حوصلت فيها الكاتبة نتائج البحث التي جاءت متساوقة مع موضوع الدراسة وإشكاليتها.

وأخيرًا، لا يكفي أن نثمن هذه الدراسة فحسب، بل لنا أن نعُدُّها من الدراسات الرائدة في النقد الأدبي في قطر؛ ذلك أنَّ الدراسات النقدية المتخصصة في مقاربة أدب الطفل، لا تزال في بداياتها، ولا تزال المكتبة العربية على وجه العموم تعاني فراغًا محزنًا في هذا المجال، كما تعاني فراغًا مماثلًا على صعيد الإبداع للأطفال، خصوصًا في بعض الموضوعات الحديثة مثل حقوق الطفل والبيئة والخيال العلمي، وغير ذلك من الموضوعات الجديدة في مجال أدب الطفل العالمي.

العيد جلولي

توطئة

اهتم الكتّاب والرواة في العصر الراهن اهتمامًا شديدًا بأدب الطفل، ولاسيما في العقود الثلاثة الأخيرة، وهذا الاهتمام ظهر جليًا في الأدبيات الغربية؛ وشهد أدب الطفل تحولات كثيرة، أثّرت بصورة مباشرة على مفردات الأدب من جهة، وعلى أشكال السرد من جهة أخرى. وانشغل المهتمون بأدب الطفل بمحاولات تبسيطه، كي يكون مناسبًا للطفل في مراحله العمرية المختلفة.

وبينت الدراسات العربية، أن أدب الطفل شهد بروزًا في بلدان عربية عديدة، ومنها دولة قطر التي أرادت تقريب أدب الطفل للناشئة؛ إلا أن الخطوات لا تزال في بدايتها، وتحتاج إلى تكوين المدونة الأدبية الخاصة بهذا الحقل، إلى جانب تطوير ثقافة الطفل والكتابة له.

ويكتسب أدب الطفل في المجتمع القطري قيمة معتبرة، وكذلك الدراسات في هذا المجال، ما جعلني أختار موضوع **سرديات أدب الطفل في قطر**؛ بهدف مقاربة هذا الموضوع المهم في مجال السرديات المقدمة للطفل في قطر، وإمكانية تأصيلها في المدونة السردية القطرية. من هنا تتحدد الإشكالية: كيف يمكننا تأصيل أدب الطفل وسردياته في قطر؟ من ناحية تحديد مرجعيات أدب الطفل وتحليل بنيته السردية، وتوصيف تمثلاته أيضًا.

تعود الإشكالية التي يطرحها الكتاب إلى شح الدراسات في هذا المجال؛ إذ لم يتطرق إليه أحد في الساحة الأدبية والنقدية في قطر إلا ما ندر، عبر مقالات صحفية أو كتابات ثقافية، على الرغم من الجهود الكبيرة التي تبذلها الدولة في تنمية ثقافة الطفل، وتعزيز أدبه.

وهذا ما دفعني إلى تتبع الكتابات التي تناولت **سرديات أدب الطفل في قطر**، عبر تحديد مرجعياتها واستقصاء بنياتها ومكوناتها، محاولةً إعادة النظر في بعض المفاهيم المتداولة، ورصد التمثلات الحاصلة فيها، ومقاربة نصوصها السردية نظريًا وتطبيقيًا، لأكون بذلك قد أجبت عن الإشكالية المطروحة سابقًا.

واعتمدت في تحقيق كل ما سبق على دراسات سابقة، يمكن إجمالها بحسب قربها من الموضوع المشتغل عليه، ومن تلك الدراسات المشتغلة على البنيات السردية لأدب الطفل نجد:

- كتاب «البنى الحكائية في أدب الأطفال العربي الحديث» لموفق رياض مقدادي- عالم المعرفة، الكويت، 2012. ويقع هذا الكتاب في صلب الدراسات السردية في أدب الطفل، إذ يبدأ بنظرة عامة عن مفهوم أدب الطفل، ثم يركز على المقاربة العربية لهذا المجال، باحثًا في لغته السردية وتنوع الصيغ الحكائية فيه، وتحديد موقع الراوي في هذا الأدب. ولم ينس فاعلية القارئ مع النص السردي، ليفرد ملحقًا مهمًا عن أبرز الأعلام العرب الذين اشتغلوا على هذا التخصص إبداعًا ونقدًا، وهذا ما استفاد منه الكتاب في تمهيده ومقاربته للبنيات الحكائية في أدب الأطفال في قطر.

- دراسة محسن ناصر الكناني، «سحر القصة والحكاية، البحث عن النسغ الصاعد في نصوص حكائية ونصوص قصصية للأطفال»، منشورات اتحاد كتاب سوريا، 2000. وتتخذ هذه الدراسة المهمة من المنجز السردي لأدب الطفل مدخلًا لها في التحليل، إذ قارب فيها مؤلفها العديد من النصوص السردية الموجهة للأطفال مع ربطها بتفاعل النص مع المتلقي، وجاءت في قالب اشتغلتُ عليه في تحليل البنيات السردية لأدب الطفل في قطر.

أما الدراسات التي اختصت بالسرديات في قطر، فعلى الرغم من وجود القليل منها، إلا أنها عرضت تحليلًا لسرديات أدب الطفل في قطر من خلال مقاربات نقدية حديثة، وتوسعت فيها شرحًا وتفصيلًا، ومن تلك الدراسات:

- دراسة حصة يوسف العوضي «العناصر التراثية في قصص الأطفال المقدمة للطفل في الوطن العربي، جمهورية مصر وقطر نموذجًا»، رسالة دكتوراه، قسم الإعلام وثقافة الأطفال، معهد الدراسات العليا للطفولة، جامعة عين شمس، 2017. أشارت فيها الباحثة إلى ما حظي به ميدان قصص الأطفال بعناية كبيرة في الوطن العربي بوصفه مصدرًا أساسيًا في حياة الأطفال، وكذلك سعت إلى تحديد العناصر التراثية في القصص المقدمة للأطفال في الوطن العربي، واستلهامها الأفكار والمضامين من بيئتها.

- دراسة محمد إبراهيم السادة «السردية الشفاهية لقصص الأطفال»، منشورات وزارة الثقافة - الدوحة، 2012. تناول الباحث في فصول كتابه مكانه القصة في الأدب الشعبي من خلال حديثه عن أهمية القص بصورة عامة. ودرس المعايير الواجب توافرها لدى الراوي وأورد تطبيقًا على بعض النصوص وربطها بأفق التلقي للطفل، وتطرق لتجربته الشخصية في هذا النوع الأدبي؛ وتلمس الكاتب من خلال تلك الدراسة البدايات الخاصة بالكتابات المتخصصة في أدب الطفل ونقده في قطر، غير أنه ذهب في العمق أكثر في سرديات أدب الطفل وتحليلها من خلال مقاربات نقدية حديثة.

- دراسة محمد طالب الدويك «القصص الشعبية في قطر»، مركز التراث الخليجي- الدوحة، 1984. وفيها تناول الباحث الأغنية الشعبية، والقصص الشعبية، وجاء كتابه في جزأين: حلل في الجزء الأول القصص الشعبية في قطر، وتطرق في الجزء الثاني إلى القصص التي كان يسمعها من عامة الناس، إذ خرج إلى البوادي والحضر، كي يلتقي بهم في مجالسهم، وعمل على تسجيلها، ومن ثم عرضها على بعض الرواة في المجتمع، فاعتمد بعضها وترك الآخر. وتعين هذه الدراسة في بحث مسألة تأصيل أدب الطفل، لكن كتابي الذي بين أيديكم سيعمد إلى شرح تلك المسألة وتفصيلها والإضافة عليها.

واقتضت منهجية الكتاب تمهيدًا تحت عنوان «**مفهوم أدب الطفل واتجاهاته**»، بهدف تبيان العلاقة بين الأدب عامة، وأدب الطفل خاصة، لأن بينهما علاقة تلازمية، من خلال التعريفات العديدة لكليهما؛ وتوصلت إلى مفهوم عام لأدب الطفل، وذكرت أبرز الاتجاهات المعرفية المتعلقة بأدب الطفل بحسب رؤيتي للموضوع، وكيف انتقلنا منه إلى تحديد مفهوم أكثر حداثة هو سرديات أدب الطفل، وتحديدًا السرديات المرئية والأدب التفاعلي بوصفه امتدادًا للأدب التقليدي المستفيد من الوسائط المرئية، والمنطلق من واقع المتلقي وهو الطفل، انطلاقًا من أنّ الأدب التفاعلي وسردياته جزء من الأدب.

يتناول **الفصل الأول** من الكتاب **مرجعيات أدب الطفل في قطر**، إذ يناقش مفهوم المرجعيات لغة واصطلاحًا، وماذا نقصد به؟ وبعد بيان مفهوم المرجعيات يجري استعراض المرجعيات التاريخية في ثلاثة مباحث، **المبحث الأول** بعنوان **مرجعيات أدب الطفل العالمية**، يتناول تلك المرجعيات بالشرح والتفصيل، والبدايات التي تتصل بها، وأهم محطاتها؛

ويناقش **المبحث الثاني** تحت عنوان **مرجعيات أدب الطفل العربية والإقليمية**، الإرهاصات التي مرَّت بها تلك المرجعيات قديمًا وحديثًا؛ أما **المبحث الثالث**، فيطرح **مرجعيات أدب الطفل في قطر**، بغية تأصيل هذا النوع الأدبي في قطر. واستعنت بما أورده النقاد المهتمون بأدب الطفل في قطر، عن نشأة هذا النوع الأدبي لا سيما القصة الشعبية، إلى جانب نتاج المؤسسات الحكومية والإعلامية والثقافية في هذا المجال.

أما **الفصل الثاني**، وهو الفصل التطبيقي، ويتطرق إلى تحليل **البنيات السردية لأدب الطفل في قطر وتمثلاتها**، من خلال ثلاثة مباحث: **المبحث الأول** بعنوان **البنيات السردية ومكوناتها لأدب الطفل في قطر**، ويتناول البنيات السردية بالشرح والتفصيل، ووصف مكوناتها؛ و**المبحث الثاني** بعنوان **تحليل البنيات السردية لأدب الطفل في قطر**؛ إذ يقارب المدونة السردية القطرية بالمنهج السردي، من خلال تحليل مجموعة من القصص القطرية في مراحلها الزمنية المختلفة (البدايات، والامتداد، والنضج)، مع ذكر أبرز المؤلفين والمؤسسات التي ساهمت في حقل أدب الطفل في الدولة. أما **المبحث الثالث** بعنوان **تمثلات سرديات أدب الطفل في قطر -من الأدب التفاعلي إلى أدب الطفل التفاعلي**، وقدمت فيه رؤية حول ما يسمى بتمثلات البنية السردية، ونقصد بها الأدب التفاعلي، انطلاقًا من مفهوم الأدب التفاعلي وصولًا إلى مفهوم أدب الطفل التفاعلي، وبيان مظاهر الأدب التفاعلي الطفولي في قطر.

أما **الخاتمة** فتعرض أبرز نتائج العمل البحثي، وأهم التوصيات التي رفعتها للجهات الوصية بهدف زيادة الاهتمام بأدب الطفل وسردياته.

ولا بد من الإشارة إلى أن التحضير لهذا الكتاب لم يخلُ من الصعوبات، ومنها شح المصادر والمراجع المتعلقة بهذه الدراسة، وكذلك الصعوبة في لقاء بعض الشخصيات التي أجريت معها مقابلات شخصية؛ إلا أن أكثر الصعوبات التي شكلت عبئًا عليَّ في الفصل الثاني تحديدًا، كانت عند اختياري عينة من القصص القطرية لتحليلها، والكشف عن عناصر السرد فيها؛ وبعد تقسيمها إلى مراحل، كمنت الصعوبة في اختيار العينة وفق عناصر السرد التي قمت بتحليلها.

والحمد لله رب العالمين.

تمهيد

مفهوم أدب الطفل واتجاهاته

مفهوم أدب الطفل واتجاهاته

يمثل الأدب سياقًا إنسانيًا مكتسبًا له مكانة رفيعة وعلى قدر من الأهمية في حياتنا، لما يحمل من قيمة وأثر عميقين في كوامن النفس البشرية بفنونه المتنوعة وأساليبه الإبداعية المختلفة؛ إذ يُعد الأدب التطور الطبيعي والمحاكي لموروث الكتابات، واللغات الإنسانية المسرودة، والمتطورة عنه، بوصفه فنًّا يستمد جانبًا إبداعيًا من الصنعة اللفظية، والمحسنات البديعية والجمالية للكلمة المنطوقة، وجزالة العبارة ومدلولاتها.

ويعد تطور الأدب منذ نشأته بين الأسطورة، والشعر، والقصة، والرواية، صورة إبداعية تضفي بعدًا جماليًا على فن الكلام، واللغة المسرودة، وتعطي عمقًا إبداعيًا في الموسيقى الشعرية، التي تناغمت عبر فنون البلاغة والعروض، ممثلة في السجع والقافية، واستقرت في داخل النفس البشرية؛ لذلك استقر الأدب في قلوب الأمم، وطالما نسجت على منواله أساطير في الفخر، والحماسة، والحب العذري. كذلك نسجت بالأدب أسارير إبداعية من الجمال والصور الأدبية والشعرية، وتتجلى صور الأدب عبر التاريخ في لغته السردية من خلال الأساطير القديمة في صور حكائية وروائية بديعة، سجلتها الحفريات التي كشفت عن الحضارات البائدة بلغات عديدة، مثل: اللغة المسمارية في سومر وبابل (ملحمة جلجامش)، واللغة الهيروغليفية في مصر (كتاب الموتى، وإيزيس وأزوريس).

يرى المتتبع لحركة الأدب أن هناك علاقة تلازمية تربط بين الأدب عمومًا وما يعرف بأدب الطفل على وجه الخصوص، الذي يُعد فرعًا حديثًا منه؛ إذ تبرز في مكوناته أبعادٌ ذات صلة عميقة بأدب الأطفال، ولا تنفصم عراها عن الأدب العام للكبار، ومن هنا كان الاهتمام بكتبهم، وثقافتهم، والبعدين النفسي والوجداني، بوصفهما من المؤشرات المهمة في مفردات هذا النوع من الأدب على مستوى العالم[1].

(1) رافع يحيى، تأثير ألف ليلة وليلة في أدب الأطفال العربي، دار الهدى للطباعة والنشر والتوزيع، د. ط، الجزائر، 2001م، ص 17-18.

وتوضحت ملامح أدبيات الطفولة، وتشكلت جذورها في الثقافات المختلفة والحضارات المتعاقبة بصور متراكمة، وشكلت الأبعاد التي تربط بين المدلول الثقافي، والنمط الحضاري، وسياقات الفكر الأدبي، لا سيما في فن القص الذي حظي برواجٍ واسعٍ في شتى لغات العالم.

هذا التراكم جعل لأدب الطفل قيمة أدبية، تتواكب مع مسيرة الأدب بصورة عامة، ضمن الإبداع الأدبي في العصر الحالي، وهذا ما يهتم به هذا الكتاب في سعيه إلى ترسيخ هذا النوع من الأدب في عالمنا العربي بصفة عامة، وتأصيله في قطر على وجه التحديد؛ لأنَّ أدب الأطفال في عالمنا العربي هو جزء من الأدب عمومًا، طالما أنه يهتم بشريحة معينة من المجتمع ألا وهي الأطفال؛ إذ يغلب على أدب الطفل أسلوب التشويق، الذي يتناسب مع أعمار الأطفال وخيالهم، ويحفزهم على الإبداع، ويحرص على إعدادهم المستقبلي بصورة تجعلهم يساهمون في بناء أوطانهم، والنهوض بها.

تنوعت موضوعات الأدب المكتوب للطفل، وهذا التنوع يميل وفق الاتجاهات، والمحاور التي يرتكز عليها، «فارتبط -قديمًا- بحكايات البطولة التي كانت تُروى شفهيًا، والأساطير التي داعبت خيالهم، ونسجت لهم أحلام الواقع بصورة جديدة، ومثَّلت لهم عوالم المثل والفضيلة. وقدمت تلك القصص والروايات نماذج افتراضية، تتواكب وشعور الطفل نحو الذات المتخيلة، والمحببة إليه في الواقع والخيال، ما جعلها ذات تأثيرٍ مباشرٍ في الجماعة، بوصفها نتاجًا مرتبطًا بالأسلوب الجمعي، ونابعًا منه، وموجَّهًا للطفل الذي يُعدُّ جزءًا من المجتمع؛ إذ اهتم هذا الأدب بمواضيعَ، وحكايات، وقصصٍ ارتكزت على الولاء للقبيلة، والمحافظة على التقاليد التي تهدف إلى غرس السلوك القبلي في نفوس الأطفال، ومعالجة قضاياهم»[1].

وصارت الحكاية جزءًا حيًا يتفاعل مع العقل القبلي قديمًا، بوصفه موروثًا ثقافيًا وفكريًا للطفل، يميِّز نظامها العام التثقيفي الطفل، كذلك تطوَّر الشكل الأدبي مع تطور المجتمع القبلي فيما يتعلق بالقصة تحديدًا، والرواية التي واكبت تطور المجتمعات القديمة، فبدأ الشعور بالشكل الأدبي ينمو ويزداد، وأخذ النثر ينال اهتمام السامعين بين الأسلوب المرسل، والقصة المنظومة، وكانت هناك أنواع من القصص، تنال التقدير عند عرضها موزونة بصورة

(1) كفاية الله همداني، أدب الأطفال (دراسة فنية)، مجلة جامعة بنجاب لاهور، العدد السابع عشر، باكستان، 2010م، ص149.

إيقاعية، وأنواع أُخَر تنال الاستحسان بعرضها موجزة ومختصرة بالنثر الجزل، ويدرس القاصّ -في ذلك كله- وقع الأثر؛ ليصل إلى حيِّز الطرائق الإبداعية الأقرب إلى خيالات الطفل ووجدانه.

1. من أدب الطفل إلى سرديات أدب الطفل

يعد الأدب من بين المفاهيم والمصطلحات التي تعددت تعريفاتها، فالأدب «مصطلح يدلُّ على مجموعة من الإبداعات، التي تتوسل بالكلمة سواءً أكانت شفاهية، أم مكتوبة، لخلق التواصل بين المبدع والمتلقي. ويدل هذا المصطلح على واحدة من السمات السلوكية، الأمر الذي أحدث لبسًا وتنوعًا في تعريفه، وتفسيره عبر العصور؛ فقد ارتبطت بهذا المصطلح مفاهيم عديدة، مثل: معاني التأديب، والأدب، والمأدبة، وتهذيب الخصال بإصلاح السلوك، وانتشار العادات الحميدة، وفي النهاية كمجال تعبيري مكتوب له فنونه النثرية والشعرية»[(1)].

ولما كان أدب الطفل من الفروع الجديدة للأدب عامةً، كثُرت -أيضًا- تعريفاته؛ إذ يشير عبد الفتاح أبو معال إلى أن أدب الأطفال «جزء من الأدب بشكل عام، وينطبق عليه ما ينطبق على الأدب من تعريفات،... وقد يختلف عن أدب الكبار تبعًا لاختلاف العقول، والإدراكات، ولاختلاف الخبرات نوعًا وكمًا، ولكن الذي لا خلاف فيه أن المادة الأدبية لقصص الأطفال الفلكلورية والتقليدية، والتي ظلت تحكى لأطفال شعب من الشعوب على مر آلاف السنين، وتستحوذ على عواطفهم وخيالاتهم، لم تكن منعزلة عن التيار العام للخيال والصور أو التفكير عند هذا الشعب؛ بل كانت قصص الأطفال تعبيرات أدبية خالصة صنعها الكبار»[(2)]، ما يجعل أدب الأطفال بحدٍّ ذاته قيمة فنية معتبرة.

ويرى كمال الدين حسين أن أدب الطفل، بوصفه شكلًا من الإبداعات الإنسانية، يعتمد على ركائز ثلاث، هي:

- قدرته على التعبير.

---

(1) انشراح المشرفي، أدب الأطفال مدخل للتربية الإبداعية، دار السحاب للطباعة والنشر، ط1، القاهرة، 2005م، ص 18-19.

(2) عبد الفتاح أبو معال، أدب الأطفال (دراسة وتطبيق)، دار الشروق للنشر والتوزيع، ط 2، عمان-الأردن، 1988م، ص 12-13.

- ارتباطه بقواعد تكسبه الصفات الفنية.
- نوع الكلمة التي يستخدمها، والتي يجب أن تملك في الوقت ذاته القدرة على البيان والتوضيح، بوصفها وسيلة للتعبير، والقدرة على إثارة المشاعر، بوصفها مصدرًا للإحساس الفني، الذي يتحلى به الخطاب الأدبي المبدع.

ويُمثل أدب الأطفال لونًا أدبيًا، شكلًا وموضوعًا وأسلوبًا، ويمثل كل مرحلة من مراحل نمو الأطفال على حدة، متضمنًا خصائص تلك المراحل العمرية المختلفة؛ وفي البحث عن مفهوم أدب الطفل نجد أنه يتمثل في «الآثار الفنية، التي تصور أفكارًا وإحساسات داخلية، تتفق ومدارك الأطفال، وتتخذ أشكال القصة، والرواية، والشعر، والمسرحية، والمقالة، والأغنية»[1].

وأشار إسماعيل عبد الفتاح إلى أن أدب الأطفال «هو أدب واسع المجال، متعدد الجوانب، ومتغير الأبعاد، طبقًا لاعتبارات كثيرة، مثل نوع الأدب نفسه، والسن الموجه إليه هذا الأدب، وغير ذلك من الاعتبارات»[2].

ويرى أحمد زلط أن أدب الطفل هو «إبداع مؤسس على خلق فني، ويعتمد بنيانه اللغوي على ألفاظ سهلة ميسرة وفصيحة، تتفق والقاموس اللغوي للطفل، بالإضافة إلى خيال شفاف غير مركب، ومضمون هادف متنوع، وتوظيف كل تلك العناصر، بحيث تقف أساليب مخاطبتها وتوجهاتها، لخدمة عقلية الطفل وإدراكه، كي يفهم الطفل النص الأدبي، ويحبه، ويتذوقه، ومن ثم يكتشف عملية آفاقه، ونتائجه»[3].

أما عبد الحميد يونس، فيرى أنه من غير الضروري تضييق مجال أدب الطفل، وحصره في حدودٍ خاصة به؛ لأن «مفهوم أدب الأطفال لا يمكن أن يكون له تعريف مستقل؛ بل يندرج في إطار الأدب العام، وهو مرتبط بالكتاب والقارئ، فالأدب يمكن أن يُعرَّفَ بأنه التركيب الفني لنماذج ورموز مطبوعة، كما أنه يعرف بأنه تجربة القارئ، حين يتفاعل مع النص، طبقًا لمعانيه الخاصة، ومقاصده، ودلالاته»[4].

---

(1) كمال الدين حسين، مدخل في أدب الأطفال، مطبعة العمرانية للأوفست، د.ط، القاهرة، 2000م، ص 59-60.

(2) إسماعيل عبد الفتاح، أدب الطفل في العالم المعاصر، (رؤية نقدية وتحليلية)، مكتبة الدار العربية للكتاب، ط1، القاهرة، 2000م، ص 13.

(3) أحمد زلط، الخطاب الأدبي والطفولة، الهيئة العامة لقصور الثقافة، مكتبة الشباب، ط4، مصر، 1977م، ص 54.

(4) عبد الحميد يونس، الأسس الفنية للنقد الأدبي، دار المعارف، ط2، القاهرة، 1966م، ص 18.

وبناءً على ما تقدم، فإن مفهوم أدب الطفل العام يشمل كل ما يُكتب للأطفال، سواء أكان قصصًا، أم مادة علمية، أم تمثيليات (مسموعة أو متلفزة)، أم معارف علمية مسرودة، أم مسرحيات ومجلات، أم برامج إذاعية وتلفزيونية، فكلها مواد تشكل أدب الطفل؛ وهناك اختلافات بين أدب الكبار وأدب الصغار، تتعلق بالعقلية والإدراك بالنسبة للمتلقي، إلا أن مادة أدب الطفل، لم تنشأ منفصلة عن التيار العام للحياة الأدبية، لكن لها خصائصها المختلفة عنه[1]، وتداول الباحثون والمشتغلون في أدب الطفل مفهومين أساسيين درجوا على استعمالهما، وهما:

- المفهوم الأول: هو مفهوم ثقافي حضاري عام، ينطلق من شمولية المدلول، ويعني كل ما يُكتب للطفل وعنه في آن واحد، وفي مختلف فروع الثقافة الإنسانية، ما يبيِّن عند التحليل، أن أدب الأطفال وفقًا لهذا التصور الذي يغوص في الجذور المعرفية، يغطي جميع أساليب السلوك، وأنماط التفكير، وعالم القيم، والعالم المادي ومنجزاته العلمية؛ وبمعنى آخر: هو كل ما أنجزه العقل البشري، وما سينجزه، على الصعيدين المادي والمعنوي، وضمن هذه الرؤية، يندرج هذا الأدب مع مفهوم الأدب العام.
- المفهوم الثاني: هو مفهوم ينطلق من موقف أدبي متخصص، تُحدد خصائصه العامة والأساسية، استنادًا إلى مقدمات نظرية نقدية، حسمت مدلول كلمة أدب تاريخيًا وتعبيريًا.

من هنا يمكن تقسيم الأدب، الذي يدور في عالم الطفل إلى قسمين:

- الأدب الذي يؤلف للأطفال (يمثله المفهوم المتخصص لأدب الطفل).
- الأدب الذي يُختار للأطفال من أدب الكبار (عمل أدبي، بُسط للأطفال أو وجد بسيطًا)[2].

ولعلنا نلاحظ أن التصورات السابقة لمفهوم أدب الطفل، تجعلنا أمام مفهومٍ شديد الاتساع، وغير متبلور؛ إذ يظهر لنا وجهان لأدب الطفل، وهما أدب الطفل الموجه من الكبار

---

(1) نجلاء محمد علي أحمد، أدب الأطفال، دار المعرفة الجامعية، ط1، الإسكندرية، 2011م، ص 23-21.

(2) محمد فؤاد الحوامدة، أدب الطفل (فن وطفولة)، جامعة اليرموك، دار الفكر، د.ط، الأردن، 2014م، ص 23-22.

إلى الصغار، ونوع آخر موجه من الصغار إلى أقرانهم، سواء كان شفاهيًا أو كتابة؛ إذ يُعدُّ شكلًا من أشكال الأدب له مرجعيته، وبنياته، وتمثلاته. ويرى رافد شهاب أن الاستعمال الشائع لمسمى «أدب الطفل»، إنما يدور في فلك المعنى الخاص بهذا الأدب، الذي يعني الكلام الجيد، الذي يُحدِث في نفوس هؤلاء الأطفال متعة فنية، سواء أكان شعرًا أم نثرًا، وشفويًا أم تحريريًا[1].

إن أدب الأطفال الذي يضم قصص الأطفال، ومسرحياتهم، وأناشيدهم، وأغانيهم، وما إلى ذلك، إنما هو أدب الأطفال بمعناه الخاص؛ ومن خلال شرح مفهوم أدب الأطفال يتضح لنا الأثر الثقافي لهذا الأخير، الذي يتيح للأطفال اكتساب القيم، والاتجاهات، واللغة، وعناصر الثقافة الأخرى؛ لذا هو أداة في بناء ثقافة الأطفال.

ومن هنا يُعدُّ أدب الأطفال دعامة رئيسة في تكوين شخصيات الأطفال، عن طريق إسهامه في نموهم العقلي، والنفسي، والاجتماعي، والعاطفي، واللغوي، فضلًا عن إسهامه في تطوير مداركهم، وإغناء حياتهم بالثقافة التي نسميها ثقافة الطفل، وهو -بحد ذاته- ليس أداة لفائدة الطفل فحسب، بقدر ما هو أداة للنهوض به وبالمجتمع كله[2].

وسنعتمد في هذا البحث على سرديات أدب الطفل، انطلاقًا مما هو متعارف عليه من أن «السرديات، هي ذلك العلم الذي يتناول قوانين الأدب القصصي، وهذا ما سينسحب على تعريف سرديات أدب الطفل، مع مراعاة خصوصيات هذا النوع، بوصفه ذلك العلم المتناول لقوانين الأدب القصصي للأطفال، بقصد وصف بنياته السردية وتحليلها»[3].

ومما تقدم يمكننا القول: إن مفهوم أدب الطفل عمومًا، هو الصورة التي تتنوع بين الأدب الرسمي والشعبي، ولها توجهاتها المختلفة، أنتجها الكتّاب للمتلقي، وكذلك المؤسسات التي تسعى إلى تعزيز القيم المعتبرة لدى القراء، وتدرس التحولات التي أثّرت في المساق

---

(1) رافد سالم سرحان شهاب، أدب الأطفال في العالم العربي، مفهومه، نشأته، أنواعه، وتطوره (دراسة تحليلية)، مجلة التقني، المجلد السادس والعشرون، العدد السادس، الأنبار، 2013م، ص 24.

(2) المرجع نفسه.

(3) جيرالد برنس، المصطلح السردي، ترجمة: عابد خزندار، المشروع القومي للترجمة (368)، المجلس الأعلى للثقافة، ط1، القاهرة، 2003م، ص 157؛ محمد القاضي وآخرون، معجم السرديات، مكتبة الندب المغربي، ط1، لبنان، 2010م، ص 249.

الأدبي، وفي التناول «التقليدي» المستمد من موروث ثقافي له خصائصه ضمن حيِّز النص؛ إذ تنقلنا من نسق النص السردي إلى النسق التفاعلي والمتلفز، وفي هذه الحالة يصبح مفهوم أدب الطفل وكل أشكاله، وتمثلاته البنيوية والسردية والرقمية، أدبًا له خصوصية تعتمد على تذوق الفن والجمال، وما توفره التكنولوجيات الحديثة لهذا الطفل وأدبه.

2. اتجاهات أدب الطفل

تعددت اتجاهات أدب الطفل المعاصر بصورة واضحة، ولا سيما المتصلة بمحتوى الأدب المقدم، ضمن الأجناس الأدبية المتعددة، ومنها: الرواية والقصة، وذلك من ناحية التناول المعاصر لهذا النوع من الأدب. وقد ذهب إسماعيل عبد الفتاح إلى أن أدب الطفل تتوزعه اتجاهات متعددة، وهي:

1. اتجاه المضمون (المحتوى) في أدب الأطفال، ويهتم هذا الاتجاه بالقيم الأخلاقية، والوطنية، والاجتماعية، والمعرفية، وقيم تكامل الشخصية.
2. الاتجاه المعياري، ويقوم هذا الاتجاه على مقاييس ضابطة ومحددة؛ لتقدير الكفاءة، والجدارة، والنجاح، والفشل، بموضوعية وبمفاهيم ضمنية واضحة.
3. الاتجاه الإسلامي، وبرز هذا الاتجاه بشدة مع ظهور رابطة الأدب الإسلامي العالمي، ويحرص على تحميل النصوص الأدبية المقدمة للأطفال قيمًا، ورموزًا، وإيحاءات، وأحداثًا، ومبادئ تعكس روح الإسلام وقيمه ومبادئه.
4. الاتجاه التتبعي القيمي، ويرصد هذا الاتجاه تتبع القيم في أعمال الأطفال، والتأكيد على تكامل هذه القيم داخل النص الموجه للأطفال، وتقديمها بصورة تمزج الخيال بالواقع، في بناء تسلسلي جاذب.
5. الاتجاه السلوكي، ويقوم على مبادئ وأسس النظرية السلوكية، التي تركز على العوامل القابلة للملاحظة، والضبط الموضوعي، عن طريق الملاحظة والخطأ، ويرى هذا الاتجاه أن التدريب، والمران، والخبرة، أمور تتحكم بقدرات الجسم.
6. الاتجاه النقدي التأملي، ويقيس هذا الاتجاه مدى تحقق الشروط الخاصة بكل جنس أدبي مقدم للأطفال من قصة وشعر ورواية وغيرها؛ وبيان صلاحية هذا الأدب للأطفال، من عدم صلاحيته، وهو كذلك يهتم بالأبعاد التربوية الخاصة

بالطفل إلى حد كبير، ويحرص على أن تكون اللغة المقدمة مغرية، وتتضمن الثواب والعقاب.

7. الاتجاه الأسلوبي، ويستهدف الكشف عن الخواص اللغوية للأسلوب، وتجزئة النص إلى وحدات تشمل الجملة، والكلمة، والصفحة، وكذلك التعرف على الخصائص الدلالية، والتعرف على شخصية الكاتب، والتعرف على الأسلوب بصفة عامة[1].

وهناك اتجاهان جديدان، لم يذكرهما إسماعيل عبد الفتاح، هما:

أ. «الاتجاه السردي لأدب الطفل، الذي ارتبطت توجهاته بأدب الطفل، طبقًا لعوامل التطور، ومكان النشوء، والمحتوى، واللغة الفنية المسرودة، وأشكال التعبير، كذلك ارتبط التعبير عن هذا الاتجاه بأنماط الصور الحكائية، والمدلول، وقيم المحتوى، والمعالجات الفنية، والصور السردية المتنوعة التي تعطي عمقًا للمعنى، وثراءً في التفكير. ومن هنا اتسم أدب الأطفال بالتنوع بين التصوير اللغوي والفني، والجمالي والتخيلي، وبين التعبير عن مواطن الإبداع والابتكار، والخلق الإنساني والجمالي، ما يؤثر في الاتجاه الخاص بأدب الطفل ونصوصه؛ إذ تشكل اللغة السردية سياقًا من سياقات عديدة (نصية-لغوية-بلاغية-ذهنية). والسرد سواء أكان كليًا أم جزئيًا، يمثل تعبيرًا لغويًا وتخيليًا وبلاغيًا، إضافة إلى أنه يمثل في أدب الطفل صورة من صور القواعد اللغوية والبلاغية، تتجاوز المحسنات البديعية التي ترتبط بالشعر غالبًا، إلى بلاغة سردية موسعة. ونجد أن الحدود اللغوية، والدلالات الجمالية، لا تلغي اشتراك الصورة السردية الروائية، مع مجموع مطلق السرد في ثوابته الحسية، وفي الطابع التخيلي، والتموضع بين الواقع الخارجي، وذهن المتلقي واتجاهه؛ إذ تمثل الصورة السردية في أدب الطفل نقلًا لغويًا لمعطيات الواقع، وتشكيله لجهة (التشكيل، والتركيب، والتنظيم) في وحدات سردية مستقلة»[2].

وتتّصف صورة السرد في أدب الطفل في الأغلب «بالقالب الجمالي، على صعيد صور البلاغة المختلفة، وطرق الحبكة الحكائية في السرد وفنياتها؛ لأنها تعبر عن

---

(1) إسماعيل عبد الفتاح، أدب الطفل في العالم المعاصر، (مرجع سابق)، ص 24-121.

(2) أحمد زلط، أدب الطفل أصوله ومفاهيمه، الشركة العربية للنشر والتوزيع، ط4، القاهرة، 1997م، ص 23-27.

الذات، أو الواقع المعيش، ويمكن أن تكون تخيلية جمالية، تمثل نوع الإبداع الإنساني، وترتبط في أدب الأطفال بالخيال اللغوي، ضمن ارتباطات السرد بالتصوير اللغوي في سياقات عديدة، منها: السياق النصي، والمستوى الذهني، وقواعد الجنس، والطاقة اللغوية أو البلاغية؛ وقد تأثر اتجاه أدب الطفل بالسياقات، والقيم الفنية، والتعبيرية، ولا سيما في قيم السرد المختلفة وأشكاله، ضمن القيم المتضمنة»[1].

ب. الاتجاه التفاعلي في أدب الطفل: هو كل منجز إبداعي يعتمد على الوسائل والوسائط الإلكترونية (الميديا والشبكة العنكبوتية) في إنتاج نصوص أدبية عبر الوسيط الإلكتروني، لإنتاج قصيدة حية، أو عمل أدبي، يمكن للمبدع أن يطوره، ويحذف منه، ويضيف إليه، طبقًا للموقف الإبداعي، بعكس الكتاب المطبوع الذي يفتقد خاصية الحذف والإضافة؛ إذ يتيح العمل الأدبي الإلكتروني (كتاب- رواية- قصة) ميزة التفاعلية، ومشاركة القراء في العملية الإبداعية بشكل متواتر مع النص الأدبي، الأمر الذي يُمكِّن الكاتب من تطوير عمله الأدبي، ليتواكب مع المؤثر الموسيقي المصاحب، الذي يجسد الحدث بصورة حسية حية، عبر مؤثرات الحدث، ودرامية المضمون، فضلًا عن الصورة الذهنية التي تواكب مجريات الحدث الأدبي، بما يشبه الميلودراما، إذ يقوم المبدع مقام المايسترو في قيادة العملية الإبداعية مع الآخر، في تزامن واحد، ويمكن نشر المادة الأدبية، والتعليق عليها عبر الوسائط الإلكترونية، وذلك في زمن الرجع السريع بين المبدع والمتلقي، ضمن فعاليات التكنولوجيا عبر وسائط الفضاء الإلكتروني، لإنتاج إبداعات مستمرة[2].

وتمثل القصة التفاعلية في أدب الطفل أسلوبًا جديدًا في طريقة السرد، لأنها نوع جديد من أنواع الكتابة الصعبة، «وترتبط بالقرارات النصية، والتحليلات الرمزية، والدلالية، وذلك من خلال الأدب التفاعلي (الرقمي)؛ إذ تؤدي القراءات النصية إلى نوع من أنواع إشكالية الفهم التحليلي، والاستقرائي، وغموض في إدراك

(1) محمد محمود رضوان، أدب الأطفال: مبادئه ومقوماته الأساسية، دار المعارف، د.ط، القاهرة، د.ت، ص 8-18.

(2) إبراهيم أحمد ملحم، الأدب والتقنية (مدخل إلى النقد التفاعلي)، عالم الكتب الحديث، د.ط، الأردن، 2013م، ص 23-28.

مضامينها، ذلك أنه يشترك في كتابتها أكثر من مؤلف (قاص)، وترتبط غيبيًا بين مؤلف وآخر، ويعرف من خلالها ما يسمى بالتلاقح الفكري، والرؤيا والتحليل، والنظرة النقدية، وتبادل الرؤى، والاطلاع على المستويات الفنية والإبداعية لدى القاصين الآخرين»[1].

ويشير ميلود الهرمودي ضمن مفاهيم السرد في الأدب التفاعلي إلى أن الانتقال من النص الورقي إلى النص الرقمي، أدى إلى تطور كبير في الحركة الأدبية من ناحية طرق السرد وآلياته، الأمر الذي وجه المتلقي نحو مسايرة التحولات العامة في الأدب، مع الاحتفاظ بآليات النص الورقي؛ فالسرد الرقمي يحظى بحضور ذي كثافة عليا للغة، ويعج بعناصر التخييل والعجائبية والغرائبية الواضحة، ويظهر هذا بصورة قوية من خلال تطور النص الأدبي؛ لأن السرد الرقمي يعمل من منظومة حية داخل نظرية الأدب؛ إذ يمثل مجالًا خصبًا للإبداع، والتطوير، ضمن رؤية جديدة لمفهوم السرد[2].

إن الانفتاح على الوسائط المتفاعلة يؤثر تأثيرًا مباشرًا في البناء السردي، وأشكاله التخيلية- المضامين التي تعبر عن الواقع- وأدواته المتعددة. وترى كلثوم زنينة أن وجود «المبدع في الوسيط الرقمي، بخصائصه الجديدة التفاعلية الكاملة، لتحويل النص من مساره المألوف إلى نص رقمي، يعتمد على نشاط فكري إبداعي، قوامه لغة قادرة على منح النص الرقمي جينات تكوينه السليمة، ليجسد من خلال صورته الكلية قصيدة خالقه (مبدعه)، حيث يقوم النص الرقمي بالمجاز المتفاعل، أي: هو الذي يحقق التفاعلية عبر بنائه، وصياغته، ومكوناته المختلفة، من صوت، وصورة، ولغة، بوصفها مكونات إبداعية، تتفاعل فيما بينها، لتحقق إبداعًا ينفعل حياله المتلقي»[3].

ويذكر حمداوي أن «الكتابة الرقمية كتابة نسقية مترابطة ومتفاعلة، تتفرع إلى مجموعة

---

(1) هشام أيت علا موسى، وآخرون، جماليات السرد الرقمي، حلقة نقاشية في مختبر السرديات بالدار البيضاء، بالتعاون مع مجموعة «سيما» للبحوث السيميائية بجامعة معسكر بالجزائر، 21 مارس 2014م، موقع ديوان العرب:www.diwanalarab.com.

(2) المرجع نفسه.

(3) كلثوم زنينة، النص الأدبي من الشفهية إلى الرقمية، (رسالة ماجستير غير منشورة)، إشراف: الدكتور عبد الملك بومنجل، قسم اللغة العربية (تخصص نقد)، كلية الآداب والعلوم الاجتماعية، جامعة فرحات عباس، سطيف، الجزائر، 2010م، ص 68-72.

من النوافذ، والشذرات، والأنساق، أو الحقول الفرعية، التي تخضع بدورها لعلاقات بنيوية داخلية بين مختلف عناصر هذه الأنساق، وفي علاقة تفاعلية مع النسق المركزي أو العام»[1].

وتؤكد فايزة يخلف أن لقاء الأدب بالرقمية، أدى إلى إنتاج مفاهيم مزجية، أو تركيبية، مثل: مفهوم «التكنو أدب»، وأدب النص المترابط، أو النص التفاعلي، أو النص الفائق، أو الأدب الإلكتروني، أو الأدب الشبكي، أو الأدب الرقمي. وقدم محمد سناجلة عمله الأدبي، وأسماه الواقعية الرقمية، وكلها مفاهيم مترادفة لمفهوم الـ Electronic Literature [2].

---

(1) جميل حمداوي، الأدب الرقمي بين النظرية والتطبيق-نحو المقاربة الوسائطية، اتحاد كتاب الإنترنت المغاربة (الكتاب الرقمي)، موقع شبكة الألوكة (WWW.alukah.net)، ط1، 2016م، ص 119.

(2) فايزة يخلف، الأدب الإلكتروني وسجالات النص المعاصر، مجلة المخبر «أبحاث في اللغة والأدب الجزائري»، جامعة بسكرة، العدد التاسع، الجزائر، 2013م، ص 102.

الفصل الأول

مرجعيات أدب الطفل في قطر

مرجعيات أدب الطفل في قطر

يتناول هذا الفصل المرجعيات السردية لأدب الطفل، في إطارها العالمي والعربي والإقليمي والمحلي، وذلك للوقوف على طبيعة هذه المرجعيات، وتطورها، وأوجه التشابه بينها، وطبيعة التأثير والتأثر بها، والاستفادة فيما بينها؛ فكما تأثر أدب الطفل العربي بنظيره الغربي في العصر الحديث، فإننا نجد أن الأدب الغربي قد استفاد من التراث العربي، وتأثر به، على نحو ما نجد في قصة ألف ليلة وليلة، التي تعددت ترجماتها، بالإضافة إلى أن العلوم حلقات متسلسلة، فإننا نجد أن البدايات العربية الحديثة في مصر وغيرها، كيف كان لها الأثر على المستوى العربي والإقليمي والمحلي، وهذا لا يعني أن قطر لم يكن لها اهتمام بأدب الطفل؛ بل إننا نجد له فيها بدايات ضاربة في جذور التاريخ القطري؛ وقبل أن نسترسل في هذه المرجعيات، لا بد من الوقوف على مصطلح المرجعية، ومعرفة مفهومه اللغوي، والاصطلاحي.

مفهوم المرجعيات:

المرجعية لغةً: اسم مؤنَّث منسوب إلى مَرجِع، والجمع: مَراجع، والمرجع: ما يُرجَعُ إليه في علم أو أدب من عالم أو كتاب، وفي التنزيل: ﴿إن إلى ربك الرُّجْعى﴾[1]، أي: الرُّجوعَ والمَرجِعَ، وعن ابن جني، ورَجَعْته أَرْجِعه رَجْعًا، ومَرْجِعًا، ومَرْجَعًا، وأَرجَعْتُه[2].

المرجعية اصطلاحًا: «المصادر الأصيلة، والمراجع ذات الثقة والأصول، والتي يبني عليها الناقد أو الباحث أفكاره، ومعتقداته الأدبية، والثقافية، وينطلق من خلالها نحو مجالات الفكر والإبداع»[3]. وفي حقل الأدب يمكن للمرجعية أن تتكون في الأنواع الأدبية ذات

---

(1) سورة العلق، الآية 8.

(2) ابن منظور، لسان العرب، دار صادر، ط1، بيروت، ج8، ص 114، مادة: (رجع).

(3) محمد سعيد ناصر الغامدي، المرجعية، مجلة جامعة أم القرى لعلوم الشريعة والدراسات الإسلامية، العدد 50، مكة المكرمة، ص 376–380.

الطابع الخيالي، من خلال وسائل وأدوات سردية، تميل إلى المرجعية، مثل: التبئير الداخلي للسرد، الذي تحدث عنه منظِّر الأدب الفرنسي جيرار جينت، أو تصوير بعض المشاهد أو المواقف من وجهة نظر البطل، الذي يمتلك مرجعية خاصة به، وعليه فإن المرجعية لا تكتسب قيمتها إلا من خلال إعطائها قيمة في الخطاب الاجتماعي، يندمج فيها وعي القارئ، مع وعي الكاتب[1].

يذهب بعض الدارسين إلى أن كلمة المرجعية مصدرها صناعي، ومن المعلوم أن المصدر الصناعي استحدث بعد زمن النص الشرعي؛ أما المرجع، فقد ذكر صراحة في الكتاب والسنة، كما تعد المرجعية الجهة الفكرية، التي يحتكم إليها الناس في علم من العلوم، أو في مجال معرفي معين، وهذا أعم من المعنى الذي يتعلق بمرجع الناس في علوم الدين وأحكامه بصفة خاصة، ويقصد المتأخرون بهذا المصطلح الأشخاص الذين يمثلون الجهة العلمية، التي يحتكم إليها الناس في شؤونهم عامة، كما يقوم مفهوم المرجعية اصطلاحًا على أمرين:

الأول: الجهة الفكرية التي يرد الناس أمورهم إليها.

الثاني: مرجعهم الأفراد الذين يمثلون مرجعية حية في جميع المجالات[2].

وتعد المرجعية هي الخلفية التاريخية، التي تبين العلاقة بين العمل القصصي ومرجعياته، من خلال السياق الذي كُتبت فيه، فالمرجعيات تساعد على «البحث في علاقة المرجع بغيره من المكونات التي تظل ملتصقة به في تعميق فهم الحمولة الدلالية للمرجع، وتقوية التصور النظري حوله وحول وظيفته»[3].

---

(1) حنان محمد سعيد الحلاق، المرجعيات الثقافية لمصطلح الشعرية عند النقاد العرب المعاصرين، (رسالة ماجستير)، غير منشورة، كلية الآداب والعلوم (مسار الأدب والنقد)، جامعة قطر، 2015م، ص 26.

(2) محمد سعيد ناصر الغامدي، المرجعية، (مرجع سابق)، ص 376–380.

(3) عبد الرحمن التمارة، مرجعيات بناء النص الروائي، دار ورد الأردنية للنشر والتوزيع، ط1، الأردن، 2013م، ص 36.

المبحث الأول

مرجعيات أدب الطفل العالمية

إن المتتبع لنشأة مفهوم أدب الطفل، يجد أن هذا الجنس الأدبي كان مقترنًا بالآداب عمومًا، فلم تبرز ملامحه الحقيقية على وجه التحديد في بداياته؛ لأن أدب الطفل كان مرتبطًا بتعلم القراءة والكتابة، وبمراحل التعليم الأولى؛ إذ نراه قديمًا في المخطوطات والبرديات، التي اشتملت على ألوان الأدب القديم، بالإضافة إلى ما حفظته الذاكرة الجمعية.

وأسهم الأسلوب الحكائي والشفاهي في تكوين الإرهاصات الأولية لقصص الأطفال، التي ارتبطت بالحكايات الشعبية القديمة ارتباطًا وثيقًا، مثل: قصة «السندباد البحري» في قصص ألف ليلة وليلة، التي تُعدُّ مرجعية ثقافية عالمية مشتركة لتلك البدايات في مختلف الثقافات.

والمعلوم أن البشرية سجلت في الألف الثالث قبل الميلاد قصة «جزيرة الثعبان»، التي استمتع بها الأطفال المصريون القدامى، إذ تصنف ضمن قصص الإنسان مع الحيوان. ويرى الكثير من النقاد في هذا المجال، أن النشأة الفعلية لهذا الأدب كانت في أوروبا، وفي فرنسا تحديدًا؛ ولذا كان لزامًا علينا أن نفصل في المرجعيات والبدايات التي تتصل بهذا الحقل، وأبرز محطاته.

1.1 مرجعيات أدب الطفل في فرنسا

يذهب الباحثون في فرنسا إلى أن أدب الأطفال في العصر الحديث، ظهر في فرنسا في القرن السابع عشر عام 1696م، على يد الشاعر «تشارلز بيرو» (1628م – 1703م)، فقد كتب للأطفال ثماني قصص خيالية، بعنوان «حكايات أمي الإوزة»، وكان قد نشرها باسم مستعار، هو اسم ابنه؛ إذ كان الكاتب لا يكتب اسمه، خشية الحط من قدره وقدرته أمام

الناس. وسجل بيرو بهذه الحكاية نقطة البداية لأدب الأطفال المدون في العالم الحديث، وحذا حذوه الكتاب الأوروبيون، فشرعوا يكتبون للأطفال.

ولما لاحظ «تشارلز بيرو» مدى الاهتمام بقصصه، وإقبال الأطفال عليها، ألف مجموعة أخرى بعنوان «أقاصيص وحكايات الزمن الماضي»، ووقعها باسمه صراحة. ولم تصبح الكتابة للأطفال جدية بعد بيرو، إلا في القرن الثامن عشر، عندما ظهر «جان جاك روسو» (1712م-1778م)، الذي اهتم بدراسة الطفل بوصفه إنسانًا قائمًا بذاته، وله شخصيته المستقلة، ونادى بأن الهدف من التربية هو أن يتعلم الإنسان كيف يعيش، وأن تترك للطفل فرصة تنمية مواهبه الطبيعية، وأن تقدم له المعلومات التي يحتاج إليها؛ لذلك كانت آراؤه ذات وقع شديد على الكتاب والمربين، إذ استجاب لها كثيرون منهم[1].

ويدين الفرنسيون بالفضل لـ «جان دو لافنتين» (1621م – 1695م) في وضع البذرة الأولى لأدب الأطفال والناشئة؛ نظرًا لما يملكه من رهافة حس رفيعة برزت في أساطيره وخرافاته أو أفعاله، التي نشرها على لسان الحيوان في عامي (1649م -1668م)، وكذلك يدينون بالفضل للكاتب «فرانسوا فينيلون» (1651م – 1715م)، الذي بدأ كتابة حكاياته نثرًا منذ عام 1680م؛ على الرغم من أنَّ الكُتاب ظلوا حتى ذلك الوقت، يعتقدون أنهم مرغمون على نظمها شعرًا.

وشارك بيرو (1628م – 1703م) في تكوين مرجعيات أدب الأطفال، فقد نشر كتابه الأدبي الشهير «حكايات أمي الإوزة»، وجمع فيه عددًا من الحكايات الشعبية في أوروبا، ومنها «الأميرة النائمة»، و«اللحية الزرقاء»، و«سندريلا»، و«القط في الحذاء الطويل»، مذكرًا بجمال حكايات الزمن الغابر من الجنيات والعفاريت الخبيثة والغول المخيف، أو زمن الميثولوجيا الفرنسية التي كانت منسية. وتُعدُّ هذه المجموعة أولى مراحل التكوين الحقيقي لأدب الأطفال والناشئة، كونها كُتبت خصيصًا لهم، بهدف التسلية والترفيه؛ ومنذ ظهورها أخذ أدب الأطفال يستقل عن أدب الكبار، ويخرج من وصايته، وينفصل تدريجيًا عن أحضان الآداب الشعبية[2]، ليصل إلى الكتابة العلمية المملوءة بالخيال العلمي، ويعود الفضل في تطور مرجعيات أدب الأطفال إلى «جول فيرن» (1828م – 1905م)، الذي يُعدُّ رائدًا من رواد

---

(1) موفق رياض مقدادي، البنى الحكائية، في أدب الاطفال العربي الحديث، سلسلة عالم المعرفة (392)، المجلس الوطني للثقافة والفنون والآداب، الكويت، 2012م، ص 20.

(2) فادية حطيط، أدب الأطفال في لبنان، دار الفكر اللبناني، ط1، بيروت، 2001م، ص 16.

قصص الخيال العلمي، فقد تنبأ بكثير من المخترعات التي تحققت فعلًا، فمن أهم رواياته «من الأرض إلى القمر»، و«أسابيع في المنطاد»، و«عشرون ألف فرسخ تحت البحار»، و«حول العالم في ثمانين يومًا» بالاشتراك مع «ميشيل ستروغوف».

وممن اشتهر باهتمامه بأدب الأطفال، الكونتيسة «صوفي دو سيجور» (1799م-1874م)، التي عُرفت بولعها الشديد بهذا الأدب؛ إذ كتبت أول عمل لها بعنوان «حكايات جديدة عن الجنيات» في عام 1857م [1].

2.1 مرجعيات أدب الطفل في الدول الاسكندنافية

إن الناظر في أدب الأطفال في الدول الاسكندنافية، يرى أنه اعتمد في بداياته على النقل والترجمة من الألمانية، وكان أدبًا موجهًا إبان الحرب، وواكب هذا بزوغ نجم الكاتب «هانز كريستيان أندرسون»، الذي تأثر بالأدب الألماني، إذ ظهر في زمن لم يكن فيه حقل أدب الطفل ذائع الانتشار؛ اتخذ هذا النوع الأدبي للأطفال من كوبنهاغن منطلقًا لبداياته، التي مهدت لمرجعيات أدب الطفل في شمال أوروبا، وبرزت عبقرية أندرسون في كتابة الحكايات، فقد ظهر أول كتاب له «حكايات للأطفال» في عام 1835م، ثم انطلق في تأليف رواياته للأطفال بعد زيارته لفرنسا، وألمانيا، وإيطاليا، التي أسماها «حكايات حياتي» عام 1850م، وترجمت إلى كل لغات العالم تحت مسمى «حكايات».

وتميَّز أدب «هانز أندرسون» بخصوبة الخيال، والنزعة نحو التراجيديا، الأمر الذي طبع أسلوبه بالعمق، والشجن، والحزن، والنزعة المثيرة نحو تحريك الوجدان، فضلًا عن ارتباط السرد الحكائي في رواياته بالتراث الشعبي الاسكندنافي (السويد والدنمارك وفنلندا)، وأتاح له إتقان السرد الحكائي جمهورًا عريضًا من الكبار والصغار»[2]. وفي هذا السياق يُسجل للمرجعيات الثقافية الاسكندنافية، تميزها بمفاهيم الفن المحلي، والأدب، والفلكلور، والفانتازيا الشعبية المفعمة بخصوصية التراث الثقافي، الذي كان حضوره واضحًا في المرجعيات الثقافية لهذا الأدب.

---

(1) عبد الرازق جعفر، أدب الأطفال، منشورات اتحاد الكتاب العرب، ط3، دمشق، 2005م، ص 212-222.

(2) كيمبرلي رينولدز، أدب الاطفال، ترجمة: ياسر حسن، مراجعة: هبه نجيب مغربي، مؤسسة هنداوي للتعليم والثقافة، ط1، 2014م، ص 25.

3.1 مرجعيات أدب الطفل في إسبانيا

تأثر أدب الطفل في إسبانيا بالتقليد الفلكلوري ذي البنى المعروفة، «في أعمال تروب العتيدة، أما المخطط الكلاسيكي المستخدم في السرد الحكائي القصصي الإسباني، فقد اعتمد على مخطط النموذج التحويلي، الذي يتيح إمكانية التحويل؛ وذلك من خلال الاستعاضة عن النقص، وتحويل المستحيل إلى ممكن. ويمكن أن نلحظ هذا في أدب الكاتبة الإسبانية، آنا ماريا ماتوتي، التي استخدمت مرجعيات ارتبطت بالنسيج السردي المعتمد على الخيال، فجاءت الصورة مفعمة بنسيج حالم، يرتبط ببهجة العيش، وقيم السلام، واستشراف المستقبل في خاتمة قصيرة. وإلى جانب هذا، كان نشوء أدب الطفل الحديث، وتطوره في إسبانيا، مبنيًا على استجابة الرواية لقوانين الواقعية الروائية في القرن التاسع عشر، القائمة على انعدام العدالة الإنسانية والاجتماعية»[1].

ويُستخلص من هذا أن أدب الطفل الإسباني، ارتبط بالموروث على أرضية إسبانية لها خصائصها، والتي تداخلت فيها الثقافة الشعبية والثقافة العلمية ببعضهما بعضًا، فضلًا عن اتسام هذا الأدب بثرائه، وبرصانة الصيغ والتكرار والتناظر، دون أن نغفل ارتباط الأدب في إسبانيا -ضمن مرجعياته -بواقع الحياة العامة، والواقع التاريخي والإنساني. وتطالعنا في هذا السياق نِتاجات «ماريا ماتوتي»، التي يشيع فيها الثراء الأدبي والإبداعي، ضمن تجليات الأدب الإسباني في القصة، والرواية، والحكاية[2].

وقد حفِلَ أدب الطفل الإسباني بصور تبعث على السعادة، والفرح، والأمل في النفوس، معتمدًا على الفلكلور الشعبي الزاخر؛ ذلك لأنه صوَّر إسبانيا بعد الحرب برسم صورة رمزية تداعب الخيال، وجاء الخيال المرسوم في حكايات أدب الطفل الإسباني وأشعاره، بطاقةٍ ينتقل فيها الواقع إلى حيث يجري تصعيد العناصر الواعية واللاواعية ضمن المخيلة الروائية، كما جاءت المرجعيات الخاصة بأدب الطفل، لتضفي الشاعرية، والدفء الإنساني، ومظاهر الحنو، وقيم الجمال، والإبداع في تصوير الواقع المتخيل، ضمن السرد الحكائي[3].

---

(1) آنا ماريا ماتوتي، أدب الأطفال والفتيان في العالم، ترجمة: نادر زكريا، دار الحوار للنشر، ط 2، اللاذقية، 1985م، ص 28-32.

(2) إسماعيل عبد الفتاح، أدب الأطفال في العالم المعاصر، (مرجع سابق)، ص 47-52.

(3) آنا ماريا ماتوتي، أدب الأطفال والفتيان في العالم، (مرجع سابق) ص90-100.

4.1 مرجعيات أدب الطفل في ألمانيا

صاغ «الروائي أرنست ثيودور أمادوس هوفمان (1776م – 1822م) من الحكايات الشعبية قصصًا خياليةً، كان أبرزها ’كسارة البندق‘ في عام (1816م)، وجمعَ الأخوان الألمانيان جاكوب ووليم غريم حكايات تراثية خوفًا عليها من الضياع، وإبرازًا لأصالة الثقافة الألمانية، وكان ذلك بين عامي 1812م و1814م»[1].

وظهر «أول جزء منها ’حكايات الأطفال والبيوت‘، وقد اشتهرت هذه المجموعة، بوصفها تراثًا ألمانيًا، كُتِب بلغة الشعب، ومطلعها دائمًا عبارة ’كان يا ما كان‘، وما زالت حكايات الأخوين جاكوب ووليم غريم، تسحر أطفال العالم، ومنها حكاية ’ليلى والذئب‘، و’بيضاء الثلج‘، و’الساحرة الشريرة‘، و’الأميرة النائمة‘»[2].

5.1 مرجعيات أدب الطفل في إيطاليا

يُعَدُّ أدب الأطفال في إيطاليا متقدمًا على نظرائه من الدول، وتجلى ذلك عند «جيوفاني بوكاشيو» (1313م – 1375م)، الذي اهتم بكتابة مجموعة قصصية بعنوان «ديكاميرون»، أي «الأيام العشرة» على غرار «ألف ليلة وليلة»، كما كتب «جون بنيان» كتاب «رحلة المسافر» عام 1678م، ويُعد من كُتب التراث المسيحي، التي كُتِبت أصلًا للكبار، ثم أعيدت صياغتها لتناسب الصغار، وقد نال هذا الكتاب شهرة واسعة.

وكتب «ليوناردو دافنشي» (1452م– 1519م) حكايات قصيرة، ذات معانٍ عميقة، جاء بعضها على ألسنة الحيوان والنبات والجماد، وكان قد أبدع في بعضها، أو أضاف لمسات جديدة على بعض الحكايات القديمة[3].

6.1 مرجعيات أدب الطفل في روسيا

يذهب سمر روحي الفيصل إلى أن أدب الطفل، جاء وفق تفسير مضامين جديدة في الفكر، تقوم على بناء أساس قوي للحريات والتعبير عن الرأي، ليرتقي الأدب بالإنسان.

---

(1) سمر روحي الفيصل، أدب الأطفال وثقافتهم (قراءة نقدية)، منشورات اتحاد الكتاب العرب، ط1، 1998م، ص 45–52.

(2) محمد جمال عمرو وآخرون، المدخل إلى أدب الطفل، دار البشير لنشر، ط1، الأردن، 1990م، ص 28.

(3) عبد الرازق جعفر، أدب الأطفال، (مرجع سابق)، ص 219-220.

وذكر أن الأديب الروسي «مكسيم غوركي» ركز على أهمية العمل والعلم، ضمن السياق الأدبي، والاهتمام بالأسلوب التجديدي نحو المستقبل، ووضع العلم في خدمة الطفل، وضرورة تسخير العملية الفنية في خدمة مرجعيات الأدب المقدم إليه، على أنه قيم ثقافية، وأنماط اجتماعية في اللغة والثقافة، اللتين تروّضان خيالات الطفل، ضمن السياق الواقعي، فضلًا عن ربط قيم الثقافة، المتصلة بأدب الطفل بتاريخ الفن، وأصوله، ونشأته، وبالحكايات الشعبية، والأساطير المتوارثة منذ القدم؛ وذلك لتنمية الفكر، واللغة، والمخيلة الذاتية؛ ولتنميط الألفاظ، واللغة، وعلوم الكلام، ومهارات الكتابة والقص؛ ولإعطاء الأطفال فرصة الاختيار، والتنوع، ولإدراك أهمية الإبداع الفني[1].

وعالج «مكسيم غوركي» (1868م-1963م) قضايا أدب الطفل في روسيا، من خلال تحرير عقل الطفل، وبناء سياج قيمي جديد، قائم على الاستشراف، وتخليصه من الأساليب القديمة الحاكمة، إلى جانب إضفاء نوعٍ من تحرير العقل من الأعراف القديمة، والأوهام النفسية، والاعتناء بالتربية الاجتماعية الهادفة - في سياق أدبي- إلى بناء جيل جديد، عمادُه الإبداع، وتخليصُ الأطفال من النزعة الذاتية، والأنانية، والفردية، وحب الذات، والتعصب، والعنف، والخجل، وذلك ضمن المرجع الأدبي في المشهد الثقافي الروسي، وجذب انتباههم نحو المستقبل، وعدم الإمساك بتلابيب الماضي، وحرصه على التطوير المستمر بين الحداثية، ومنابع التراث القديم، والنظريات الحديثة، والواقع[2].

لذلك اهتم «مكسيم غوركي» بنشر سلسلة من الكتب الأدبية والعلمية، التي تُعنى بالجغرافيا والتاريخ والشعر والقصة والحكاية، التي تساعد على التعليم الممتع، ونشر البهجة والتشويق والفرح داخل نفس الطفل، في إطار علمي وثقافي، نحو استشراف المستقبل[3].

وأدى ظهور الوسائط الجديدة إلى التأثير المباشر في القوالب الفنية، وتقنيات السرد الحكائي، بوصفها مرجعيات جديدة، تقدم للطفل الروسي، «وتمت المعالجات التلفزيونية، والسينمائية، وشرائط الكاسيت، والأسطوانات المدمجة، للحصول على أدب قصصي

(1) سمر روحي الفيصل، أدب الأطفال وثقافتهم، (مرجع سابق)، ص 45-52.

(2) سيث ليرر، أدب الأطفال، ترجمة: ملكة أبيض، منشورات الهيئة العامة السورية للكتاب، د.ط، دمشق، 2010م، ص 115- 120.

(3) كيمبرلي رينولدز، أدب الأطفال، (مرجع سابق)، ص 11-13.

إلكتروني، له تأثير أبعد مدى من أسلوب المرجعيات القديمة، وأسلوب المعالجات للسرد الحكائي؛ إذ خضع السرد الحكائي لحركة الصورة، وتأثير الصوت، وخداع الضوء بصورة مباشرة، على مجريات العرض، ضمن سياق الحدث»[1].

7.1 مرجعيات أدب الطفل في الولايات المتحدة الأمريكية

اهتم الأمريكيون بأدب الطفل اهتمامًا كبيرًا نظرًا لعدد الناشرين، إذ وصل العدد إلى 410 ناشرين وذلك في عام 1930م. ووضعت الأمريكية «لويزا ماي الكوت» قصصًا أحبها الصغار، ومن أهمها قصص «سيدات صغيرات»، الصادرة في جزأين: الجزء الأول في عام 1868م، والجزء الثاني في عام 1869م، وكذلك أصدرت قصصًا، بعنوان «رجال صغار» في عام 1871م، و«تحت شجرة الليلك» في عام 1878م، وأصدرت بعد ذلك قصة «بنات الدكتور مارتش الأربع»[2].

---

(1) سمر روحي الفيصل، أدب الأطفال وثقافتهم، (مرجع سابق)، ص 42-45.

(2) محمد جمال عمرو وآخرون، المدخل إلى أدب الطفل، (مرجع سابق)، ص27-28.

المبحث الثاني

مرجعيات أدب الطفل العربية والإقليمية

إن البحث عن بدايات المرجعيات التاريخية لنشأة أدب الطفل في الثقافة العربية، يتطلب من الباحث جهدًا حثيثًا؛ لأن البحث عن مفهوم أدب الطفل وتحديد بدايته عربيًا أمر صعب؛ فقد وردت إرهاصات في البيئة العربية، تتمثل في الأغاني الموجهة للطفل، أو القصائد الشعرية، التي كتبها الشعراء لتعزيز ثقافة الطفل العربي، وتهذيب مواهبه، ولكن تلك الإرهاصات لم تقتصر على الثقافة العربية وحدها؛ بل شملت غيرها من الثقافات الأخرى.

1. مرجعيات أدب الطفل العربية:

عند النظر في مرجعيات أدب الطفل في التراث العربي الإسلامي، نجد ألوانًا كثيرة مما يمكن أن يصلح إدراجه ضمن أدب الطفل؛ إذ ذكرت المصادر التاريخية والأدبية قدرًا كبيرًا من النصوص الشعرية، التي قيلت في الجاهلية والإسلام، والتي يمكن أن تعد من الأناشيد أو الأشعار أو الأغاني الخاصة بالأطفال، فضلًا عن أن التراث غني بالنصوص النثرية التي تناسب الأطفال شريطة أن تخضع لظروف العصر الحالي، وطبيعته، وقيمته، وعاداته[1].

ويرى «أحمد زلط» أنه «تكاد تتفق معظم الروايات، أن أول من قص القصص، وحدث بالحكايات في الأدب العربي مع ظهور الإسلام، هو تميم الداري، وهو نصراني أسلم في السنة التاسعة الهجرية، ومن أشهر ما قص به من قصص خيالية قصة 'الجسَّاسة والدجال'»[2]. ومن الممكن أن نعد فن المقامات من قصص الأطفال «كمقامات بديع الزمان الهمذاني (358هـ)، ومقامات الحريري (446هـ)، ومقامات جار الله الزمخشري (467 هـ)؛ لأن الغرض

---

(1) محمد جمال عمرو وآخرون، المدخل إلى أدب الطفل، دار البشير للنشر، ط1، الأردن، 1990م، ص 28. ومحمد بريغش، أدب الأطفال، دار الوفاء للطباعة والنشر، ط1، القاهرة، 1992م، ص 30.

(2) أحمد زلط، أدب الطفولة (أصوله ومفاهيمه – دراسات في الأدب والنقد)، الدار العربية للنشر والتوزيع، ط1، القاهرة، 1997م، ص 46.

من المقامات هو تعليم الناشئة العربية؛ لأن أدب الكبار استأثر بإنتاجنا التراثي كله، ولم يلتفت المدونون إلى أدب الطفل»[1].

ويشير «حميد مدثر» إلى أن العرب القدامى، كانوا «يبعثون أبناءهم إلى الصحراء مع مرضعات من البدو، ثم لا يعودون بهم إلى الحضر، حتى يبلغوا الثامنة والعاشرة؛ ليتعلموا الفصاحة، وينهلوا من روح الحرية، ويتأهلوا ليكونوا فرسانًا»[2]، ومنها القصة المشهورة في رضاعة الرسول-صلى الله عليه وسلم- من حليمة السعدية. «وعند ظهور الإسلام اتجهت عناية العرب نحو أدب الأطفال، المستمد من القرآن والسنة، وجاء الأدباء -في العصور اللاحقة- الذين أعطوا أدب الطفل نصيبًا وافرًا من القصص، فألفوا كتبًا في ذلك، منهم: الجاحظ، وابن طفيل، وعبد الله بن المقفع. والباحث في أدب الطفل العربي في الوقت الراهن، يجده قد تأثر بأدب الأطفال العالمي، وفي حقيقة الأمر لقد تأثر أدب الطفل في أوروبا والولايات المتحدة قديمًا، بأدب الطفل العربي، ومثال ذلك التأثير، تصوير قصص 'ألف ليلة وليلة' عند والت ديزني، واقتباس قصة 'طرزان' من قصة 'حي بن يقظان'، ومن ذلك -أيضًا- ما جاء عند لافونتين في (أمثولاته)، التي أُخذت من كتاب 'كليلة ودمنة'»[3].

وتُعدُّ قصص «ألف ليلة وليلة»، و«حي بن يقظان» من أشهر الحكايات الباقية عند العرب، إذ شكلت لهم مرجعيات في أدب الأطفال، فضلًا عمَّا نجده من أفكار، وعناصر في «مقامات بديع الزمان الهمذاني»، وحكايات «كليلة ودمنة»، وغيرها من النوادر، والأمثال الوعظية، والأدب الحكيم، أو القصص المسلية.

وتولدت موضوعات جديدة عن أصول تلك الحكايات العربية الباقية، ومنها أدب الرحلات، فقد أوحت قصص «السندباد لكثير من مؤلفي كتب الرحلات في الغرب، أن يتحدثوا عن رحلاتهم، أو عما يتخيلون من رحلات، كذلك أحيت حكايات 'كليلة ودمنة'»،

(1) السعيد بو سقطة، أدب الأطفال في التجربة الشعرية الجزائرية، (أعمال الملتقى الثاني-الأدب الجزائري في ميزان النقد)، منشورات جامعة عنابة، د.ط، الجزائر، 1994م، ص 137.

(2) مدثر حميد، أدب الأطفال وتطوره، مجلة القسم العربي، جامعة بنجاب، العدد 22، لاهور باكستان، 2015م، ص 151.

(3) قرة العين طاهرة، أدب الأطفال العربي وتطوره، مجلة القسم العربي، جامعة بنجاب، العدد 22، لاهور باكستان، ص 160.

موضوع أدب الحيوان»[1]. فأصبحنا نجد الكثير منه خاصة في أدب الأطفال والصبية، وكذلك موضوع الأدب الحكيم، والفضل يعود لقصص «ألف ليلة وليلة».

وأرى أن أبحاثًا عديدة، ذكر فيها الدارسون أن الفضل يعود للمستشرقين في حفظ كتاب «ألف ليلة وليلة» من الضياع، فقد اهتموا بهذا الكتاب اهتمامًا كبيرًا؛ إذ إنهم أرَّخوا له، وأضافوا إليه؛ وتعد النسخة التي قدمت من الشرق مصدرًا هامًا في تعزيز أدب الطفل الأوروبي، كما تعد هذه النسخة مرجعية حقيقية، استند إليها أدباء ومفكرون أوروبيون، واهتدوا من خلالها لتأسيس أدب الطفل. وتؤكد سهير القلماوي: «أنَّ أهم طبعة لكتاب 'ألف ليلة وليلة'، هي طبعة بولاق، مبينة أن حكايات 'ألف ليلة وليلة' من صميم القصص الشعبي العربي، على الرغم من وجود بعض القصص الهندية والفارسية، ما يعني أن هذا النوع من القصص كان معروفًا عند العرب قديمًا، وفي العصر الوسيط، وبعد انتقال هذا الكتاب للغرب، بدأ الغربيون يتجهون إلى الاهتمام بالأدب الشعبي، وجمعه ودراسته؛ لمعرفة أدب هذه الشعوب، وقد قام المستشرق الفرنسي أنطوان جالان بترجمة الكتاب للفرنسية عام (1704م)، وهو مجموعة متنوعة من القصص الشعبية، عددها نحو مائتي قصة، يتخللها شعر في نحو (1420) مقطوعة»[2].

وتؤكد القلماوي تأثر الغرب بكتاب «ألف ليلة وليلة»، من خلال كتاباتهم في أدب الطفل المنسوجة على كتاب «ألف ليلة وليلة»، ويتضح هنا أن الغرب هذَّب هذا النوع من الأدب، وطوروه، واهتموا به اهتمامًا كبيرًا، ويذكر محمد عبد الهادي أن «الغرب قطع شوطًا بعيدًا في تطوير أدب الطفل لديهم، والاهتمام به، ورعايته النفسية، والتربوية، والإبداعية»[3].

وما ذكره حول قِدم أدب الطفل في التراث العربي، يُعد أمرًا طبيعيًا، فقد ظهرت بذوره من خلال الهدهدات، والترنيمات، والحكايات؛ وعندما بدأ الكُتاب يدركون أهمية هذا النوع من الأدب في العصر الحديث، ألبسوا القديم ثوب الجِدَّة، وأصبحت له أسس وأصول

(1) سهير القلماوي، ألف ليلة وليلة (دراسة)، سلسلة ذاكرة الكتابة، الهيئة العامة لقصور الثقافة، القاهرة، 2010م، ص 160-163.

(2) تهاني صلاح، ألف ليلة وليلة (مقال منشور) عن كتاب الأسبوع ألف ليلة وليلة، جريدة الأهرام، العدد 46972، مصر، ص 17.

(3) محمد عبد الهادي، تاريخ أدب الأطفال في الجزائر والعالم العربي (بحث منشور)، مجلة المخبر، العدد 3، (أبحاث في اللغة والأدب الجزائري- قسم الأدب العربي)، جامعة بسكرة، 2006م، ص 305-306.

ومبادئ وأنواع وغايات واتجاهات، وبدت تجلياته تظهر في المعاهد العلمية، والدوريات، والأبحاث، والدراسات، وبدأ تخريج الباحثين والمتخصصين فيه[1].

وفي عصرنا الحالي حظي أدب الطفل باهتمام كبير، فقد اهتم به الدارسون المحدثون من خلال كتاباتهم المتنوعة في أدب الطفل، وأدت التقنيات الحديثة ووسائطها دورًا كبيرًا في نشر هذا الأدب الطفولي، ما أدى إلى إحداث تحولات كبيرة في أدب الطفل، هذا فضلًا عن أن الترجمة أدت دورًا رئيسًا في تطوير أدب الطفل.

ولعل المتتبع للأدب المُوجَّه للأطفال، يرى أنه «قد عُرِّبت للطفل العربي العديد من الروايات، والروائع الأدبية الشهيرة، الخاصة بالأطفال والناشئة، وكانت ذات مصادر متنوعة، ومنها: 'كوخ العم توم' لهربينز ستارو، و'قصة مدينتين'، و'أوليفر تويست' لتشارلز ديكنز، و'الزنبقة السوداء' لألكسندر دوما، و'دون كيشوت' لميخائيل دي سرفانتس، و'توم سوير' لمارك توين، و'عصفور الجنة' لأوسكار وايلد، و'ألغاز' لإدغار آلان بو، و'المزيف' لروبرت أونيل، و'المخطوف' لروبرت لويس ستيفنسون، و'مغامرات روبن هود' لهارود بيل، و'أليس في بلاد العجائب' للويس كارول، و'سندريلا'، و'رحلات جيلفر' لجونتان سويفت، والتي ساهمت في تعريف الأطفال العرب بما كُتب خارج بلادهم»[2].

إن شغف الطفل بالاستماع إلى الحكايات بمختلف أنواعها، الخرافية منها أو الأسطورية، يوسع لديه حافز الخيال، وينمِّي مداركه، ويؤدي إلى تفاعله مع الظواهر المحيطة به، ويدفعه إلى محاولة سبر أغوارها؛ فالطفل مولع بالخيال، وإيجاد العلائق بين الظواهر والأشياء غير المألوفة، فضلًا عن أن الأسطورة تمثل قيمًا كبيرة للطفل، والأدب الموجه له؛ إذ تقوم بوظيفتها الأخلاقية في هدايته، وتفسير ظواهر الكون؛ لأنها تحتاج إلى الخيال الذي لا يخلو من المنطق أحيانًا. وعرفت الحضارات الشرقية مرجعيات الأدب المرتبط بالأسطورة، التي أسست لمرجعيات أدب الطفل حول العالم، مثل أسطورة 'التكوين البابلية'، وأسطورة 'جلجامش' الآشورية التي شرعت الأخلاق، وعمقت القيم[3].

---

(1) سعد أبو الرضا، النص الأدبي للأطفال (أهدافه، ومصادره، وسماته)، دار البشير للنشر والتوزيع، ط1، عمان- الأردن، 1993م، ص 70.

(2) جرجي زيدان، تاريخ الآداب العربية، (مرجع سابق)، ص 30-32.

(3) أحمد زلط، أدب الطفولة (أصوله ومفاهيمه)، (مرجع سابق)، ص 43.

ونلاحظ أن ما يتصل بالترجمات التي ظهرت في البلاد العربية، وما تخللها من اقتباس ونقل إنما يدل على خطورة كبيرة؛ إذ جاءت هذه الترجمات والاقتباسات، دون رقابة من القائمين على أدب الأطفال، من نقادٍ ومختصين في علوم النفس، والتربية، والاجتماع، واللغة، والمكتبات. وقد سجلتُ بعض الملاحظات حول دور الترجمة والاقتباس، في التأثير في أدب الطفل العربي، ودورها في إحداث تغيير ثقافي وفكري، لدى الطفل العربي، وجاءت هذه الملاحظات لتؤكد أهمية مواكبة التطورات العالمية أيضًا؛ إذ لا يمكن أن يتولى أمر الترجمة إلا المختصون والثقات[1].

وربما كان الوضوح هو السمة الأبرز التي تتناسب مع مفهوم أدب الطفل، ومن ثم كان لزامًا على المترجم الاستعانة بالألفاظ السهلة، واللغة السليمة، بعيدًا عن التعقيد في الوصف والحوار، وهذا يزيد لغة سارد الأقصوصة أو الحكاية ثراءً؛ ولذا وجب على المترجم أن يوضح الأفكار والمعاني المبنية على الخيال في السرد، ومجريات الحكي؛ لتزدان بالبعد الخرافي، الأمر الذي يمكِّن الطفل من فهم الموضوع، بعيدًا عن تعقيدات الواقع، ويتيح له الإحساس بالسعادة والسرور، وكل هذا في سياق حرص المترجم أثناء الترجمة أو الاقتباس على التقليل من الوعظ، والإرشاد، والتثنية، والسعي بدلًا من ذلك إلى إسداء النصح، عن طريق الاهتمام بطرح الأسئلة، بوصفها عاملًا هامًا، يثير خيال الطفل، ويثري شغفه بالمعرفة، وينمي لديه الثقة[2]، ويمكنه من إدراك المعاني، التي يدور حولها النص، وفهمها، وإلى ما تقدم يجب «أن يكون المترجم في مستوى عال من العلم، ليس إلى فهم الكتاب المترجم فحسب، وإنما يمكنه من أن يضفي على عمله الشحنة نفسها، التي أراد الكاتب توصيلها إلى القارئ، مع الاهتمام بالمعاني والدلالات اللغوية والآثار النفسية، التي تتركها هذه الدلالات لدى الطفل»[3].

وهذا كله جعل الكثير من النقاد يذهبون إلى ضرورة الانتقال بأدب الطفل، من مجرد أدب تهذيبي إلى أدب حقيقي، يهدف إلى تسلية الأطفال، واتباع خيالهم ورغباتهم، وإدخال البهجة

---

(1) مفتاح دياب، مقدمة في ثقافة الأطفال، الدار الدولية للنشر والتوزيع، القاهرة، 1990م، ص 22.

(2) ملحق الخليج الثقافي، واقع ترجمة أدب الطفل في الوطن العربي، مركز الخليج للدراسات، (صحيفة الخليج)، 21 أغسطس 2017م.

(3) عبد التواب يوسف، أطفالنا وعصر العلم والمعرفة، دار الفكر المعاصر، بيروت، 2002م، ص 85.

والسرور عليهم، وإن كان هذا لا يمنع الثقة من تضمين هذا الأدب المبادئ، والأهداف التربوية والتعليمية، المطلوب تلقينها للطفل بشرط أن يتم ذلك في أسلوب شيق، وبطريقة غير مباشرة[1].

ويؤكد المختصون في ثقافة الأطفال وأدبهم أنه لا بد للكتَّاب من أن يكون لديهم قناعات بأن عصر المعلومات والمعرفة لن يطغى على أدب الأطفال، أو يلغيه؛ لأن الاحتياج لأدب الأطفال شعرًا كان أو نثرًا، زاد عن ذي قبل؛ لأن هذا الأدب يتعامل مع الروحانيات والمعنويات وخوالج النفس، التي تؤثر في صقل الوجدان وتهذيب النفوس. ولأن المعرفة البحثية وحدها لا تكفي؛ إذ لا يمكن غرس القيم، واكتساب الأخلاقيات، وفرض السلوكيات السليمة والسوية[2]، إلا من خلال الاهتمام بالأدب التقليدي للطفل؛ لأنه يمثل امتدادًا هامًا في تعزيز أدب الطفل التفاعلي.

ويشير حسين عبروس إلى «غياب النقد المتخصص بأدب الأطفال والمؤهلين في الوطن العربي، فالنقاد عليهم أن يمتلكوا حسًا نقديًا، وثقافة واسعة، لتحقيق عملية الإبداع الموجهة -أصلًا - إلى الطفل، في شتى مجالات الكتابة، والاهتمام بالغلاف الخارجي، والصور والرسومات الداخلية، بالإضافة إلى حجم الكتاب، وتحديد الفئة العمرية الموجهة إليه، مع الإحاطة بوجود عيوب، وأخطاء فنية أُخرى، خاصة بصفة الكتاب، وشكله، وجماليات غلافه»[3].

ويُشترط في القائم على كتب الطفل أن يكون لديه قدر كاف من العلم، والخبرة بالأطفال، وما يناسبهم في مختلف مراحل الطفولة، وأن يكون فنانًا ومبدعًا، لديه القدرة على رسم الصورة، وتعبيراتها، ومدلولها، بكل دقة وجمال، فإن لم يكن لديه هذا العلم والخبرة، وجب عليه أن يستعين بأحد الخبراء في هذا المجال، أو بأخذ رأي علماء النفس، أو بخبير من خبراء الطفولة؛ لأن أدب الطفل هو صورة تكاملية بين المكتوب من صور ذهنية، وصور عيانية مرسومة بتكامل الأفكار، وتعميم المتعة والتشويق.

---

(1) سمر روحي الفيصل، الثقافة العربية والترجمة (مقال منشور)، جريدة الشرق الأوسط، العدد 8083، 14 يناير 2001م، ص 48-52.

(2) عبد التواب يوسف، دور أدب الطفل في تحقيق التنشئة الثقافية للأطفال وإعدادهم لعالم الغد، مجلة الفيصل، العدد (2-3)، 2001م، ص 8.

(3) عبد الله أبو جلال، الأطفال والتلفزيون، المجلة الجزائرية للاتصال، العدد 13، يناير 1996م، ص 77.

من أشهر كتب الأطفال في العالم كتاب «حكايات ماما الإوزة»، التي كتبها «شارل بيرو»، وتضم ثماني قصص، منها «سندريلا»، «الجميلة النائمة»، «ذو اللحية الزرقاء»، «القط ذو الحذاء...»، وهذا الكتاب يعد أول كتاب في أدب الطفل، فقد طُبع في فرنسا عام 1697م، ثم تُرجم إلى الإنجليزية في عام 1729م، وعرض الكاتب فيه تكامل الصورة الذهنية لدى الطفل، ما أدى إلى ذيوعه وانتشاره، فقد اهتم به الدارسون اهتمامًا كبيرًا؛ إذ قام الفنان العالمي «غوستاف دوريه» برسم صورة للكتاب عام 1697م، وذيله برسوم دورية[1].

ويعدُّ «كامل كيلاني» من أبرز الكتاب في أدب الطفل، وأحد الذين أصَّلوا تلك الأفكار، وكان يهدف من كتاباته إلى ترغيب الطفل بالقراءة ليقوي ميوله وخياله، ويعمل على صقل مواهبه؛ وتأثر كامل كيلاني بأبي العلاء المعري، وشخصية جحا، وكان يستخدم ألفاظًا أعلى من مستوى الأطفال أحيانًا، ولكنه نجح في وضع مفردات لبعض الكلمات الغامضة، وقد ترك للأطفال مجموعة قصصية ثرية، مثل: القصص العلمية، وشكسبير، ومكتبة الكيلاني، وترجمات، وغيرها[2].

وفي النصف الثاني من القرن العشرين أخذت دور النشر تتنافس؛ لتخرج للأطفال كتبًا ذات طباعة جميلة، وألوان زاهية، كما قدمت لهم كتبًا، تتضمن قصصًا وأساطير، وكتبًا دينية، وعلمية مبسطة، مثل «العالم من حولنا»، وكتبًا عن حياة المجتمعات، وأغاني، وأناشيد في «سلسلة اقرأ». ونرى أدباء كثيرين من العرب، رسخوا مفهوم أدب الطفل، منذ مطلع القرن الماضي، ومنهم: شريف الراس، وكارمن معلوف من لبنان، وزكريا تامر، ومعين بسيسو، وسليمان العيسى من سورية، ومحمد العروسي من الجزائر، ويوسف الشريف، ومحمود فهمي من ليبيا، وحميدة خميس وعلي الشرقاوي من البحرين، ومحمد إسعاف الحسيني، وراضي عبد الهادي من الأردن وفلسطين، وفاروق سلوم من العراق، وإبراهيم شعراوي، وأحمد زرزور من مصر[3].

ويشير مالك إبراهيم إلى أن اختصار واقع أدب الأطفال في العالم العربي، يمر بمنحنيات عديدة، منها «غياب ما يصطلح عليه بأدب الطفل، وطغيان نظرية أن الطفل رجل صغير،

---

(1) أحمد نجيب، أدب الأطفال (علم وفن)، دار الفكر العربي، ط1، القاهرة، 1991م، ص 226-230.

(2) مدثر حميد، أدب الأطفال وتطوره، (مرجع سابق)، ص 158.

(3) قرة العين طاهرة، أدب الأطفال وتطوره، (مرجع سابق)، ص 158-159.

فيُقدم له من الأدب ما لا يتناسب مع عقله وسنه، وقد سيطرت الكتابات في أدب الطفل على بقية الأجناس الأدبية، بالإضافة إلى أن المواد المقدمة إلى أدب الطفل العربي، تعتمد على ثقافة الذاكرة، وتغيب عنها ثقافة الإبداع، وتتسم بالتنظير للأوامر والنواهي، واستخدام أسلوب الإذعان، بعيدًا عن أسلوب الإمتاع والمناقشة، فضلًا عن سيطرة الهدف التجاري على كُتابها وناشريها»[1].

وتشير نجلاء علام إلى صدور 101 مجلة للأطفال فقط في العالم العربي على مدى 130 عامًا؛ إذ منذ عام 1950م ولمدة تقارب نصف القرن صدرت 70 مجلة للطفل فقط، وأن مصر أصدرت 29 مجلة للطفل في الفترة ما بين عامي 1870م و1950م. ولم تصدر في العالم العربي في تلك الفترة سوى مجلتين فقط، هما «روضة المعارف» في عام 1908م في لبنان، و«مجلة الصبيان» في عام 1946م في السودان.

وتذهب نجلاء علام في هذا الإطار أيضًا إلى أن «مجلات الأطفال شهدت اهتمامًا كبيرًا، فقد صدرت أول مجلة عربية مختصة بأدب الطفل في مصر في عام 1870م[2]. ومنذ عام 1950م لم يصدر في العالم العربي سوى 70 مجلة للطفل. وكتب حامد القصبي عام 1929م أول جزء من أجزاء كتابه الثلاثة، وهو «التربية بالقصص لمطالعات المدرسة والمنزل»، و المترجم عن الإنجليزية -بتصرف- ضمن الأدب التمهيدي في أسلوب شيق وجذاب»[3]. وفي عام 1934م التزم الأب نقولا أبو هنا المخلصي، أحد أدباء «دير المخلص» في شرق مدينة صيدا اللبنانية، ترجمة خرافات لافونتين، في كتابه «أمثال لافونتين»؛ وفي المدة ما بين عامي 1932م – 1934م. وظهرت مجلة «أبوللو»، وهي مجلة أدبية تنشر تحت باب شعر الأطفال لعدد من الشعراء، منهم: الصاوي محمد شعلان، وبركة محمد، وعلي عبد العظيم، وكامل كيلاني. وضمن أدب الطفل العربي وضع «جبران النحاس» ديوانه «تطريب العندليب»، المطبوع عام 1940م، الذي يضم سبعًا وتسعين قصة شعرية متأثرة بلافونتين، وأكد خليل مطران ريادة كيلاني في شعر

---

(1) محمد عبد الهادي، تاريخ أدب الأطفال في الجزائر والعالم العربي، (مرجع سابق)، العدد 3، ص 305.

(2) نجلاء علام، إصدارات العالم العربي لمجلات الأطفال في 130 عامًا، صحيفة الوسط، العدد 853، يناير 2005م.

(3) هادي نعمان الهيتي، ثقافة الأطفال، المجلس الوطني للثقافة والفنون والآداب، سلسلة عالم المعرفة، العدد 123، الكويت، 1988م، ص 217- 218.

الأطفال وآدابهم، وإنشائه مكتبة الأطفال القصصية العربية، فهو رائدٌ من رواد أدب الطفل في العصر الحديث[1].

وصنف علي فكري (1879م – 1953م) الكثير من المصنفات، التي تندرج تحت عنوان أدب الأطفال والناشئة[2]. وفي العشرينيات من القرن العشرين عرف الشاعر المصري محمد الهواري، والعراقي معروف الرصافي، والأردني إبراهيم اليوارش، والتونسي محمد فياشو، وغيرهم، وكلهم كتبوا شعرًا أصيلًا للأطفال. وشهدت الثلاثينيات بدايات أولى ظاهرتين أساسيتين نشأتا في مصر، وهما: ظهور بعض الرواد، وظهور مدرسة التربويين في الكتابة للأطفال، والتي اقترنت بصدور مجلة سمير التلميذ في عام 1933م [3]، وظهر عبد الرحمن الجيلاني في الجزائر، والهادي العبيدي، وعبد الرزاق كرباته أحمد، ومصطفى خريف في تونس، وأحمد حقي الحلي، وعبد الستار القره غولي، وهم كتّاب بارزون في أدب الطفل العربي. وفي أربعينيات القرن الماضي تطورت الفصول الأدبية، وصار الأدب حقلًا خصبًا في مدرسة التربويين، وشملت وزارة المعارف لجنة تعتني بأدب الطفل (لجنة العناية بأدب الطفل)، ضمت العديد من الرواد في أدب الطفل العربي. وكانت الخمسينيات من القرن العشرين، نقطة الانطلاق لأدب الأطفال والناشئة في العديد من البلدان العربية، ففي مطلعها صدرت في العراق العديد من كتب الأطفال بمبادرات شخصية، وفي الأردن وتونس تبلور هذا الأدب، فبرزت الدار التونسية للنشر وغيرها، مما رسخ دعائم هذا النوع من الأدب، وتوالى تأسيس دور جديدة للنشر[4].

وفي التسعينيات كثر إنتاج أدب الأطفال في سوريا، والأردن، ومصر؛ فقد أنشأت مصر «المكتب الاستشاري لثقافة الطفل» عام 1968م، الذي قام ببرامج تدريب للمهتمين بأدب الطفل، كما أصدر عددًا من الكتب. وأصدرت إدارة الثقافة في دبي أول كتاب للأطفال، وصدر عن دار «صلاح الدين الأيوبي في القدس ثلاث حكايات، وكتاب شعر، وأُنشئ

(1) إيمان بقاعي، قصص الأطفال الناشئة في لبنان جدلية الشكل والمضمون، (دراسة أدبية منشورة)، دار الكتاب اللبناني، ط2، بيروت، 2002م، ص 108-113.

(2) أحمد نجيب، أدب الأطفال، (مرجع سابق)، ص 39-70.

(3) محمد الهواري، سمير الأطفال، دار الكتب المصرية، ط2، القاهرة، 1923م، ص 113–122.

(4) عبد اللطيف أرناؤوط، فهرست الكتب الصادرة للأطفال، اتحاد الكتاب العرب، وزارة الثقافة- سوريا، منظمة طلائع البحث والموقف الأدبي، دمشق، 1997م، ص 68.

المجلس الأعلى للطفولة في مصر، وأُنشئت دائرة ثقافة الأطفال في العراق، وإدارة الثقافة والفنون بوزارة الإعلام في قطر[1]. وفي هذه الحقبة أعلن اتحاد الكتاب العرب السوري، تشكيل جمعية خاصة بهذا الأدب، برئاسة علي عبد الله، مما أدى إلى النهوض بالقصة المحلية للطفل العربي[2]، وتلتها مجلات كثيرة في مصر، منها مجلة «سمير»، و«ميكي»، ومن المجلات التي تصدر في لبنان: «سوبرمان» و«الوطواط» و«سامر» و«طارق» و«طرزان» و«أحمد»؛ وفي سورية تصدر مجلة «أسامة»؛ وفي العراق تصدر «مجلتي» و«المزمار»؛ وفي السعودية مجلتا «حسن» و«الجيل الجديد»؛ وفي الكويت تصدر مجلتا «سعد» و«براعم الإيمان والمعلم»؛ وفي قطر تصدر مجلات «حمد» و«سحر ومشاعل» و«ماجد»؛ وفي أبوظبي مجلات «ثورمان» و«علاء الدين» و«قطر الندى» و«الكابتن سمير» و«مرحبا» و«الشباب» و«ميكي حبيب» و«ماجد»؛ وفي ليبيا مجلة «أمل»؛ وفي اليمن «الهدهد وضاح» و«مجلة الأطفال»؛ وفي تونس «بشار» و«أنيس»؛ وفي السودان «الصبيان» و«صباح» و«الحبل»؛ وفي فلسطين مجلة «الحياة»[3].

وضمن هذه الاهتمامات العربية في أدب الأطفال، نلاحظ أن هناك تفاوت بين الأقطار العربية في اهتماماتها بهذا الأدب، طبقًا للظروف السياسية والثقافية والاجتماعية التي مرت بهذه الأقطار. ويمكن استعراض أبرز محطات أدب الطفل والرجوع إلى هذه المرجعيات داخل الدول العربية للوقوف على إسهاماتها، التي ستؤثر حتمًا في تشكيل الوعي بأدب الطفل في الدولة على مستوى المؤسسات الراعية، وعلى مستوى المبدعين:

1.1 مرجعيات أدب الطفل في مصر

بدأ الاهتمام بأدب الأطفال في مصر مبكرًا، مقارنةً بباقي الأقطار العربية، وأدى الاختلاط بالأوروبيين دورًا بارزًا في لفت أنظار الأدباء والمفكرين المصريين إلى أهمية أدب الأطفال، والاطلاع على ما قدموه من نتاج للأطفال، وترجمته إلى العربية، والبحث في التراث العربي والفرعوني، وإنتاج أدب جديد للأطفال يواكب العصر، ويلبي رغبات الأطفال، ويشبع

(1) أحمد نجيب، أدب الأطفال، (مرجع سابق)، ص 31-64.

(2) عيسى الشماسي، القصة في سوريا (ورشة تحليلية للقيم التربوية) وزارة الثقافة، دمشق، 1996م، ص 51.

(3) نشأت المصري، مجلات الأطفال بين الواقع والمأمول، مجلة الفيصل (مقال منشور)، العدد 291، 2000م، ص 65.

ميولهم، فكان كتاب «تعريب الأمثال في تأديب الأطفال»، أحد الكتب الأولى المترجمة عن الفرنسية، على يد عبد المطلب أفندي، الذي قام بتنقيحه رفاعة الطهطاوي، وطُبع بالقاهرة بين عامي 1845م- 1847م، كما ترجم الطهطاوي أيضًا كتاب «وقائع الأفلاك في وقائع تلماك»، الذي كتبه فرانسوا دي فينلون عام 1699م؛ وفي إشراقة ظهور أدب الأطفال في العالم العربي في العصر الحديث، كان محمد عثمان جلال (1838م – 1898م) من أوائل الذين ترجموا بتصرف، مقتربًا في اقتباسه من لافونتين، وذلك في ديوانه «العيون اليواقظ في الأمثال والمواعظ»، تضمن مئتي حكاية منظومة، وأضاف إلى تلك الترجمة بعض الحكايات العربية[1].

وكان من أشهر الكُتاب في أدب الطفل الأديب أحمد شوقي، فقد كتب قصصًا كثيرة للأطفال على لسان الطيور والحيوانات إلا أنه تأثر بأسلوب لافونتين في كتاباته للأطفال[2]، فشوقي يعدُّ أولَ مَن خاطب الطفل في العصر الحديث بمجموعة شعرية، إذ إن للشعر مكانة خاصة في نفوس الأطفال؛ لأنه يمثل مرجعية مرموقة في تاريخ العرب وتراثهم، ولأن كتابات شوقي حفزت أبناء جيله على الكتابة في أدب الأطفال، وكان ذلك دعوة منه للجيل الذي تلاه من الأدباء، أمثال الرصافي والزهاوي في العراق، ومحمد الهراوي وكامل كيلاني في مصر وغيرهم، ليحذوا حذوه في كتاباتهم لأدب الأطفال[3].

أما ما يتعلق بالمجلات المتخصصة في أدب الأطفال، فإن أول من أسس مجلة للأطفال في الأقطار العربية، هو رفاعة رافع الطهطاوي في عام 1870م، وكان اسمها «روضة المدارس»، وساهم في الكتابة فيها أربعة وستون كاتبًا، بالإضافة إلى رفاعة الطهطاوي، وهذا يعني أنها سبقت أول صحيفة أمريكية للأطفال بنحو ربع قرن[4]، والمطبوعة الثانية كانت لمجلة «المدرسة»، التي أصدرها الزعيم مصطفى كامل في عام 1893م [5]، وتلتها مجلات كثيرة في مصر، وتعد مجلة «سمير» أقدم مجلات الأطفال، إذ صدرت منذ ما يزيد عن 61 عامًا،

(1) هادي نعمان الهيتي ثقافة الأطفال (مرجع سابق)، ص 207.

(2) مدثر حميد، أدب الأطفال العربي وتطوره، (مرجع سابق)، ص 156-158.

(3) محمد الهرفي، في أدب الأطفال (دراسة نظرية وتطبيقية)، دار الاعتصام، ط1، القاهرة، 1996م، ص 49.

(4) عبد التواب يوسف وحسين حسن حسين، تاريخ أدب الطفل، مجلة الفيصل (مقال منشور)، العدد 292، يناير، 2001م، ص 95.

(5) نجلاء علام، إصدارات العالم العربي لمجلات الأطفال في 130 عامًا، (مرجع سابق).

فالعدد الأول منها صدر في الخامس عشر من إبريل 1956م، وتوقفت عند العدد الخامس من ديسمبر2012م، ثم عادت للصدور مرة أخرى حتى أكتوبر2017م، ومن حسن الحظ أن الطهطاوي كان رئيس تحريرها.

وقد بدأت الكتابة في أدب الأطفال، منذ العدد الأول في عام 1956م، واستطاعت تلك المجلة منذ العام الأول لصدورها أن تنقل فكرها الخاص، وتصمد أمام منافسة المجلات الأُخرى، مثل «الكروان» و«سندباد» لسعيد العريان. وتصدر دار الهلال إلى جانب مجلة «سمير» مجلة أخرى هي «ميكي»، وهناك مجلات أُخر، مثل «صندوق الدنيا»، و«زي بلبل»، و«الفردوس»، و«زمزم»، و«المسلم الصغير»، و«العربي الصغير» تصدر من مصر[1].

وصدر في عام 1913م كتاب «آداب العرب» لإبراهيم بك العرب، المتوفي عام 1927م، في تسع وتسعين قصة شعرية على غرار خرافات لافونتين، وتأثر مصطفى جواد (1901م– 1996م) بخرافات لافونتين –أيضًا- فقد كتب بعض المقطوعات الشعرية، على ألسنة الحيوانات عام 1923م، مثل «اللقلق والعصفور»، و«الهر والفئران»[2]

وفي إطار النهوض بأدب الطفل العربي أصدرت دار المعارف بمصر أول قصص للأطفال، «أعدت بالصورة الفنية المألوفة حاليًا، طبقًا للمعايير الحديثة لأدب الأطفال، وهي قصص من إعداد جورج روب، ومحمد حمدي بك، منها: «القطيطات العزاز»، و«عند الفلاحين»، و«البنت الحمراء»، و«زوزو وفوفو».

وقامت مصر من خلال «المكتب الاستشاري لثقافة الطفل» بدراسة أدب الأطفال؛ إذ نظَّم هذا المكتب في عام 1968م، برنامجًا طويل الأمد لتدريب كُتَّاب الأطفال، وقد تمخض عنه إصدار كتاب «فن الكتابة للأطفال» لأحمد نجيب، وإنشاء «جمعية ثقافة الطفل» و«لجنة ثقافة الأطفال»، وأُنشئ «المجلس الأعلى للطفولة» الذي يهتم بشؤون الطفل وثقافته"[3].

---

(1) نشأت المصري، مجلات الأطفال بين الواقع والمأمول، مجلة الفيصل (مقال منشور)، العدد 291، 2000م، ص 65.

(2) هادي نعمان الهيتي ثقافة الأطفال، (مرجع سابق)،ص 217-218.

(3) أحمد نجيب، أدب الأطفال، (مرجع سابق)، ص 31-64.

2.1 مرجعيات أدب الطفل في ليبيا

يعود الاهتمام بأدب الطفل في ليبيا إلى نحو عشرينيات القرن الماضي، فقد أرَّخت فريدة الأمين المصري لرحلة أدب الأطفال، منذ تلك الحقبة وحتى عام 2005م؛ وبرز من كتاب ليبيا عبر تلك الحقبة التاريخية في أدب الطفل يوسف الشريف، وخليفة حسين، وسالم الأوجلي، وغيرهم[1].

وظهر اهتمام الكُتاب الليبيين بأدب الطفل من خلال كتاباتهم في هذا الفن، وإصدار المجلات، والصحف، مثل صحيفة «طرابلس الغرب»، التي نُشرت في عددها الأول قصة «سبب ملوحة البحر» في يوليو 1954م، وفي ستينيات القرن الماضي صدرت صحيفة «برقة الجديدة» الأسبوعية، وصحيفة «الحقيقة»، ومجلة «المرأة» عام 1946م، ومجلة «جيل» عام 1956م، ومجلة «الإذاعة» عام 1968م، ومجلة «ليبيا الحديثة»؛ وكانت أكبر المجلات المتخصصة في أدب الطفل مجلة «أمل» (1974م)، ووصل عدد المجلات التي صدرت في أدب الطفل في ليبيا منذ عام 1920م وحتى 2005م إلى 27 مصنفًا.

وكان من أهم الكتب التي صدرت للطفل في ليبيا للكاتب عبد الحميد محمد عامر بعنوان «أدب الأطفال في ليبيا»، وكان عبارة عن دراسة في مضمون القصة؛ وصدر كتاب في أدب الأطفال للناقدة فريدة الأمين المصري يؤرخ لحركة أدب الطفل في القرن العشرين (1920م- 2000م)[2]، وفي سياق اهتمام الدوائر الثقافية بأدب الطفل، افتتحت مكتبة خاصة بأدب الأطفال في طرابلس الغرب، وذلك ضمن خطة تهدف إلى تنويع الأجناس الأدبية للطفل، وقد اهتمت ليبيا قبل الظروف السياسية -عام 2012م- بأدب الطفل، ضمن خطتها الطموحة، فأصدرت العديد من مجلات، وصحف الأطفال، والاهتمام بالسرود الواقعية، والاجتماعية، والفانطاستيكية، والسرود الرمزية، والشاعرية، ومن بين الأدباء الذين اهتموا بهذا النوع من الأدب محمود فهمي، والأمين شائب العين، والجيلاني حسن الحامدي، والطاهر الدويني، ومحمد عبد الله الكرار، ومحمد التونجي، وغيرهم[3].

---

(1) أسماء مصطفى الأسطى، النتاج الفكري للأطفال والناشئة (دراسة ببليوغرافية)، إصدارات مجلس الثقافة العام (ليبيا)، سرت، 2006م، ص 17.

(2) فريدة الأمين المصري، أدب الأطفال في ليبيا في النصف الثاني في القرن العشرين، مجلس الثقافة الليبي، سرت، 2008م، ص 28-30.

(3) سالم محمد العواسي، أدب الطفل في ليبيا، مجلس الثقافة الليبي، سرت، 2010م، ص 30-31.

وفي العصر الحديث اهتم العرب بأدب الطفل، واستفادوا من آراء التربويين وعلماء النفس، ونشروا الأبحاث المتصلة به لتأصيله، وتدعيم الفكر الداعم له؛ إذ أُسست نهضةٌ لأدب الطفل منذ القرن التاسع عشر على أيدي الرواد، من أمثال: الطهطاوي، وأحمد شوقي، ومحمد الهواري، وبهيجة صدقي.... وغيرهم، بالإضافة إلى دور النشر التي أثرت في هذا الأدب بجماليات الطباعة، والصور، والرسوم الملونة، مما أمتع الأطفال بأدبهم؛ ومن المسلم به أنَّ أدب الطفل العربي، مرَّ بكل المراحل التاريخية، منذ القِدم وحتى الآن، وتشكل طبقًا لكل مرحلة[1].

3.1 مرجعيات أدب الطفل في الأردن

ارتبط أدب الأطفال في الأردن بمرحلة المقاومة في مراحله المتقدمة، وفي مرحلة التحول عرف مؤلفو كتب الأطفال هذا اللون من أدب الطفل، وبرز منهم: روكس بن زائد العزيزي، الذي كان من مؤلفي المناهج والكتب المدرسية للغة العربية، وقد كان الإنتاج الأدبي الأردني، الذي صدر في خمسينيات القرن الماضي وستينياته الموجه للطفل، إنتاجًا ضعيفًا؛ إذ صدرت -فقط- قصص «أحمد المدلل»، و«أيام الشتاء»، و«روادان» لإسحق الحسيني، و«فايز الغول»، و«سمسمة الشجاعة» لأمين ملحس، و«خالد وفاتنة» لرضى عبد الهادي، و«نجمة الليالي السعيدة»، و«العصفور الأخضر»، و«الأغاريد» لعيسى الناعوري.

وظهرت في الأردن في مرحلة التحول، منذ بدايات عام 1979م وحتى تسعينيات القرن الماضي، كتبٌ أدبية، في مجلة «سامر»، بالإضافة إلى الملاحق الثقافية في المجلات المحلية، وكتب «الجندي واللعبة»، و«الزيارة»، و«منع التجول»، وهي من وحي معاناة الاحتلال؛ وأصدر مفيد نحلة في عام 1980م رواية في حلقات في مجلة «سامر»، بعنوان «أطفال القدس القديمة»، وقصصًا على لسان الحيوانات منها قصة «العصافير» عام 1977م؛ ونشر محمد الطاهر قصة «رجل ورسالة» في مجلة «أفكار» عام 1979م، وفي عام 1986م دأبت الكاتبة روضة الفرخ الهدهد على إعادة صياغة حكايات شعبية، كان قد جمعها فايز علي الغول؛ لتصدر في سلسلة كتب مصورة، بعنوان «حكايات الغول»[2].

---

(1) أحمد زلط، أدب الطفل (دراسة معاصرة في التأصيل والتحليل)، دار هبة النيل للنشر والتوزيع، القاهرة، 1998م، ص 66-68.

(2) ينظر: نجلاء نصير بشور، أدب الأطفال العرب، مركز دراسات الوحدة العربية، ط1، 2012م، ص 18-19.

4.1 مرجعيات أدب الطفل في سورية

يرجع أدب الطفل في سورية إلى بدايات القرن العشرين؛ إذ إن الإنتاج الأدبي بدأ في الظهور عام 1913م بكتاب أليس القدسي فيس (1850م-1926م)، وكان بعنوان «من أحاديث الحيوانات» وذلك في دمشق عام 1913م، ثم تلاشت حركة أدب الطفل حتى منتصف القرن العشرين لأسباب سياسية؛ إذ لم تصدر في سورية سوى مجلتين للأطفال، هما مجلة «أسامة» في عام 1969م، ومجلة «الطليعي» في عام 1984م. وارتبط أدب الطفل في سورية باتجاهات الدولة، ومركزية وزارة الثقافة، فالنظام الاشتراكي السائد في الدولة فرض توجهاته على أدب الطفل، وكان أدب الطفل في سورية يتركز على القصص السردية، التي تقص على الطفل حكايات فيها حوادث، وحبكة، وبطل محدد، إذ أثرت نزعة الدولة وتوجهاتها في نتاج الكُتاب في سورية بشكل مباشر؛ لذلك كانوا يهتمون بالتعبير عن قيم محددة، ويرغبون في سيادتها، لتكون مرجعيات لأدب الطفل في سوريا، كالقيم الاجتماعية، والثورية، وقيم البطولة، والإيثار، والفداء، والعزم على مجابهة التحديات.

وجاءت مجلة «الطليعي» لإبراز فكر الدولة السياسي، وتأكيد سيادتها، وإعلاء أفكار الحزب الحاكم، والميل إلى كل ما هو طليعي، وهي مجلة هدفها بناء جيل جديد من الأطفال في سورية، لديهم قناعات قومية وحزبية محددة[1].

وكانت كتب أدب الطفل السوري تخضع لميزانية الدولة وتوجهاتها، طبقًا للسياسات العامة، فنشرت وزارة الثقافة ما بين عامي 1970م و1973م كتابًا واحدًا، ونشرت الوزارة في عام 1974م عشرة كتب، ثم نشرت في عام 1975م أربعة كتب، وفي عام 1978م نشرت عشرة كتب، وفي عام 1981م نشرت أربعة وعشرين كتابًا، وفي عام 1982م نشرت تسعة كتب، وفي عام 1984م نشرت ثمانية كتب، وفي عام 1985م نشرت كتابين، وفي عام 1986م نشرت سبعة كتب، وفي عام 1987م نشرت أربعة كتب، ونشرت كتابًا واحدًا في عام 1988م، ونشرت بين عامي 1990م و2005م ثلاثين كتابًا فقط، وهذا مؤشر على ضعف الإنتاج الأدبي للطفل في سوريا.

كما ارتبط اتحاد الكتاب ووزارة الثقافة بخطة التوزيع والإنتاج، بالإضافة إلى تحكم المترجمين في اختيار طبيعة أدب الطفل المترجم، الأمر الذي أدى إلى عدم تقديم أدب

---

(1) سمر روحي الفيصل، أدب الأطفال وثقافتهم، (مرجع سابق)، ص 111-113.

الأطفال، بالصورة السليمة المرجوة منه[1]، وعلى سبيل المثال افتقر الأدب المترجم لمجموعة «الأرنب المخملي»، و«الأرنب والتمساح»، إلى الصيغ الفنية، والتراكيب، والدقة في اختيار الألفاظ، التي تغرس في نفس الطفل نزعات فردية وذاتية.

أما في مجال الكتب، فإن الكتب الأدبية نفسها تفتقر إلى التوازن، فالثقافة قصصية بحتة وملتزمة وتشغلها مهمتان رئيستان، هما: المهمة المعرفية، والمهمة القومية؛ أما المهمة الأولى: فتعكس الفهم كما يرتئيه القائمون على شؤون الأدب والثقافة، وهو مفهوم جمعي راسخ في المجتمع، ولم يستطع علم أدب الطفل أن يتغلغل في المفهوم الجمعي للطفل السوري، أما المهمة الثانية: فهي المهمة القومية، التي تعكس طبيعة المجتمع والسياسة في سوريا، فهي طبيعة قومية تنفر من أي اتجاه قُطري؛ ذلك أن أدب الطفل موجه نحو مرحلة سنية واحدة، هي من (9-12) سنة، ولا يرتبط بالمراحل العمرية الثلاث، لكنه يرتبط بالتربية الثقافية الموجهة[2].

ويركز مفهوم أدب الأطفال، كما يشير الحديدي، على المنهج التربوي الشامل للطفل، ضمن العقيدة، والمنجزات، والحقائق العلمية، والالتزامات الخلقية، وتنمية المهارات والمواهب، والإبداعات الفنية، وإثراء الحصيلة الثقافية؛ فقد حظي الأطفال في تاريخنا العربي والإسلامي بقسط وافر من أدب الطفولة، حيث تركزت ألوان أدب الطفل على القصص القرآنية، والأحاديث النبوية، والفتوحات الإسلامية، وأدب الرحلات، وقصص الجن، والملائكة، والسحر، والقصص المروية على لسان الطير، والحيوان، والجماد، والنبات، والحشرات، وغيرها، نحو ما جاء في كتاب «المعلى» لابن سعيد الأندلسي عن أساطير العرب، وكتاب «الوزراء والكتاب» لأبي عبد الله الجهشياري (ت331هـ) من الخرافات والأسمار، بالإضافة إلى الأشعار، والحكم، والأمثال، والألغاز، وغيرها[3].

5.1 مرجعيات أدب الطفل في الجزائر

نشط أدب الطفل في الجزائر في ثلاثينيات القرن الماضي، وتأثر بالثقافتين العربية والأجنبية (الفرنسية)، وتبلور أدب الطفل في مدارس «جمعية العلماء المسلمين» بإشراف

(1) عبد الرازق جعفر، أدب الأطفال، (مرجع سابق)، ص 46-51.

(2) عبد الله أبو هيف، أدب الأطفال نظريًا وتطبيقيًا، اتحاد الكتاب العرب، دمشق، 1983م، ص 100-103.

(3) علي الحديدي، في أدب الأطفال، مكتبة الأنجلو المصرية، ط3، القاهرة 1982م، ص 210-238.

عبد الحميد بن باديس، والبشير الإبراهيمي، وتأثر قالب أدب الطفل أحيانًا بالثورات والتحرر، ضمن رؤية أيديولوجية اشتراكية علمانية؛ إذ كان لها أثر كبير في أدب الطفل في الجزائر.

وقد برز من الرواد في أدب الطفل محمد العيد آل خليفة، وبو زيد حرز الله، ومحمد ناصر، ويحيى مسعودي، وغيرهم؛ ليسطر أدبهم في سرديات أدب الطفل، ضمن شعر المدارس والمقررات الدراسية؛ إذ كان البعد التربوي والتعليمي، والبعد الحكائي الشعبي، والخرافي الأسطوري، وأدب الحيوان الرمزي، والأدب الاجتماعي، والفانتاستيكي، والتاريخي، من الأبواب التي سيطرت على أدب الطفل في الجزائر منذ ثلاثينيات القرن الماضي، وقد عالج أدباء الجزائر تلك الموضوعات، أمثال: محمد الصالح، وعبد العزيز بوشفيرات، وعبد الوهاب حقي، ورابح خدوسي، وجميلة زنيبر، وسليمة مليزي، وغيرهم[1].

ويؤدي المسرح دورًا هامًا في أدب الطفل الجزائري، بمعالجته لقضايا الطفل وتقديمه له، كشكل من أشكال الجنس الأدبي، ففي عام 1938م أنتجت مسرحية «بلال» للأديب محمد العيد آل خليفة، ومسرحيات «الناشئة المهاجرة»، و «الخنساء»، و«مغامرات كليب».

واهتمت صحافة الأطفال في منتصف القرن الماضي في الجزائر بأدب الطفل؛ إذ صدرت مجلة «مقيدش» عام 1969م، وخصصت معظم الصحف الكبرى ملاحق ضمن إصداراتها لأدب الطفل، كجريدتي «الشعب»، و«المجاهد» و«ألوان» الأسبوعيتين؛ وفي سبعينيات وثمانينيات القرن الماضي ظهرت جريدة «قنيفد» عام 1972م، ومجلة «ابتسم» عام 1977م، و«جريدتي» عام 1981م، ومجلتا «رياض»، و«الوحدة» عام 1986م؛ وارتبط أدب الطفل في الجزائر بمجموعة المعارف الأدبية والتعليمية، وقد شهدت الألفية الثالثة انحسارًا لحركة أدب الطفل في الجزائر، وانعدام الدعم له، وانتشار الرقمية التي أثرت في الإنتاج الأدبي للطفل؛ ويضيف عياش يحياوي أن ما أنتج للأطفال في الجزائر، اتسم بالمباشرة، والمواعظ، والنصائح التقريرية، خلافًا للمأمول من حداثة الجملة، والفعل، والصورة الفكرية[2].

---

(1) محمد عبد الهادي، تاريخ أدب الأطفال في الجزائر والعالم العربي، (مرجع سابق)، ص 305-310.

(2) عياش يحياوي، أدب الاطفال وبوادره في الجزائر، جريدة الشعب، الجزائر، العدد 10228، 1993م، ص 11.

ويذكر السعيد بوسقطة أن مبدعي أدب الأطفال في الجزائر ينتمون إلى ثلاثة أصناف، الأول: من يكتب عن إيمان حقيقي بالطفولة، والصنف الثاني: يتعاطف مع الطفولة، والصنف الثالث: يكتب منطلقًا من غياب أو تغيب النقد العلمي عن الساحة الأدبية[1].

ومن الملاحظات التي أخذت على أدب الأطفال في الجزائر: خطورة الأدب المترجم، وغياب الرؤية الرقابية عليه، وغياب دور علماء النفس، والتربية، ومشكلة دقة الترجمة، وبناء الصورة التخيلية والجمالية، التي تتوافق ووجدان الطفل الجزائري، وأهمية الانتقال من الأدب التهذيبي المهيمن إلى الأدب الحقيقي، الذي يهدف إلى تسلية الأطفال، وإشباع خيالهم ورغباتهم، وإدخال البهجة إلى نفوسهم، دون إغفال تضمين المبادئ، والأهداف التربوية، والتعليمية، المطلوب تلقينها للطفل، والتخوفات من اندثار أدب الطفل على المستوى العربي والعالمي[2].

وهناك بعض الأسباب التي أدت إلى التأثير السلبي في أدب الطفل في العالم العربي، منها عدم وجود استراتيجية بعيدة المدى، تضمن لهذا الأدب القيام بوظائفه التربوية، والتثقيفية، والترفيهية، ومنها الكتب التي تحد من خيالات الطفل أيضًا، وتلصقه بالوقائع التاريخية المقررة، وكذلك الخطر الذي يتجه نحو أدب الطفل من وسائل الإعلام العربي، التي تتيح للخيال أن يشطح بلا حدود[3].

6.1 مرجعيات أدب الطفل في العراق

عانت الحركة الأدبية في العراق من مشاكل أدت إلى عدم تطور أدب الطفل فيه، بشكله المتعارف عليه في الدول العربية، إلا في أواخر الستينيات من القرن العشرين، بصدور مجلة «مجلتي» بعد ذلك، وبعدها جريدة «المزمار»، التي كان لها صيت كبير في الداخل العراقي، وبعد هذه الفترة انطلق أدب الأطفال في تطوره، وخضع لمجموعة من المراحل التاريخية، تمثلت بمرحلة النشأة والتأسيس منذ مطلع القرن العشرين وحتى ستينيات القرن الماضي،

---

(1) السعيد بوسقطة، أدب الأطفال في التجربة الشعرية الجزائرية، أعمال الملتقى الثاني- الأدب الجزائري في ميزان النقد، منشورات جامعة عنابة، الجزائر، 1994م، ص 139.

(2) سهير أحمد محفوظ، الخدمة المكتبية العامة للأطفال، وكالة المطبوعات، الكويت، د.ت، ص 106-107.

(3) محمد الطاهر، أشكال أدب الأطفال – قصيدة الطفل (ندوة أدب الطفل في الأردن، واقع وتطلعات)، وزارة الثقافة، عمان-الأردن، 1989م، ص 63.

وكانت بداية مرحلة تقدم أدب الطفل وازدهاره، في السبعينيات وحتى التسعينيات من القرن العشرين، ثم جاءت مرحلة التراجع والانحسار، التي صاحبت منتصف التسعينيات، مع حربي الخليج الأولى والثانية، مرورًا بالمشاكل السياسية والاضطرابات التي يعيشها العراق منذ بداية الألفية الثالثة وحتى الآن[1].

وتأثر الشعراء في العراق بأحمد شوقي وديوانه «الشوقيات»، أمثال معروف الرصافي، وجميل الزهاوي، اللذين اهتما بأدب الطفل، وصدرت بعض المجلات المتخصصة ونشرت قصائد الأطفال في العراق، مثل مجلة «الواقي» عام 1923م، كذلك صدرت بعدها صحيفة «التلميذ العراقي» وكانت باكورة أدب الطفل الصحفية في عام 1923م، تحت إشراف سعيد فهيم، وهي أول صحيفة متخصصة بأدب الأطفال في العراق، ثم تلتها في الإصدار جريدة «الكشاف العراقي» التي صدرت في عام 1924م، وجريدة «التلميذ» التي صدرت في عام 1929م، وتلاها في الظهور مجلة «الطلبة» عام 1932م، وهي من المجلات الثقافية، ثم جاء إصدار مجلة «الفنون» عام 1954م، وغيرها من الصحف والمجلات العراقية[2].

ثم ظهر جيل الرواد في العراق، أمثال: مصطفى جواد، ومحمد رضا الشبيبي، ومعروف الرصافي، وجميل الزهاوي، وعبد المحسن الكاظمي، وغيرهم، وكان باكورة إنتاجاتهم ديوان الرصافي «تمائم التربية والتعليم للأطفال»، وتمثل بمجموعة من الأناشيد والقصائد والمقطوعات الشعرية المقدمة للطفل، وجميعها تحمل الطابع الأدبي التهذيبي والتعليمي.

وتأخر أدب العراق على مستوى السرد الحكائي في القصة، والرواية، والحكاية، تأخرًا كبيرًا، ولم يظهر إلا مع نهايات ستينيات القرن الماضي؛ لأسباب تتعلق بالواقع السياسي، والعشائري، والطائفي في العراق، بالإضافة إلى الاهتمام الرسمي من حيث الدعم المادي، والاهتمام الثقافي[3].

---

(1) -جميل حمداوي، أدب الأطفال في العراق (مقال منشور)، موقع ديوان العرب، 2009/ 8/ 29م.

http: //www.diwanalarab.com/spip.php?article19249.

(2) هادي نعمان الهيتي، صحافة الأطفال في العراق، وزارة الثقافة والفنون العراقية، دار الرشيد للنشر (سلسلة دراسات رقم 176)، ص 143.

(3) جميل حمداوي، أدب الاطفال في العراق، (مرجع سابق)، ص 8-13.

أما المجلات الموجهة للطفل، فلم تعتنِ في بداياتها الأولى بالقصص، التي ينجذب نحوها الأطفال؛ إذ جاء الأدب الموجه للطفل ضعيفًا، لا يرقى إلى طموحات الطفل، وتطلعاته، أو إشباع نهمه حيال هذا النوع من الأدب؛ ولم تتوافر القيم الجمالية في السرد، أو الأسلوب الأدبي، أو التشويق، والحبكات الفنية، وحتى الإخراج للمنتج الأدبي، طبقًا للمعايير التي يتمتع بها السرد القصصي والروائي؛ وكان من رواد وكتاب القصة في العراق جاسم محمد صالح، الذي حاول النهوض بمقومات أدب الطفل، وألف مجموعة من الأعمال السردية، والطفلية، كالروايات المصورة وغير المصورة، ومنها على سبيل المثال «محمد البلام»، و«الليرات العشر»، و«الحصار»، وغيرها؛ كذلك عرف العراق المسرح المدرسي، والمسرح التعليمي، ومسرح الأطفال، ومسرح القراقوز، ومسرح الدمى والعرائس كجنس أدبي مهم للطفل، فقد كان حقي الشبلي، وطارق الربيعي، وضياء منصور، وغيرهم، من أهم كتاب مسرح الأطفال العراقي[1].

ولم تثمر قصص الأطفال في العراق، بعد ثورة 17 تموز/ يوليو إلى الفترة ما بين عامي 1969م و1976م، عن نتائج إيجابية فيما يخص سرديات الطفل في القص العراقي، فقد اعتمد الكتاب العراقيون في تلك الفترة على النقل من التراث القصصي العربي القديم والوسيط، كما اعتمدوا على الجمع بين المتعة، والفائدة، والاستفادة من فنون الرسم، والإخراج الفني الأكثر ابتكارية لربط الأطفال بواقعهم المعاش[2].

وكان من نتائج الاهتمام بأدب الطفل في العراق صدور مجموعة كتب لكل من محمد شمسي، وعبد الإله رؤوف، وشفيق مهدي الحداد، وفاروق يوسف في المعارف، والفنون، والآداب، والمعاجم، والموسوعات الموجهة نحو أدب الطفل، ومن أهم تلك الكتب كتاب «الطاقة الشمسية»، وسلسلة «الكتاب الذهبي»، التي ركزت على السرد القصصي المتواتر، مثل كتاب «رحلة السندباد البحري»، و«موسوعة الطيور».

وضمن إصدارات كتب أدب الأطفال، تخصصت بعض دور النشر في العراق برعاية هذا النوع من الأدب، مثل «دار ثقافة الأطفال» التي أنشئت في بغداد مع مطلع السبعينيات من القرن العشرين، على يد صفوة من كتاب أدب الطفل، أمثال عبد الرزاق المطلبي، وغيره،

---

(1) رافد سالم سرحان شهاب، أدب الأطفال في العالم العربي، (مرجع سابق)، ص 25-27.

(2) عمر الطالب، قصص الأطفال في العراق بعد ثورة تموز، مجلة الجامعة، العدد 3، السنة العاشرة، كانون الأول (ديسمبر) 1979م، ص 49-56.

ثم تلتها دار «القصة العراقية» التي أنشأها محمد رشيد عام 1999م، لطبع جميع الأجناس الأدبية للأطفال[1].

ويتضح مما تقدم أن أدب الطفل العراقي عرف منذ عشرينيات القرن الماضي، وحتى السبعينيات والثمانينيات، طفرة واسعة جدًا، ثم تعثر في التسعينيات بسبب حربي الخليج الأولى والثانية، والظروف السياسية، والقلاقل في بدايات الألفية الثالثة.

7.1 مرجعيات أدب الطفل في لبنان

تعد الحركة الأدبية الخاصة بالطفل ذات طبيعة خاصة، ويرجع ذلك إلى البيئة الاجتماعية، والمؤثر الحضاري؛ فمع ظهور الطباعة والسياحة، وتقاطر الأجانب إلى بيروت، وانتشار مطبوعات بولاق والآستانة، برز الأثر الكبير لذلك في التنوع، والانتشار الثقافي؛ وبفضل تلك النهضة الأدبية في الدولة العثمانية، وظهور رجالات الأدب والعلم والسياسة، أنشِئت الجمعيات الأدبية، التي تعنى بالأدب بصفة عامة، وأدب الطفل -بوصفه رافدًا جديدًا- بصفة خاصة؛ إذ كانت لبنان على موعد مع الإعداد لهذا النوع من الأدب كمسرح لثقافات متعددة، بحكم موقعها الجغرافي، واتصالها بثقافات فرنسية، وألمانية، وروسية، وطليانية؛ إذ تعلم أبناء لبنان لغاتهم، وطرق تناولهم لهذا النوع من الأدب، والتنوع الثقافي[2].

أبرزت هذه البيئة الخصبة بصورة واضحة بوادر ظهور أدب الطفل المترجم عن لافونتين، للأديب اللبناني القس (المخلص) في بدايات القرن العشرين؛ إذ أدت اللغة الفرنسية دورًا مهمًا في تشكيل الثقافة، والبعد الأدبي. وبعد الحرب العالمية الأولى وقعت لبنان تحت الوصاية الفرنسية -بعد العثمانية- وصارت مركزًا لانتشار الثقافة الفرنسية من خلال الكتاب المدرسي، وتأسست دور للنشر في لبنان، منها: مكتبة لبنان في عام 1942م، ودار العلم للملايين في عام 1944م، والمكتبة العصرية في عام 1948م، ودار الكتاب اللبناني في عام 1952م، ومكتبة الحياة في عام 1953م[3].

وفي ستينيات القرن العشرين اعتمد أدب الأطفال في لبنان على القصص المترجمة، التي

(1) رافد سالم سرحان شهاب، أدب الأطفال في العالم العربي، (مرجع سابق)، ص 25-27.

(2) إيمان بقاعي، قصص الأطفال الناشئة في لبنان (جدلية الشكل والمضمون)، (مرجع سابق)، ص 113-115.

(3) إسطفان هاشم، الحرف المطبوع، دار الساقي، ط1، بيروت، 1993م، ص 45-47.

ارتبطت بالإطار المدرسي، وطبعت دار الكتاب اللبناني قصة «من كل بلد حكاية – مترجم»، و«دونكيشوت» في جزأين، و«الفرسان الثلاثة» في جزأين، و«الحمار والبيئة»، و«سباق أتلانتا الأخير»، وحكاية «وليم تل»، و«توم الصغير»، و«ريتشارد قلب الأسد»[1]، وترجمت ثلاثة أنواع من كتب الأطفال، الأول: حكايات شهرزاد، والثاني: الأساطير، والثالث: الحكايات الكلاسيكية العالمية بأسلوب شيق. وكتبت حبوبة حداد (1957 –1897م) مجموعة «قصص الأطفال»، وكتبت جوليا طعمة دمشقية (1954 – 1882م)، قصصًا للأطفال، ونشرتها في مجلة «نديم الصغار»، وكتبت ألماس سلمان الدويك (1978 – 1904م) «قصص الربيع»، و«صورة سالم»، و«الصديق الوفي» ونشرتها في مجلة «أبو زهرة»، كذلك نشرت «سوسن وأمها»، و«عامر وحماد»، و«قوة التعاون»، و«ضيافة العرب» في مطبعة سمير.

وكتبت لورين ريحاني (1912م –1996م) قصصًا للمرحلة الابتدائية، منها «سلسلة حاملات الشموع»، وتتضمن «عروس على ظهر فيل»، و«غيمة ضاحكة»، و«فأرة تنقذ أسدًا»، وطبعت جميعها بين عامي 1951م– 1963م في دار الكتاب اللبناني[2]، وللمرحلة المتوسطة كتبت «مدينة الذهب»، و«جزيرة الورد»، و«سامر والبحار»،... إلخ.

ونشرت آمنة خوري القدسي (1876 م– 1951م) قصصًا، هي «سمير الصغار» و«الحسناء المتكبرة» و«البنت الشجاعة»، وحكايات: «أفضل زهرة»، و«في طرق وعرة» و«عم البعوض» و«حكاية النملة» و«حكاية النحلة» و«منصور المارد» و«الملاحظة والتفكير» و«الرفق بالحيوان».

ونشرت روز غريِّب في 1909م، سلسلة قصصية للأطفال في ثمانية أجزاء. وأصدرت أدفيك شيبوب عام 1964م «الطيب الصغير» و«الأخوات الثلاث»، ومجموعة «صندوق أم محفوظ» عام 1970م [3].

وفي الثمانينيات أثرت الحرب الأهلية في مناحي الحياة، وكتبت روز غريِّب حكايات «المارد الأخضر» و«ماذا تقول الحمائم؟» و«غذاء القمم» و«حكايات من الصحراء» و«المنقذ»

---

(1) روز غريِّب، مجموعة قصص الأولاد، دار الكتاب اللبناني، ط1، بيروت، 1961م، ص 122-125.

(2) إيمان بقاعي، قصص الأطفال الناشئة في لبنان جدلية الشكل والمضمون، (مرجع سابق)، ص 113-115.

(3) بهيج عثمان، أدب الطفل العربي في لبنان، (دراسة نقدية)، النادي الثقافي العربي، بيروت، 1978م، ص 23-26.

و«النافذة» الصادرة عن مؤسسة سمير عام 1981م. وفي تسعينيات القرن الماضي إبان انتهاء الحرب الأهلية اللبنانية وبداية الألفية الثالثة، بدأ أدب الطفل يتعافى في لبنان، فصدرت قصص الأدب الشعبي، مثل: «النملة والبرغوث» و«العجوز والذئب» و«مركب الفأرة» و«سندريلا» و«الثلج» و«كلي الدبس والطحينة»، وغيرها من حكايات اجتماعية، مثل «يوم خارج المدرسة» لحسن عبد الله، وغيرها. وتأثر أدب الطفل في لبنان بالثورة الرقمية، والانفتاح الأدبي عبر نوافذ الفضاء الإلكتروني، فضعف إنتاج الطفل العربي بسبب التكلفة الورقية، ومجاراة الشكل الفني للقصص الرقمية، كما ضعف الاتجاه العام نحو هذا النوع من الأدب في لبنان، بسبب الحرب الأهلية الدائرة في سوريا، ونقص اهتمام الدولة بالثقافة[1].

2. مرجعيات أدب الطفل الإقليمية

لم تكن المرجعيات الإقليمية بعيدة عن الحراك الأدبي والثقافي، الذي شهده الوطن العربي في أدب الطفل، فقد تأثرت معظم دول مجلس التعاون الخليجي بما وفد إليها، من مجلات وكتب، تُعنى بالطفل وأدبه، على نحو ما شهدته الكويت من حراك أدبي منذ منتصف القرن الماضي.

1.2 مرجعيات أدب الطفل في الكويت

شهد أدب الطفل في الكويت عصرًا مزدهرًا كما تشير المرجعيات؛ إذ انصبت هذه الاهتمامات على فترة الستينيات من القرن الماضي، وزاد عدد المجلات المنشورة، ووضح اهتمام الدولة بترسيخ هذا النوع من الأدب، وبرز دور أدب الطفل ضمن الاهتمامات التي تعنى بالتراث والأصالة العربية والإسلامية، وتمثلت بصدور أول مجلة في الكويت في 20 يوليو 1928م، وهي مجلة «الكويت» التي أصدرها عبد العزيز الرشيد؛ كما اهتمت المجلات الصادرة في منتصف القرن الماضي أي في فترة الستينيات، بثقافة الطفل الكويتي في العلوم، والقصة، والحكاية، والأسلوب التسجيلي، ورعاية الموهبة، كذلك اهتمت بالسرد القصصي للأطفال، والحكايات الشعبية، والأساطير، وقصص الحيوانات، والنباتات؛ وكانت مجلة «سعد» باكورة الإنتاج الكويتي للأطفال، التي ظهرت في 22 إبريل 1969م، عن دار «الرأي العام»[2].

---

(1) رافد سالم سرحان شهاب، أدب الأطفال في العالم العربي، (مرجع سابق)، ص 20-25.

(2) طارق البكري، مجلات الأطفال ودورها في بناء الشخصية الإسلامية، (رسالة دكتوراه غير منشورة)، جامعة الإمام الأوزعي، الكويت، أكتوبر 2003م، ص 118-123.

ولم تكن الساحة الكويتية تعرف قبل هذا التاريخ مجلات للأطفال؛ إذ اهتمت هذه المجلة بكل ما يشبع وجدان الطفل الكويتي، وثقافته، واستثارته، وتحفيز مواهبه؛ وتلتها مجلة «براعم الإيمان»، وهي ملحق بمجلة الوعي الإسلامي في ثوب أدبي، التي صدرت عام 1975م؛ واهتمت مجلة «افتح يا سمسم» الصادرة عام 1980م بالسلوك القيمي للطفل الكويتي. وصدر العدد الأول من مجلة «العربي الصغير» عام 1986 م، التي أثرت خيال الطفل ولغته، ونشر قيم الإنسان العربي الصغير، وتوقفت عند العدد (54) إبان الغزو العراقي، ثم صدر العدد (55) منها في مايو 1997م. وتلا ذلك عام 1986م صدور مجلة «ماما ياسمين»، الصادرة عن دار ياسمين، وقد اهتمت بالشكل الأدبي الصحفي للطفل، وفي عام 1988م صدر العدد الأول لمجلة «أزهار» بإخراج جديد دولي، قياس (40x 25) سم تابوليد ملون، إذ أكدت الاهتمام بأدب الطفل، وتعميق المفاهيم الأدبية لديه، وكذلك اهتمت بثقافة الطفل، والقصة، والإثارة، والمشاركات الخارجية، وتبادل الثقافة والعلوم، والتقاليد الاجتماعية، وقصص الخيال، والمسابقات وغيرها؛ وتلتها مجلة «دانة» عام 1989م، التي كانت امتدادًا لمجلة «ياسمين»، واهتمت بآداب الأطفال، والخيال العلمي، والثقافة الفنية؛ ثم صدرت مجلة «كويتنا» عام 1991م، وقد طبعت في القاهرة إبان احتلال العراق للكويت، وهدفت لربط الطفل الكويتي بوطنه وعروبته؛ وتلتها في الإصدار مجلة «جندي المستقبل»، التي كان توجهها نحو بناء جيل جديد، طبقًا للتحولات السياسية والأيديولوجية في الكويت[1]، ومع عام 1992م صدرت مجلة «زينة حياتنا»، وهي مجلة شهرية، تهتم بعادات الطفل، وآدابه، وبالقصة القصيرة، والحكاية، والتراث الأدبي والثقافي؛ كذلك صدرت مجلة «سدرة» عام 1993م عن وزارة الإعلام، وتعنى بالقصص القصيرة والمصورة، مع الاهتمام بالقصص السردية المستمدة من التراث، واعتمدت في ذلك على الأسلوب التسجيلي، والمعلومات المرفقة بالصور، وتبسيط المعارف العامة، والاهتمام باللغة الفصحى؛ وفي عام 1994م صدرت مجلة «الأصدقاء»، وتلتها مجلة «أوقات» عام 1994م، ثم مجلة «بنات أولاد» عام 1996م، ومجلة «خالد» عام 1997م، وفي عام 1998م صدر عدد واحد من مجلة «القاصر»[2]، ثم صدرت مجلة «شاهين» في

---

(1) علي الحديدي، في أدب الأطفال، مكتبة الأنجلو المصرية، القاهرة، ط1، 1988م، ص 48-50.

(2) نجلاء نصير بشور، أدب الأطفال العرب، (مرجع سابق)، ص 22-38.

العام نفسه؛ وأصبح ظهور المجلات الموجهة للطفل في المرحلة الحالية غير مدعوم بسبب الظروف الاقتصادية، وظهور آفاق رقمية جديدة، مع الاعتماد على المجلات التي سبق إصدارها.

ومما تقدم نجد أن أدب الطفل الكويتي ارتبط -مثل معظم مدارس أدب الطفل العربي- بالنظام التربوي والتعليمي، واعتمدت القصص والحكايات التي كانت تدرس مع المنهج المدرسي على قصص الخرافات، وقصص الحيوان، وهي قصص موجهة للطفل، كما اعتمدت على قصص الخيال العلمي، والسرد القصصي التاريخي، والقصص الواقعية، والأناشيد، والشعر، والسرد التاريخي، والقصص الفكاهية،... وغيرها[1].

2.2 مرجعيات أدب الطفل في المملكة العربية السعودية

يعد أدب الطفل في المملكة العربية السعودية متعثرًا؛ إذ جاء متأخرًا مقارنة بشقيقتها مصر، وبعض البلدان العربية الأُخرى؛ وانطلق أدب الطفل السعودي، بوصفه علمًا له قواعده منذ عام 1959م؛ نظرًا لظهور الإنتاج الفكري المتنوع للأطفال في المملكة، ضمن نهضة سعودية حديثة، ضمت مؤلفين سعوديين، وامتلاك طباعة حديثة صاحبت الانتعاش الاقتصادي، وإنتاج النفط. ومرَّ أدب الأطفال في السعودية بمراحل عديدة، أهمها:

المرحلة الأولى: اقترنت بظهور مجلة «الروضة» وحتى احتجابها عام 1369 هـ.

المرحلة الثانية: اقترنت بظهور ملاحق صحفية، ومجلات للأطفال، ضمن إنتاج الصحف والدوريات اليومية، مثل: ملحق «الجيل الجديد» في جريدة المدينة، وملحق «أطفالنا» في جريدة البلاد، و«البراعم» في جريدة الرياض، وصفحة «الطفل» في جريدة الجزيرة، و«حسن» في جريدة عكاظ.

المرحلة الثالثة: بدأت بظهور مجلة «حسن»، التي توقفت عند العدد 178 في عام 1401هـ، لأسباب ذاتية وموضوعية داخلية.

المرحلة الرابعة: بدأت عام 1398هـ، وحتى بدايات الألفية الثالثة، واقترنت ببدء مشاركة المؤسسات الأهلية والتجارية للحكومة الوطنية في مضمار إنتاج أدب الطفل؛ إذ اشتركت

---

(1) طارق البكري، مجلات الأطفال ودورها في بناء الشخصية الإسلامية، (مرجع سابق)، ص 118-119.

الصحف الكبرى في إصدار ملاحق عن أدب الطفل، بالإضافة إلى مؤسسات النشر والتوزيع الخاصة، التي تدعمها الدولة للنهوض بهذا النوع من الأدب[1].

ومن أبرز الرواد السعوديين الذين كتبوا في أدب الطفل العربي، الكاتب طاهر زمخشري، وشهرته «بابا طاهر»؛ إذ أصدر أول مجلة للأطفال، وهي مجلة «الروضة»، ثم قام بتحرير مجلة «حسن»، التي أصدرتها مؤسسة عكاظ للطباعة والنشر والتوزيع؛ ومن الكُتّاب البارزين في أدب الطفل بالمملكة، الكاتب عبد الرحمن بن سليمان الرويشد، الذي أسس «مؤسسة الطفولة»، وأصدر مجلة «الشبل»، التي تمثل ثاني مجلة في تاريخ صحافة الأطفال، ويليه من الأدباء الرواد في أدب الطفل بالمملكة عبد الكريم الجهيمان، الذي كتب مؤلفات عديدة، وقام بنشر مجموعة قصصية للأطفال بعنوان «سلال وطين»؛ ثم ظهر من الرواد كاتب جديد، هو علوي طه الصافي، وهو كاتب بارز أسهم في إنتاج ملحوظ في الأدب القصصي للأطفال، ضمن مطبوعات «دار الصافي للثقافة والنشر»، وأصدر سلسلة من القصص الإسلامية، وغيرها من الأدب الاجتماعي للطفل؛ ولمعت أسماء أُخر في سماء الكتابة لأدب الطفل في المملكة، من أمثال: عزيز ضياء، وفريدة فارس، وخالد عباس دمنهوري، وسعد الدوسري، ويوسف المحيميد، وفرج الظفيري، وعبده خال، ومها الفيصل، وعبد الرحمن حفيظ الشمري، وجبير المليحان[2]، وتوالت الدراسات الأدبية لإبراهيم عبادة، ومحمد الدبل، وحمد الدخيل، ومحمد الهرفي، وهند خليفة، وآمال الجزائري، ووفاء السبيل، وهدى باطويل[3].

وساهمت المرأة السعودية في أدب الطفل من خلال الملتقيات والمسابقات الخارجية، بالإضافة إلى التأليف والكتابة؛ إذ حصلت وفاء السبيل في عام 2000م على جائزة أندية فتيات الشارقة، ضمن إبداعات المرأة العربية في الأدب عن قصة «حكاية أمونة»، وفازت أروى خميس بجائزة الكتاب الذهبي عن قصتها «عربة سديل ودميتي»، في مهرجان الشارقة الثقافي عام 2006م؛ وعلى الرغم من هذا، تأخرت المملكة في هذا النوع من الأدب، بسبب الطبيعة الاجتماعية فيها، وهذا التأخر له أسبابه، ودوافعه الاجتماعية، منها العادات، والإرث الثقافي

---

(1) محمد عبد الرحمن الربيع، الكتابة للطفل والكتابة عن الطفل في السعودية – رؤى وانطباعات، (بحوث ملتقى الطفل) 2009م، ص 20-21.

(2) نورة بنت أحمد معيض الغامدي، قصص الأطفال لدى يعقوب إسحق، (رسالة ماجستير غير منشورة)، (قسم اللغة العربية – شعبة الآداب)، جامعة أم القرى، مكة، 2011م، ص 45.

(3) محمد الربيع، الكتابة للطفل والكتابة عن الطفل في السعودية، (مرجع سابق)، ص 22-24.

والاجتماعي. وتنبهت المملكة في الفترات الأخيرة إلى أهمية العناية بأدب الطفل لكونه إحدى السمات الحضارية، وإلى ضرورة أن تتعامل معه بصورة مغايرة، لكون الطفل ركيزة أساسية في بناء المستقبل، وقد راعت دول الخليج العربي كلها الاهتمام بهذا النوع من الأدب، من أجل تربية الأطفال تربية صحيحة، وفقًا لأصول علم الطفولة، والتربية، وعلم النفس[1].

يرى عبد التواب يوسف أن «من أسباب تأخر أدب الطفل في المملكة أيضًا، عدم مراعاة الأدباء والمفكرين السعوديين؛ لتعضيد الروابط بين نمو الأدب في المملكة وازدهاره، ورعاية المبدعين والكتاب في أدب الطفل، بما يتفق وعراقة المملكة في الأصالة والتراث والنهضة الحديثة؛ وذلك لما لقضية المحافظة على الهوية الدور الكبير في المزاوجة بين الأصالة والمعاصرة، في معظم الأعمال الأدبية الموجهة للطفل السعودي[2].

وفي ميدان أدب الطفل في السعودية، أخذت المملكة منحى الأدب التهذيبي، طبقًا للطبيعة الاجتماعية بالمملكة؛ «إذ ينصب أدب الطفل على التراث القديم، والبطولات الإسلامية، والفتوحات، والقصص الأسطورية العربية المتوارثة، والقصص الفانتاستيكية؛ واعتمدت حركة أدب الطفل على المبادرات الفردية، ولم تعتمد على حركة أدبية بعينها، لها قواعدها واستراتيجياتها، أو لها مخطط أو استراتيجيات محددة، ويواجه انتشار أدب الطفل في المملكة مشكلات تتعلق بحماية حقوق التأليف والنشر، وتدني المستويات الإنتاجية من المطبوعات الورقية؛ إذ يغيب الإخراج المبتكر والإبداعي الجاذب، وضعف الصور الملونة، مما يجعل الطفل غير آبه بأدبه الورقي والمطبوع، ويلج إلى العالم الرقمي حيث المتعة والإثارة»[3].

ونرى أن من ضمن من اهتم بأدب الطفل في المملكة الجامعات السعودية والمؤسسات الثقافية، التي تؤدي دورًا مهمًا في نشر هذا النوع من الأدب، من خلال إصدار سلاسل ثقافية للأطفال، وتأكيد دور الأبحاث والدراسات المهتمة بهذا النوع من الأدب؛ إذ أنشئت أقسام الرياض التابعة للتربية، وسُلط الضوء على أدب الطفل من جانب علماء النفس والتربية،

---

(1) نورة بنت أحمد معيض الغامدي، قصص الأطفال لدى يعقوب إسحق، (مرجع سابق)، ص 48-50.

(2) عبد التواب يوسف، حول أدب الأطفال في الخليج العربي، (كتاب رسالة الخليج العربي)، دار المعرفة، الصفاة، الكويت، 1994م، ص 25.

(3) محمد بن عبد الرحمن الربيع، جهود جامعة الإمام في مجال ثقافة الطفل وأدبه، (بحث مقدم لندوة منهج الأدب الإسلامي في أدب الطفل، المكتب الإقليمي لرابطة الأدب الإسلامي العالمية، 1416هـ، ص 18-22.

والاهتمام بتطوير المناهج الدراسية، بوصفها جزءًا لا يتجزأ من عملية التثقيف والتربية، والانطلاق من ذلك إلى تقوية الحركة الأدبية، وتعزيزها، وتعميق المفهوم العام لأدب الطفل، وتركيز الانتباه نحو تغيير النظرة الاجتماعية لهذا الأدب؛ ولا بد هنا من الإشارة؛ إلى أن الحقل الأدبي السعودي يعاني من نقص الكتاب السعوديين، والأقلام الشابة الجديدة، بالإضافة إلى أهمية تطوير الإعلام، وإصدار ملاحق جديدة للصحف، وإصدار مجلات تهتم بأدب الطفل، بالإضافة إلى زيادة المعروض من المواد الإعلامية الخاصة به، مع زيادة عدد الساعات المسموعة والمرئية[1].

ومن المعلوم أن المملكة قد انضمت لاتفاقية حقوق الطفل في نهايات القرن العشرين (1989م)، أي بعد مصر بـ84 عامًا؛ وذلك لأسباب اجتماعية وتشريعية سعودية خاصة بالمعتقدات، والإرث الثقافي والاجتماعي، والنظام القبلي السعودي، الذي تحكمه الضوابط، والتشريعات القبلية الخاصة به؛ وأدب الطفل الحالي في المملكة يعتمد بالدرجة الأولى على الأدب التهذيبي، والتراثي، وما يتصل بالعقيدة، وقيم الإسلام، وعادات المجتمع؛ وتجدر الإشارة إلى أن هناك رقابة على المصنفات الأدبية المترجمة في هذا الاتجاه، ويحتاج أدب الطفل في المملكة لبناء نظرة استشرافية إبداعية جديدة تكسر حاجز المفهوم العام للأدب، ودوره في ثقافة المجتمع من ناحية تنمية الخيال العلمي والثقافي والإبداعي والاجتماعي.[2].

3.2 مرجعيات أدب الطفل في البحرين

اهتمت البحرين مبكرًا بأدب الطفل، في مجال السرد القصصي، والشعر، والمسرح؛ واهتم المشتغلون بأدب الطفل البحريني بأجناس أدب الطفل المختلفة، ففي مجال الشعر برز علي الشرقاوي فدوَّن «قصائد الحفيد- أغاني العصافير» عام 1983م، و«ديوان شجرة الأطفال» عام 1983م، و«ديوان قصائد الربيع»، و«ديوان الأرجوحة» عام 1994م، و«الأصابع» عام 1991م، وكتب حمد خميس ديوان «اعتذار للطفولة» عام 1978م، وديوان «ترانيم» عام 1985م.

---

(1) عبد الرازق جعفر، أدب الأطفال، (مرجع سابق)، ص 117-123.

(2) محمد بن عبد الرحمن الربيع، جهود جامعة الإمام في مجال ثقافة الطفل وأدبه، (مرجع سابق)، ص 11-17.

وفي مجال السرد القصصي والحكائي نجد أن هذا الجنس الأدبي في البحرين، اهتم بالتراث والحكايات الشعبية، ومن أهم كُتّاب السرديات في البحرين عبد القادر عقيل، الذي نشر باكورة إنتاجه تحت عنوان «من سرق قلم ندى»، وقصة «الاتفاق»، وقصة «الغيمة السوداء»، وهي من منشورات قطر عام 1980م، وقصة «من يجيب على سؤال ندى؟» عام 1986م، و«حكايات شعبية من الخليج» في جزأين عام 1991م؛ وأصدرت الكاتبة إيمان أسيري مجموعة قصصية عام 1985م، وأصدر جعفر الديري قصة «وديعة وابن مسلم بن عقيل»، وهي من منشورات دار العصمة، وأصدر زهير رسام مجموعته القصصية «قصص عن ثعلب» عام 2004م، ومجموعته القصصية الشعبية «كان يا ما كان»، وسلسلة «ماذا يقرأ أطفال العالم؟»، وأصدر إبراهيم سند قصة «نجمة الأماني» عام 2007م، وأصدر سعيد محمد المعروف قصة «قطرات المطر الطيبة» عام 2005م. وارتبط مسرح الأطفال بالبحرين بالمسرح المدرسي منذ عام 1919م، فقد قدم المسرح المدرسي مسرحية «القاضي بأمر الله»، ومسرحية «امرؤ القيس»، ومسرحية «نعال أبي القاسم الطنبوري»، وغيرها، وفي عام 1940م قدمت المدرسة الخليفية مسرحية «لقيطة الصحراء»، وهذا ليس أمرًا مستغربًا في البحرين، التي يعد المسرح فيها عريقًا؛ إذ يرجع إلى عام 1919م[1].

4.2 مرجعيات أدب الطفل في سلطنة عُمان

يستمد أدب الطفل في سلطنة عمان جذوره من التراث، ويعتمد على الذاكرة في حياة الآباء والأجداد، بوصفها جزءًا لا يتجزأ من الحضارة، والموروث الثقافي؛ إذ تتوافر فيه عناصر الإثارة والترابط القصصي.

ويُعد تاريخ سلطنة عمان الأدبي حديث العهد، وقد تبنت سلطنة عُمان عام 1989م فعاليات «من أجل غدٍ ثقافي أفضل للطفل العماني» برعاية منظمة «يونيسيف»، وهذا ما جعلها تهتم بأدب الطفل في السلطنة (الشعر - القصة - المسرحية...)؛ فقد نشرت أولى قصص الأطفال في جريدة عمان بعنوان «زهراء والليل» عام 1990م، وحكاية «مريم» في مارس 1990م؛ وابتداءً من عام 1989م تبنت اللجنة الوطنية لرعاية الطفولة طباعة قصتين للأطفال، بعنوان «سلسلة قصص الأطفال العمانية» للكاتبتين طاهرة عبد الخالق وفاطمة

---

(1) عائشة حمد المعاودة، أدب الأطفال في البحرين، مكتبة وزارة التربية، ط1، البحرين، 2006م، ص33-40.

أنور اللواتية. وتواصل الاهتمام بأدب الطفل، ففي مهرجان الطفولة الثاني عام 1991م، عُرضت أول مسرحية للأطفال، بعنوان «يوم الجنة» لفاطمة أنور اللواتية، ونُشرت بعدها قصص أُخرى، منها «سلسلة بلدي عمان»، و«زهراء تخاف الليل»، و«يوم المحبة والتعاون»، و«من اصطاد الفأرين».

وعلى الرغم من أن أدب الطفل في سلطنة عمان قد لقي اهتمامًا بالغًا في بداياته، إلا أن هذا الاهتمام لم يتخذ منحنىً تصاعديًا ممنهجًا؛ وإنما اعتمد إلى حدٍّ كبير على جهد الكاتب في رفد الطفل العماني بنتاج متميز والرقي به، ولكن قلة المساندة أسهمت في تقليص حركة أدب الطفل؛ فالأدب في سلطنة عمان بحاجة إلى الاحتضان، لوضع أسس ومعايير لهذا الأدب، كي يخضع للجودة من ناحية الطرح واللغة[1].

5.2 مرجعيات أدب الطفل في دولة الإمارات العربية المتحدة

يشهد أدب الطفل في دولة الإمارات العربية المتحدة اهتمامًا متزايدًا؛ إذ تولي الدولة عناية بالغة بهذا المجال، فقد اهتمت بكتب الأطفال ومجلاتهم، وأصدرت مجلة «ماجد» الأسبوعية -واسعة الانتشار- في عام 1979م، ومجلة «يانغ تايمز»، ومجلة «جنيور نيوز»؛ إلى جانب هذا كانت هناك وسائط رقمية، ودور عروض متقدمة، ولا ينبغي لنا أن ننسى أنه توجد في أغلب الدول الخليجية قنوات تلفزيونية للأطفال، مثل قناة «الأجيال» في السعودية، وقناة «ماجد» في الإمارات، وتوجد قنوات للأطفال في دول عربية أُخرى، منها «طيور الجنة» و«كراميش» و«نون» في الأردن[2].

وقد تأسس في دولة الإمارات العربية المتحدة مسرح مستقل للأطفال، يقدم أدب الطفل المسرحي؛ لفهم التطور البشري بطريقة أفضل، من خلال تلك الأجناس الأدبية النوعية؛ إذ قدم مسرحية «بواكير»، ومسرحية «بيت الحيوانات»؛ وكان هذا المسرح يقدم عروض الأطفال، طبقًا للمواصفات العالمية، ويسمى «مسرح ليلى للأطفال»[3]

---

(1) فاطمة أنور اللواتية، تجربتي مع أدب الطفل في السلطنة (ورقة عمل)، (فعالية جامعة قابوس حول أدب الطفل في سلطنة عمان، بالتعاون مع مجلس البحث العلمي، واليونيسكو)، 2011م، ص 23-24.

(2) جميل حمداوي، أدب الطفل في دولة الإمارات العربية المتحدة، جريدة دنيا الوطن، الإمارات (دبي)، 29 أغسطس 2009م، ص 2-3.

(3) علي عبد القادر الحمادي، أدب الأطفال في دولة الإمارات العربية، صحيفة الاتحاد (مقال منشور)، 13 يوليو 2010م، ص 11.

وارتبط أدب الأطفال بكتب لها تفردها الأدبي في دولة الأمارات العربية تجاه الطفل، مثل «غراندايزر»، الذي أصبح فيلمًا متسلسلًا وتحول إلى مجلدات مطبوعة ومصورة، وكذلك الحال بالنسبة لكتاب «بساط الريح»، و«الرجل العنكبوت»، و«الرجل الإلكتروني» لستيف أوستن. وفي ضمن سرديات القصة والرواية والحكاية، ظهرت نتاجات إقليمية في أدب الأطفال للقاصة أسماء الزرعوني، وغيرها.

ويُعرف أدب الأطفال في الإمارات بالأدب التهذيبي المبني على القيم التربوية والأخلاقية، مما ينمّي الإحساس بجمال الكلمة وقوة تأثيرها، فضلًا عن تميزه بالخاصية الحكائية الشعبية؛ وضمن هذا الاهتمام بأدب الطفل تقيم دولة الإمارات مسابقات في أدب الطفل، مثل: مسابقة «زايد للكتاب»، ومعرض دبي الدولي لكتاب الطفل في عام 2009م، وإضافة إلى ذلك أُعلن عن أول معرض لكتاب الطفل في عام 2011م، طبقًا للمعايير الدولية المتعارف عليها في معارض كتب الأطفال. وتسعى الإمارات إلى إطلاق مكتبة متخصصة للطفل طبقًا للمعايير الدولية[1].

---

(1) جميل حمداوي، أدب الطفل في دولة الإمارات العربية المتحدة، (مرجع سابق)، ص 1-5.

المبحث الثالث

المرجعيات المحلية (نحو تأصيل أدب الطفل في قطر)

عوامل نشأة أدب الطفل في قطر

شهد أدب الطفل اهتمامًا كبيرًا في العالم بشكل عام، ومنطقة الخليج بشكل خاص، فقد اهتموا بظهوره، ونشأته، وتطوره منذ الربع الأخير من القرن الماضي؛ وفي قطر كان هذا الاهتمام واضحًا في بعض الدراسات العامة بالطفل، لكنها لم تتحدث عن ظهور أدب الطفل في قطر. ولئن أغفل الدارسون الجذور الضاربة في عمق التراث القطري لهذا الحقل الأدبي، فقد ظهر ذلك جليًا في قطر من خلال البيئات التي كونته، والتي ساهمت إيجابًا في تطوره، إلى أن صار أدبًا خاصًا له سماته التي انفرد بها.

ولا بد هنا من التأكيد أن قطر ليست بمعزل عن عملية التأثير والـتأثر ضمن دول الخليج؛ إذ إن الحيثيات التاريخية تتشابه مع احترام الخصوصية في قطر. ويسعى هذا المبحث للبحث عن المرجعيات القطرية في أدب الطفل، والعوامل التي أسهمت في نشوئه وتطوّره، ودور المؤسسات الثقافية والإبداعية؛ ولعل أبرز العوامل **التي أصّلت لنشأة أدب الطفل وتطوره في قطر**، هي:

1. القصة الشعبية القطرية

لم يكن المجتمع القطري غائبًا أو بعيدًا عن هذا الجنس الأدبي (أدب الطفل)، وبخاصة في مجال القصة؛ إذ ساهمت القصة حضاريًا في توجيه رسالتها لبناء المجتمع القطري، واتخذته مرجعًا من مرجعياتها الأولى، واستقت منه صورًا متعددة على مرّ الحقب الزمانية وحتى مرحلة السبعينيات من القرن الماضي؛ فقد كانت القصة الشعبية المروية على لسان الجدات القطريات، والرجال القطريين، على هيئة ممارسة فردية في صيغة الحزاوي،[1]

---

(1) الحزاوي: بمعنى الحكايات والقصص المروية، وتسمى الحكاية أو الحزاية، وجمعها حزاوي، وربما جاءت بعض الحكايات في بعض المرات باسم سالفة، وجمعها سوالف، وهذه الأسماء تتداول في كثير من دول الخليج عن الحكاوي والقصص الشعبية. نورة حمد، قراءة ثقافية لتمثيلات المرأة في الحكاية الشعبية القطرية http://rafatalbait.blogspot.com.eg.

بمنزلة النواة الحقيقية لأدب الطفل في قطر، كما أنها تمثل وجدان المجتمع القطري وقيمه ونظرته للحياة والكون، المنبثقة من هويته وانتماءاته العربية والإسلامية؛ وقد كانت الحكاية للأطفال في هيئاتها المتعددة واجهة المجتمع القطري تربيةً وثقافةً وأداءً؛ لأنَّ الحكاية الشعبية للأطفال في المجتمع القطري ليست فنًا وليدًا، بل ظهرت الرواية (الحزاية) في الموروث الشعبي القطري منذ القدم؛ إذ يقول محمد مصطفى سليم، المهتم بالأدب القطري: «إن الحكاية الشعبية هي ذاكرة لأدب الطفل في دولة قطر، والتي كانت تعتمد على حكاية الجدات، وكانت واحدة من العوامل التي أسهمت في تشكل أدب الطفل على وجه التحديد»[1].

ويؤكد صالح غريب -الباحث في التراث القطري- ذلك بقوله: «تستمد الفنون الشعبية المقدمة للطفل قديمًا من معين الموروث الشعبي، فقد كانت الحكاية الشعبية للطفل وسيلة من وسائل التربية»[2].

ومن هنا، بدأت أهمية الحكاية للطفل بهدف التربية والتنشئة؛ إذ يذهب محمد طالب الدويك -الباحث في التراث القصصي القطري- في تتبعه لنشأة أدب الطفل داخل المجتمع القطري إلى القول بأنه قد شهد بنفسه: «هذا التجمع حول العجائز في المدن، من أجل الاستماع إلى الحزاوي، والسوالف في فصل الشتاء، وفي فصل الصيف،... وكانت النساء مجتمعات فيه يستمعن إلى عجوز كبيرة في السن تحدثهن بالسوالف العديدة، كسالفة الشاطر حسن»[3].

ويضيف الدويك قائلًا: «وتحدِّث الجدات والأمهات أبناءهن بالحزاوي ليلًا قبل النوم تمامًا كما في القرية؛ إذ يتحلق الأولاد والبنات حول الأم أو الجدة، ويقولون لها: حازينا يا يُمَّا (أمي) بحزاية زينة، فتشرع الأم بالحزاية إلى أن تنتهي، وتأتي بغيرها، إلى أن ينام الأطفال»[4].

ومما تقدم، نجد أن الهدف من الحكاية هو تأصيل التربية لدى النشء بمفاهيم غير تقليدية، تعتمد على الحس والوجدان والخيال والقدورة والمثل؛ إذ تنتقل به من الوسيلة

---

(1) 1-محمد مصطفى سليم، مقابلة علمية مسجلة، تمت في جامعة قطر الدوحة، 2018/ 2/ 21م.

(2) صالح غريب، مقابلة علمية مسجلة، الباحث في التراث القطري، وزارة الثقافة، الدوحة، 2017/ 11/ 6م.

(3) محمد طالب الدويك، القصص الشعبية في قطر، مركز التراث الخليجي في دولة قطر، ج1، ط1، 1984، 1984م، ص 31.

(4) المرجع نفسه، ص 30.

التربوية إلى الوسيلة الترفيهية لتشجيعه على النوم، وقد ضمَّن الدويك دراسته المسحية لمجتمع القص القطري، للوقوف على تدوين الرواية والحكاية والنصوص القصصية في قطر، من عينات شملت فئات مجتمع القص المختلفة. وحصر الباحث الموروث الروائي والقصصي في تبويب يرتبط بتأصيل قيم التراث الشعبي والثقافي المحلي، بوصفها قيمة أدبية وفنية تساعد الباحثين في هذا المجال؛ إذ يعد هذا العمل منهجيًا وعلميًا. وقد تضمن هذا التدوين عينة من المجالس الأدبية المحلية، التي تعنى بالتراث الثقافي على النحو الآتي:

1.1 مجالس الرجال*:

ذهب الدويك إلى أن مجالس الرجال من أهم المجالس الأدبية، التي تهتم بالموروث الشعبي والمحلي في قطر؛ إذ يجتمع الرجال في هذه المجالس لكي يحكوا الحكايات، ويتسلوا بها لإذهاب النصب ومشاغل الحياة عنهم، بعد أن أخذت عليهم سبل حياتهم، وجعلتهم لا يجتمعون إلا قليلًا في هذه المجالس، إذا ما وجد الواحد منهم وقتًا لذلك. وهي توجد بصور عشوائية، ومتفاوتة، وموزعة في المجتمع القطري كافة، ويمكن إجمالها في بعض مجالس القص الشعبي، مثل:

أ. مجلس عبد الله سعد- الخور.

ب. مجلس راشد إبراهيم المسند- الخور.

جـ. مجلس حمد بن محسن النعيمي- الدوحة.

د. مجلس خليفة السيد- الدوحة[1].

ومن المرويات والقصص التي جاءت نتيجة للقص والرواية في المجالس الأدبية سالفة الذكر: «غيلان ومي» و«أبو درياه» و«عن الجن» و«فسيكرة» و«الفرس المتكاملة»، وهذه الحكايات ما زالت من أهم المرجعيات الثقافية في الأدب الشعبي، والموروث الثقافي والروائي لكثير من كتاب أدب الطفل في قطر، ومنهم القاصة خولة المناعي في مجموعتها

---

* مجالس الرجال: هي مجالس القص الشعبي والروائي، والمنتشرة في ربوع قطر، وسميت بهذا الاسم نسبة إلى أصحابها ومرتاديها من المهتمين بأدب الرواية، والقصة، والحكاية، والموروث الثقافي والاجتماعي القطري.

(1) المرجع السابق.

القصصية، بعنوان: «كان يا مكان» عام 2006م [1]. ومريم النعيمي في مجموعتها القصصية، بعنوان: «حكاية جدتي» عام 2006م، والصادرة عن المجلس الوطني للثقافة والفنون والتراث، وقصة «حمدة وفسيكرة» للقاصة كلثم الغانم، والصادرة عن دار بلومزبري، التابعة لمؤسسة قطر في عام 2011 م.

وتذكر الكاتبة كلثم الغانم «أن الاهتمام بالتراث الثقافي والموروث الشعبي المحلي القطري يعد أساسًا أصيلًا في صلب الكتابة عن الأدب في قطر، ويقع على عاتق المهتمين من كُتاب أدب الطفل مهمة التمسك بمفردات هذا التراث ومناهجه في السرد، ومن خلال كتابتي لقصة «حمد وسحر» ضمن جلسات السمريات مع الأمهات والجدات أخذت تفاصيل الحكاية، وكل جدة وأم كانت قصتها تختلف في بعض النواحي وملامح السرد، ولكني كنت أضعها في قالب إبداعي يناسب الطفل»[2]. ومن الملاحظ أن القاصة كلثم الغانم في كتابتها لأدب الطفل، استلهمت قصصها من حكايات الجدات، ومن ثم أعادت صياغة الحكي المستلهم من الموروث الثقافي الشعبي (المكتوب، والمروي) بما يتوافق وطبيعة البيئة القطرية، ومعالجته على هيئة صور سردية مطابقة لقواعد هذا الموروث المحلي، بالإضافة إلى تعزيز قيم التناغم بين الحس والشعور الوجداني لدى الطفل ضمن قواعد السرد، طبقًا لروح الأصالة والمعاصرة في الالتزام بالنص المسرود.

2.1 مجالس الأسرة:

إنها مجالس السمر العائلية (القبلية) غير الرسمية، التي تعتمد على الحكي، والسرد الروائي والتراثي القديم بأنواعه المختلفة، في إطار مكونات التاريخ، والموروث الثقافي والاجتماعي، المطروح في مجلس السمر[3].

ويمثل مجلس الأسرة بيئة مهمة ورئيسة في رواية الأدب الشعبي في قطر، وتقوم على راوي الحكاية، وفي الغالب تكون الجدة، والمستمعين من الأطفال القطريين في مراحلهم العمرية الأولى: وغالبًا ما تكون حكاياتها ضاربة الجذور في تاريخ دولة قطر، وفي بيئتها المحلية والشعبية

(1) محمد طالب الدويك، ندوة أدب الطفل لدول مجلس التعاون لدول الخليج العربي، إدارة الثقافة والفنون- وزارة الإعلام، الدوحة، 1987م، ص 168-172.

(2) كلثم الغانم، مقابلة علمية مسجلة، قاصة وروائية قطرية، تمت المقابلة بجامعة قطر، الدوحة، 2017/10/15م.

(3) حسان عطوان، الحياة المسرحية في قطر، مطبوعات وزارة الثقافة والتراث، الدوحة، 1987م، ص81-266.

المحيطة بها، وترتكز على إرساء قواعد ومكونات القيم الحضارية المستمدة من الموروث القديم؛ لتغرسها في نفوس الأطفال، وتؤصل انتماءهم لوطنهم قطر، وثقافته وحاضره وإرثه القديم.

وتسمى الحكاية هنا بـ«الحزاوي»، وتُقَص بعد العشاء في جلسة عامة لكل الأسرة، ويشارك فيها الجدة والجد والأب، وتُحكى على سبيل الترفيه عن الأطفال، وتهذيبهم من خلالها. ومن الحزاوي التي جمعها الدويك عن مجالس الأسرة: «السحارة»، و«المرأة داخل الجثة»، و«بنت الوزير»، و«الغزالة والذئب»...، وغيرها الكثير[1].

وأرى أن المرأة أدت دورًا مهمًا في تعزيز هذا الفن القصصي المروي للطفل، من خلال ما كانت تقصه الجدة على الأطفال من حكايات، غرست في نفوسهم القيم الوطنية، والتربوية، والأخلاقية؛ ومن أبرز ما قامت به المرأة القطرية قديمًا أنها جعلت من القصص الشعبية ومحتواها -أحيانًا- سيرة ذاتية لها، كي يستمتع بها الطفل؛ وكانت الراوية تقوم أيضًا بدور المهذبة للطفل في تنمية خياله ووجدانه، وهنا نشير إلى دور المرأة القطرية في الاهتمام بالطفل وتنشئته من خلال تعليمه وتثقيفه.

2. المسرح وأدب الطفل

1.2 المسرح الشعبي

تعد القصة والرواية الشعبية المستمدة من الموروث الثقافي والاجتماعي، المرجعية الأولى لأدب الطفل في قطر، فقد مثلتا مرحلة البدايات لأدب الطفل، وظهر ذلك واضحًا في أربعينيات القرن الماضي، بظهور عرض «الأهازيج والقصص الشعبية» في منتصف القرن العشرين، وحتى ظهورها الفعلي كأدب مستقل في سبعينيات القرن الماضي.

وبعد هذا العرض الكاشف لخصوصية المرجعية الروائية لأدب الطفل في قطر، فقد وثقت القصص المكتوبة من التراث القطري، وحولتها إلى أعمال قصصية وأدبية خاصة بالطفل، لترتكز عليها مسارح الفرجان[2]، وهو ما أكده محمد سليم بقوله: «إن

(1) محمد طالب الدويك، ندوة أدب الطفل لدول مجلس التعاون لدول الخليج العربي، (مرجع سابق)، ص 169-172.

(2) كانت تقام في حدائق الفرجان (الأحياء)، والفريج: هو المنطقة المفتوحة في الأحياء والحارات، ويجري فيها إحياء المناسبات المختلفة.

القصص والروايات في قطر، والتي تؤخذ عنها مضامين الأعمال المسرحية لها بعدان: البعد الأول ويظهر في الغالب على مسارح الفريج الشعبية، ويعرف بأنها ليست متكاملة البنية والتجهيز، وكانت في الغالب تستمد موضوعاتها من التراث الشعبي والإسلامي، وتعبر عن شريحة كبيرة من المجتمع. أما البعد الثاني وهو الاتجاه الروائي المعتمد في المسارح، وهذا الاتجاه له خصائصه، واتجاهاته الترفيهية، والتعليمية التي تخدم المناسبات الاجتماعية والسياسية، ولها إسقاطات هادفة حيث أنها كانت تقود الاتجاهات القومية والتنويرية في الدولة»[1].

2.2 المسرح المدرسي

تجلَّت بواكير تمثيل الرواية والقصة ابتداء من منتصف السبعينيات، في هيئة المسرح المدرسي، الذي أنشئ في قطر عام 1975م؛ إذ قدم مسرحيات هادفة تتمثل بالمهرجان السنوي، الذي يهتم بأدب الطفل، وتهذيبه، وتعليمه منذ عام 1976م وحتى الآن[2].

وازدهر أدب الطفل بعد الاستقلال في عام 1971م، أي في الثلث الأخير من القرن العشرين ؛ إذ أدى مسرح الطفل دورًا فعالًا في تطوير حقل أدب الطفل في قطر، وأنشئت إدارة تعنى بمتابعة النشاط المسرحي في الدولة، وهي «إدارة الثقافة والفنون»، التي اهتمت وتهتم بترجمة النصوص المسرحية المحلية وتوثيقها[3].

وتعد هيئة المسرح المدرسي الهيئة الأقل اتساعًا، لتكون مخصصة وموجهة نحو الناشئة في المدارس، وذلك لمحاولة إطلاق إبداعاتهم الخلاقة في صورة القصة الممثلة مسرحيًا، والتي بدأ نشاطها تحديدًا على مستوى الدولة في عام 1975م لتقديم التجربة؛ وارتبط نشاطها بتنظيم الفعاليات والمشاركات الخارجية، لاكتساب الخبرات والاحتكاك المستمر، من أجل النهوض بالعمل المسرحي[4]، وقد بدأ الاعتراف بأول فرقة مسرحية وهي «فرقة المسرح القطري» في عام 1972م، التي قدمت أداءً مميزًا حتى عام 1994م،

---

(1) محمد مصطفى سليم، مقابلة علمية (مصدر سابق).

(2) أسماء الكواري وآخرون، ندوة أدب الطفل ودوره في رسم الأجيال، (ندوة معرض الكتاب القطري – اليوبيل الفضي)، إدارة الثقافة والتراث والفنون، مركز قطر الوطني للمؤتمرات، الدوحة، 2015م، ص 3-9.

(3) عصام بهي، القيم الفكرية والفنية في مسرح الأطفال، (مرجع سابق)، ص44-50.

(4) أسماء الكواري وآخرون، ندوة أدب الطفل ودوره في رسم الأجيال، (مرجع سابق)، ص 13.

بالتعاون مع ثلاث فرق مسرحية أهلية أخرى، وهي «فرقة السد»، و«فرقة مسرح الأضواء»، و«فرقة المسرح الشعبي»، وكانت عروضها للكبار والصغار على السواء، ويمثلها الأطفال في المدارس.

بعد عام على إنشاء هيئة المسرح المدرسي، بدأ التنافس الإبداعي يظهر في مهرجان الدولة للمسرح المدرسي، المقام منذ 1976م، برعاية وزارة التربية والشباب، ويُطلق في المهرجان العديد من أعمال المبدعين على مستوى التأليف القصصي المسرحي، بمواصفات فنية وإبداعية مبتكرة، ضمن العناية ببناء أرضية خصبة، لانطلاق المسرحيات الخاصة بأدب الأطفال على الصعيد الوطني [1].

ويؤكد صالح غريب أن «أدب الطفل لم يتشكل إلا بعد وجود المسرح، الذي كانت بدايته في 1966م، مع فرقة الأضواء المسرحية»[2].

وقد تأسس مسرح الطفل مع ظهور الكتابات المسرحية لعبد الرحمن المناعي، إذ كان من أكثر المهتمين بمسرح الأطفال في قطر، وأخرج سبعًا وعشرين مسرحية، منها ما تختص بالأطفال، كمسرحية «الحذاء الذهبي»، ومسرحية «الاختراع»، ومسرحية «أوبرت خيمة العزفي»، ومسرحية «مي وغيلان».

واستمدت الكتابات المسرحية موضوعاتها من الأدب العالمي، والتراث الشعبي والمحلي الخاص؛ لتشهد نهاية السبعينيات وحتى نهاية الثمانينيات من القرن العشرين، نشاطًا ملحوظًا في مجال مسرح الأطفال، الذي مثل لنا إطارًا مرجعيًا في أدب الطفل.

وقد يتبادر إلى الذهن سؤال مهم، هو: هل كان أدب الطفل قطريًا خالصًا لجهة المنشأ أو المضمون؟ والإجابة نعم؛ إذ تشير بواكير الإنتاج الأدبي للطفل في قطر، إلى تلك الأعمال التي ظهرت على مسارح عمومية قطرية، وتندرج ضمن النهضة المسرحية غير المسبوقة في أدب الطفل على النحو الآتي:

1. «منصور قاهر العملاقين» مسرح الأضواء -1979م، تأليف: المنصف التونسي، وإخراج: ماجد سالم، الذي جعل النص متكيفًا مع المجتمع والبيئة.

---

(1) حسان عطوان، الحياة المسرحية في قطر، (مرجع سابق)، ص 81- 266.

(2) صالح غريب، مقابلة علمية مسجلة، (مرجع سابق).

2. «الحذاء الذهبي أو الفسيكرة» عام 1980م- مأخوذة من حكاية وقصة شعبية من المرجعية القطرية لأدب الطفل[1]، تأليف عبد الرحمن المناعي وإخراجه. حكاية «سندريلا» الغربية بنكهة عربية.

3. «بائع الصندل» عام 1986م – حكاية شعبية عن تاجر هندي، تأليف صالح المناعي.

4. «قطار المرح» تأليف عبد الرحمن المناعي عام 1986م، وهو عبارة عن نص مسرحي، يتضمن فرقة تمثيلية تقدم مجموعة من القصص للأطفال.

5. «أبو درياه ممثلة» تأليف حمد الرّمحي- تمثيلية لقصة خرافية أسطورية شعبية[2].

وهكذا كان المسرح مرجعًا مهمًا في الدفع بأدب الطفل نحو أسس تسهم في البناء الحضاري للإنسان القطري، ولا يعني هذا أن المسرح منفصل عن أدب الأطفال أو قصصهم؛ إذ إنه في جوهره يهتم بتعميق مفاهيم أدب الطفل، ويُعد صورة حية لهذا الأدب، الذي استوحى قصصه ورواياته من التراث الشعبي والثقافي في قطر، وهو بذلك يكون امتدادًا للمعاني الثقافية والموروث الاجتماعي، إذ كانت رواياته ضاربة في عمق تاريخ الوطن، من خلال دراما جُسدت بصورة حية على خشبة المسرح[3].

3 . المؤسسات الحكومية

1.3 إدارة الثقافة والفنون

تمثل إدارة الثقافة والفنون في قطر رافدًا مهمًا من روافد الاهتمام بنشر الثقافة والآداب والفنون للكبار والصغار؛ ويُعد أدب الطفل أحد الاهتمامات التي توليها الإدارة رعاية كبيرة، وتركز جل اهتمامها على دعم حقل أدب الطفل في قطر؛ إذ يلقى أدب الطفل دعمًا غير محدود، من خلال نشر القصص والروايات، بالإضافة إلى تولي حركة الترجمة والنشر، وإقامة مسابقات الطفل الأدبية والفنية، ضمن إطار فني وثقافي،

---

(1) محمد طالب الدويك، ندوة أدب الأطفال لدول مجلس التعاون لدول الخليج العربي، (مرجع سابق)، ص 166-170.

(2) المرجع نفسه، ص 169-171.

(3) محمد مصطفى سليم، مقابلة علمية مسجلة، (مرجع سابق).

وذلك من خلال تشجيع العناصر الشابة من المهتمين بأدب الطفل[1]، وفي إطار تشجيع مجتمع الطفولة والبراعم والنشء، سعت الإدارة منذ أوائل سبعينيات القرن الماضي إلى الاهتمام برسالتها في دعم هذا الاتجاه، فأجرت مسابقة على المستوى العربي في منتصف السبعينيات؛ لأنها تهتم بهذا النوع من الأدب وهو أدب الطفل والحكايات المرتبط بالموروث الثقافي والاجتماعي، وكل ما يتصل به من تأليف وترجمة في مجال أدب الطفل. وكان من بين المسابقات مسابقة «الأفلام الواعدة» والقصص والحكايات سواء كانت من الفولكلور، أو من تأليف أصحابها، حيث فاز جميع المشاركين بالتقدير وبمكافآت مالية، وحصد أطفال قطر الجوائز والمكافآت المالية[2]، ومن هذه الأعمال الفنية والأدبية، التي تمت طباعتها:

- قصة «ثعلوب الحبوب»، تأليف خلف أحمد خلف.
- قصة «الاتفاق والغيمة السوداء»، تأليف عبد القادر عقيل.
- قصة «سيد المخلوقات»، تأليف علي حسين علي.
- قصة «الخير للجميع»، تأليف هشام ناصر.
- قصة «أسنان راشد»، تأليف محمد علي عبد الله.
- قصة «حنان والضفيرة»، تأليف لطيفة مبارك.
- قصة «عش العصفور»، تأليف جسوم السليطي.
- قصة «أنشودتي»، تأليف حصة العوضي[3].

2.3 المركز الثقافي للطفولة

هو أحد المراكز الثقافية التابعة لإدارة الفنون والثقافة والتراث في قطر؛ إذ يهتم بالنشاط الثقافي في أدب الطفل، وتحقيق ركائز ثقافية تعتمد على تطوير مفاهيم الثقافة، من حيث

(1) محمد طالب الدويك، القصص الشعبية في قطر، (مرجع سابق)، ص 31.

(2) صالح غريب، مقابلة علمية مسجلة، (مرجع سابق).

(3) محمد طالب الدويك، ندوة أدب الطفل لدول مجلس التعاون لدول الخليج العربي، (مرجع سابق)، ص 166.

الحاجات المعرفية والوجدانية، التي تربط الطفل بثقافة مجتمعه، وإرثه الثقافي، وتعزيز هويته، وهي رسالة يضطلع بها المركز، ضمن أهدافه في ترسيخ الرسالة الثقافية، على النحو الآتي:

- عقد المؤتمر الدولي لجيل المستقبل عام 2016م، الذي نظمه المركز الثقافي للطفولة بقطر، بمشاركة 17 دولة عربية؛ وأكد المؤتمر أهمية تكثيف دور الثقافة لدى الطفل قبل المدرسة، والمرحلة الابتدائية في التعليم، وإطلاق الفكر والإبداع في إطار الموروث الثقافي والاجتماعي.

- تنظيم فعالية «الأديب الواعد» في عام 2015م، ضمن خطة المركز، وهي فعالية أقيمت بالمركز الثقافي للطفولة، ضمن برنامج «الأديب الواعد» في نسخته الثانية، في مجال الخطابة، ومجال الكتابة، والقصص القصيرة. وكان الهدف من المؤتمر الاهتمام بالأدب، والفنون، والشعر، وقد برزت فئة متميزة في مجال الأدب، وكتابة القصة، والخطابة، والتميز في الشعر والأدب، وانصبت رسالة الفعالية على عنوان: كيف نراهم كتابًا وأدباء[1]؟

- الاهتمام بإبداع الطفل ضمن فعاليات «برنامج فرصة» عام 2015م؛ إذ ركز البرنامج على الجانب الإعلامي والثقافي والأدبي للطفل، وذلك لرفع مستوى الوعي الأدبي والثقافي في المجتمع، والإبداع من خلال الأطروحات الثقافية والأدبية في الشعر والأدب والتأليف. وأقيم في نفس العام «ملتقى تميّز واعدون العالم» بمشاركة أكثر من 60 طفلًا في مبنى المركز في الحي الثقافي - كتارا. واهتم الملتقى بالإبداع الأدبي، والثقافي، والابتكار، والاختراع، والتفوق، وحظي بمشاركات دولية في مجالات الثقافة، والأدب، وكتابة القصة، والرواية.

- ضمن فعالية المركز في عام 2014م، وبالاشتراك مع مجلة «دربيل»[2] للعلوم الاجتماعية، ومجلة البحوث الاجتماعية وهي من إصدارات مركز الثقافة للطفولة، واهتمت الفعالية بدفع الأطفال نحو المنهج البحثي والأدبي في مجالات أدب الطفل والتراث الثقافي، وتشجيعهم على البحث والتقصي وتعزيز ثقافتهم في القراءة والاطلاع.

---

(1) المركز الثقافي للطفل، قطر (الموقع الرسمي: http: / /www.ccc.org.qa /contact.asp).

(2) كلمة «دربيل» تعني «المنظار» في اللهجة القطرية.

- في العام نفسه نظم المركز الثقافي للطفولة فعالية «مهرجان القراءة» الترفيهي الأول، بالتعاون مع مركز أدب الطفل؛ إذ اهتم المهرجان بالإبداع الأدبي والفني، والتأليف، والموسيقى، إلى جانب تنظيم فعاليات أدبية للأطفال.
- نظم المركز الثقافي للطفولة حملة «تقدير» بمقره في كتارا، للإعلان عن حزمة البرامج التي تنفذها إدارة الأنشطة المجتمعية لمدة ثلاثة أشهر، وتهدف إلى تدريب مجموعة من الأطفال والناشئة على قيم مختلفة، مثل: قيمة الأدب والثقافة في حياة الناشئة، بالإضافة إلى التسامح من خلال تطبيق القيم.
- وفي إطار البحث الأدبي والثقافي في التراث وأدب الطفل، نظم المركز الثقافي للطفولة «جائزة الباحث الواعد-2013م»، وفي العام نفسه تضمنت الفعالية إقامة الورش التدريبية لبرنامج «الأديب الواعد» في نسخته الثانية؛ إذ تلقى الأطفال التدريبات من قبل مختصين، وخبراء تربويين، وتوجوا تجربتهم بابتكار قصص قصيرة من مخيلتهم وعاشوا تجربة الكتاب الحقيقيين.
- في سياق الاهتمام بالأدب، والفنون، والشعر يمثل الأدب والإبداع أولوية لدى المركز الثقافي للطفولة دائمًا، وضمن فعالياته تحت شعار «نراهم كتابًا وأدباء»، ساهم في إبراز فئة متميزة من الناشئة القطريين في مجال التأليف، وكتابة القصة، والخطابة، والشعر، والأدب ومهاراته، إضافة إلى تغذية الساحة البحثية ببحوث عن الأطفال والناشئة.

ونظم المركز الثقافي للطفولة حملة «أنا أقرأ» عام 2013م، تحت شعار «القراءة حياة» لنشر ثقافة القراءة في الأدب، والشعر، والثقافة العامة، ومواد مطروحة في الوسائل الإعلامية المختلفة. وركز المركز الثقافي ضمن فعالية «الشاعر الواعد 2013م» على تشجيع الأطفال في قطر، لنظم الشعر العربي الفصيح، وخلق روح المنافسة لديهم، وإدخالهم في جو تنافسي وحماسي، يدفع الموهوبين منهم إلى تقديم أفضل ما لديهم[1].

(1) المركز الثقافي للطفل، قطر، (مرجع سابق).

3.3 مؤسسة قطر

1.3.3 التعليم العام (ما قبل الجامعي)

اهتمت مؤسسة قطر منذ البدايات بتوفير المناهج الدراسية في تعليمها ما قبل الجامعي القائم على أعلى مستويات الجودة، من خلال الاهتمام بالتعليم التفاعلي، ضمن مناهج مدرسية وأكاديمية متطورة، تهتم بعقول طلابها، وتلبي حاجاتهم وطموحاتهم الثقافية نحو المستقبل.

وتسعى مؤسسة قطر للعلوم إلى تنمية عقل الطفل، وتعزيز ثقافته، من خلال الحملة الوطنية للقراءة، التي قدمتها بوصفها مبادرة لتهذيب ثقافة الطفل وتطويرها، وكذلك سعت إلى استقطاب أقلام الكتاب القطريين لتعزيز أدب الطفل، من خلال نشر كتاباتهم في دار جامعة حمد بن خليفة للنشر، وكذلك سعت إلى إنشاء مكتبة خاصة في مكتب التعليم ما قبل الجامعي، وإنشاء مكتبة مستقلة للأطفال في المكتبة الوطنية، وإنشاء المناهج التراثية، وأفردت مبحثًا كاملًا لتهذيب القصص التراثية، وتدريسها في المدارس، وتطوير المواهب الأدبية والثقافية، وتوعية المجتمع[1]. ويؤدي هذا النوع من المبادرات دورًا مهمًا في تطوير ثقافة الطفل، وتعزيز مواهبه، كونها تساهم في دعم أدب الطفل وتهذيبه.

4.3 جامعة قطر

تهتم مؤسسة قطر وجامعة قطر بأدب الأطفال عن طريق طرح مقرر أدب الطفل في جميع سنوات الدراسة بكلية التربية والإنسانيات على يد متخصصين، وقد قام محمد طالب الدويك بتدريس هذا المقرر في الجامعة تحت مسمى «أدب الأطفال»؛ وتُخصص الجامعة بعض محاضراتها ضمن موسمها الثقافي لأدب الطفل[2]، ويدَّرس هذا المجال من الأدب أيضًا في قسم اللغة الإنجليزية تحت رقم المقرر (ENGL426)، وتسعى الجامعة إلى فتح قسم خاص بأدب الطفل، وذلك لخدمته وتعزيزه في الساحة الأكاديمية في جامعة قطر.

---

(1) الموقع الرسمي لمؤسسة قطر، (التعليم قبل الجامعي)، https://www.qf.org.qa.

(2) محمد طالب الدويك، ندوة أدب الأطفال لدول مجلس التعاون لدول الخليج العربي، (مرجع سابق)، ص174-186.

4. المؤسسات الإعلامية

1.4 إذاعة قطر والتلفزيون القطري

حظي أدب الطفل باهتمام كبير في الإذاعة القطرية والتلفزيون القطري، من خلال عرض البرامج التي تهتم بتثقيف الطفل وتنمية عقله، فهناك فقرات إذاعية وأخرى تلفزيونية تُقدم للطفل يوميًا، ومدتها أربع ساعات أو أكثر. وسواء كانت تلك الفقرات المسموعة أو المرئية محلية، أم عربية، أم أجنبية (مترجمة)، فإنها تسعى إلى توعية الطفل القطري، وهذه البرامج متنوعة، مثل:

- المحلية: تُعتمد فيها اللهجة العامية (المحلية).
- المدبلجة: مترجمة من اللغة الأم إلى اللغة العربية.
- المقتبسة عن أعمال أجنبية: هي برامج مكيفة لتناسب عقل الطفل العربي، وتُدبلج إلى اللهجة المحلية أو إلى اللغة العربية الفصحى، مثل:

أ- برنامج افتح يا سمسم (الخليجي).

ب- برنامج المناهل الأردني.

والبرنامجان مبنيان على منهج معين يرتبط بدراسات حاجة الطفل، ونموه السلوكي والمعرفي، وبالجوانب الترفيهية والتثقيفية.

وما زالت فترة الأطفال في تلفزيون قطر تحظى بالاهتمام، لناحية الإنتاج، والتطوير، وساعات البث المباشر، لتحقيق رسالتها في تعزيز أدب الطفل، ونشر ثقافة هذا الأدب، هذا إضافة لما تسهم به من إنتاج أدبي يخص الطفل القطري، ومع ذيوع شعبيتها، واهتمامها بأدب الطفل في قطر، تعرض وتبث الحكايات سواء كانت محلية، أو عربية، أو أجنبية عالمية، «بالإضافة إلى ما تقتضيه رسالتها في نشر هذا النوع من الأدب، وذلك من خلال الحكايات المروية والمصورة، العربية، والمحلية، والعالمية، ومنها: 'حكايات لا تنسى'، و'حكايات عالمية'»[1].

---

(1) محمد طالب الدويك، ندوة أدب الأطفال لدول مجلس التعاون لدول الخليج العربي، (مرجع سابق)، ص 165.

وتُعَد إدارة التلفزة القطرية خطة لإطلاق قنوات خاصة بالأطفال، تكون أساسًا وقاعدة لبرامج وقصص متكاملة، تهتم بالقصص والروايات المحكية والمصورة، ضمن رسالتها في نشر أدب جاد للطفل وهادف، وتسلط الضوء من خلال برامجها على تفرد الثقافة القطرية، ومنابع الموروث القطري، من خلال هذا الأدب الموجه للطفل، وللإسهام في النهوض به ضمن الرؤية الوطنية 2030م. ومن أبرز هذه القنوات الجديدة، التي تأسست في دولة قطر: «قناة جيم»، و«قناة براعم» التي تبث برامج للطفل ما قبل سن المدرسة؛ وتسهم القناتان من خلال برامجها الحيوية في بث محتوى يعزز الأدب التهذيبي، ويساهم في تربية النشء والعناية به، وفق مقتضيات هذا النوع من الأدب الموجه للطفل، لبناء المكون الثقافي لدى الطفل القطري فكريًا، ووجدانيًا، ومعرفيًا.

وتسعى مؤسسات الإعلام القطرية إلى تعميق أدب الطفل، «من خلال وضع البرامج المخطط لها (المقروءة، والمسموعة، والمرئية)، إذ أُسست قنوات خاصة بالأطفال، وإقامة مهرجانات ثقافية تهتم بتثقيف الطفل كالمسرح الروائي»[1]، يرى صالح غريب في دور المؤسسات الإعلامية في قطر يكمن في أنها تقدم «الملاحق الثقافية، والنشرات المطبوعة وغيرها، والتي تسعى لتثقيف الطفل وتهذيبه» [2].

وتؤكد حصة العوضي أن للإذاعة دورًا مهمًا في تثقيف الطفل، وتهذيبه، ودعم ثقافته وتعزيز دور الكتَّاب في تأليف؛ لأنها تعتبر مصدرًا من مصادر الإعلام الرسمية المهمة، فتقول مؤكدة أهمية الإذاعة «إن البدايات الفعلية لي قدمتها من خلال الإذاعة، وبعدها صدر لي ديوان 'أناشيدي'»[3]، ومن هنا يتضح لنا دور الإذاعة حيثُ تتكامل الجهود الإعلامية في تعزيز هذا الحقل الأدبي ألا وهو «أدب الطفل».

وبناءً على ما سبق، نقول إن تثقيف الطفل هو الهدف الذي سعت إليه المؤسسات الإعلامية في قطر، ممثلة بالمؤسسات الإعلامية ووزارة الثقافة والمجلس الأعلى للفنون، من خلال إقامة المهرجانات، والاهتمام بالكتب، والمطبوعات، والبرامج الترفيهية والثقافية والمترجمة للأطفال؛ ولكن هذا الهدف يحتاج للمزيد من الجهود من وجهة نظري، وإعداد

(1) صالح غريب، مقابلة مسجلة، (مرجع سابق).

(2) صالح غريب، مقابلة علمية مسجلة، (مرجع سابق).

(3) حصة العوضي، مقابلة علمية مسجلة بتاريخ 13/ 2/ 2018.

الخطط التي تسهم في تعزيز أدب الطفل في قطر، وتأسيس المجلس الوطني لأدب الطفل وثقافته في قطر.

2.4 الصحف القطرية

لو انتقلنا إلى المؤسسات الصحفية القطرية من خلال النشاط الفردي، لوجدنا أن الصحف القطرية وكذلك المجلات، تهتم بالأنشطة الثقافية، وتفرد لها صفحات كاملة، وأبوابًا متعددة ومختلفة، وعلى سبيل المثال:

- **جريدة الشرق**[1]:

تفرد صفحة كاملة تتحدث عن ثقافة الطفل، من خلال لقاءات تعقدها مع المختصين؛ إذ تهتم بتربية الطفل – والمشكلة والحل، وقد أفردت الصحيفة صفحات عديدة للقاءات مع كبار المهتمين بهذه الثقافة.

- **جريدة الراية**[2]:

يوجد فيها صفحة أسبوعية خاصة بالأطفال يشرف عليها مختصون، ويصدر عنها مجلة «راشد ونورة»، وهي مجلة مختصة بتقديم المعلومات العامة، وألعاب التسلية، ومسلسل خاص للأطفال، إضافة إلى أنشطة الأطفال، وأخبارهم، وأمانيهم في المستقبل، وما إلى ذلك.

- **جريدة العرب**[3]:

تولي جريدة العرب أدب الطفل اهتمامًا كبيرًا، إذ تعطي مساحة جيدة على صفحاتها للمقابلات مع المسؤولين عن أدب الطفل، بالإضافة إلى «مجلة العروبة» التي تصدر عنها، والتي تهتم بذكاء الطفل، وبتقديم الموضوعات التي تهتم بتسليته كالقصص، والرسوم، وعرض صداقاتهم؛ كما تهتم مجلة «العهد» بثقافة الطفل وأدبه، وبزغت عنها مجلة «الجوهرة»، وتعنى بثقافة الطفل والمرأة، بالإضافة إلى مجلة «مشاعل»، التي صدرت عن القطاع الخاص، وهي خاصة بالأطفال، وتصدر منذ عام 1987م عن المؤسسة القطرية للصحافة والطباعة

---

(1) صحيفة يومية سياسية، تأسست عام 1987م، وتصدر في قطر عن دار الشرق القطرية.

(2) صحيفة يومية سياسية، تأسست عام 1979م، وتصدر عن شركة الخليج للنشر والطباعة.

(3) صحيفة يومية سياسية، تأسست عام 1972م، وتصدر في قطر عن دار العروبة للصحافة، والطباعة، والنشر، والتوزيع.

والنشر، وهي مجلة شهرية للأطفال لعمر ما بعد المدرسة، من سن السادسة إلى الثانية عشرة، وتشتمل على مرحلتين من الطفولة، منها: مجلة «حمد وسحر»، التي تتوجه للطفل من سن السادسة إلى التاسعة، ويطلق عليها مرحلة الخيال المنطلق، والمرحلة الثانية تهتم بالأطفال من سن التاسعة إلى الثانية عشرة، وهي مرحلة البطولة، وتشتمل على القصة المرسومة، والقصة المقروءة، والمعلومات الثقافية، وتركز على السلوك والأخلاق الإسلامية، والحث على القراءة[1].

5. المؤسسات الثقافية

1.5 هيئة متاحف قطر

تقوم متاحف قطر بتوفير منظومة شاملة، تهتم بتطوير عمليات المتحف للمشاريع التعليمية والثقافية، وتعنى بالموروث الثقافي والشعبي في قطر، ولديها رؤية مستقبلية ضمن ثقافة الطفل، من خلال القسم التعليمي الملحق (بمتاحف)، مع طموح كبير وطويل الأمد، لتحقيق خطة ثقافية تعنى بمزيد من تأصيل التراث، والثقافة، والعلوم، والاهتمام بالنشء من خلال:

- إقامة الندوات الثقافية بصورة دورية ومستمرة عبر القسم التعليمي.
- رعاية وإصدار الكثير من الأعمال القصصية للأطفال في قطر، ومنها: قصص شيخة الزيارة، وكلثم الغانم، وغيرها.
- الاهتمام بطباعة النشرات الدورية والثقافية، التي تعنى بأدب الطفل وثقافته، في التراث العربي والإسلامي.
- تنظيم الرحلات الثقافية والفنية عبر المتاحف، لشرح الدور الثقافي للمتحف وأهميته، في تشكيل وجدان الطفل القطري وثقافته.
- ينظم القسم التعليمي في المتحف دورات تثقيفية عن الهوية، والتراث، والثقافة الخليجية والقطرية، التي تعنى بالموروث الثقافي، وتعميق الانتماء لدى الطفل.

---

(1) محمد طالب الدويك، ندوة أدب الطفل لدول مجلس التعاون لدول الخليج العربي، (مرجع سابق)، ص 171-173.

- تنظيم المسابقات التي تعنى بثقافة الطفل، وتطوير أفكاره، وتعريفه بماهية الثقافة ودورها في تربية النشء، عبر العروض في المتاحف، والواقع الافتراضي.
- تنظيم المسابقات الفنية التي تعالج القصص والروايات المصورة، ضمن تأصيل الفنون والآداب في نفس الطفل، وتوزيع الحوافز المادية والمعنوية.

وتقوم متاحف قطر بربط دور المدرسة بالمتحف، من خلال نشر الوعي الثقافي، الذي تضطلع به متاحف قطر في مناهج الدولة، وتتعلق بتعميق مفهوم الثقافة لدى الطفل[1].

2.5 جائزة الدولة لأدب الطفل

بلغ الاهتمام الكبير لدولة قطر بأدب الطفل، إلى حد تخصيص وزارة الثقافة والفنون والتراث سابقًا جائزة خاصة به، تحت مسمى «جائزة الدولة لأدب الطفل»، ابتداء من عام 2005م، وفق رؤية ثقافية مؤسسية، بمواصفات رصينة وأصيلة، تهدف إلى شحذ الفكر الإبداعي، وتطوير القدرات والمهارات الأدبية والقرائية لدى الطفل؛ ومن المعلوم أن المجالات التي تحتضنها الجائزة، هي:

1. مجال الشعر.
2. مجال الرواية.
3. مجال القصة.
4. مجال رسوم كتب الأطفال.
5. مجال موسيقى أغاني الأطفال.
6. مجال النص المسرحي.
7. مجال الدراسات الأدبية.

ومن أبرز الأعمال القطرية في مجال الرواية والقصة، التي فاز أصحابها بـ«جائزة الدولة لأدب الطفل»، على مدار الدوارات السابقة هي:

- رواية «شاهين» لشمة بنت شاهين الكوري - الدورة السادسة، 2014م.
- قصة «الموجة الفضية» لمريم النعيمي - الدورة السابعة، 2016م.

---

(1) -هيئة متاحف قطر، نشرة دورية تصدر عن كتارا -http://www.katara.net/ar/Communities/qm-gallery-katara.

وهذه الجائزة على أهميتها، فإنها تفتقر إلى تضمنها مسارًا خاصًا يُعنى بنتاجات المؤلفين المهتمين بأدب الطفل في قطر، هذا فضلًا عن الغياب الواضح للنقاد المتخصصين في مجال نقد أدب الطفل عن لجنة التحكيم الخاصة بالجائزة، مما يُخلُ بجانب لا يُستهان به من أسس التقييم والتحكيم.

ومما تقدم إيضاحه في هذا المبحث، يتضح لنا أنّ نشأة أدب الطفل في قطر كانت مرتبطة بالأسرة والمجتمع إلى أن تشكلت معالم الدولة ومؤسساتها في حقبة ما بعد الاستقلال -على وجه التحديد- لتكتمل مراحل النشأة لهذا النوع الأدبي، وأخذت ملامح تطوره تظهر للعيان.

ولعلي أقترح في هذا السياق أن يجري العمل على تعزيز العلاقة التشاركية بين الدولة بمؤسساتها المتعددة، والمجتمع المحلي لاحتضان مبادرات المؤلفين والباحثين في أدب الأطفال؛ لأنّ الارتقاء بالثقافة -عمومًا- وبثقافة الطفل على وجه الخصوص لا تقع على عاتق الأسرة وحدها، مثلما هي ليست واجبًا حصريًا ومنوطًا بالدولة، وإنما هي علاقة تكاملية بين الدولة بكل مؤسساتها، والمجتمع بأفراده كافة.

الفصل الثاني

البنيات السردية لأدب الطفل في قطر

المبحث الأول:

البنيات السردية ومكوناتها في قطر

يتناول هذا المبحث القضايا المتعلقة بالبنيات السردية ومكوناتها، ومعالجة النص الأدبي المقدم للطفل القطري، من خلال مقاربات نقدية تنصب على نماذج متعددة، لمكونات البنيات السردية لأدب الطفل في قطر، والوقوف على التباينات التي أحدثتها عوامل الحداثة، والحراك الاجتماعي، والتغيرات الاجتماعية في النص الأدبي، ضمن مراحل التحول الاجتماعي والثقافي في دولة قطر. وقبل تناول مكونات البنيات السردية وتمثلاتها في قطر، كان لا بدَّ من معرفة ماهية البنية، ومفهومها اللغوي، والاصطلاحي.

1. مفهوم البنية:

البنية لغة: «البَنْيُ: نقيض الهدم، بَنى البناءَ بنيًا، وبناءً، وبنى، مقصور، وبُنيانًا، وبنيةً، وبنايةً، وابتناه، وبناه... والبناءُ: المبني، والجمع أبنية، وأبنيات جمع الجمع، والبنية، واستعمل أَبو حنيفة البِناءَ في السُفُنِ... والبِنْيَةُ والبُنْيَةُ: ما بَنَيْتَهُ، وهو البِنَى والبُنَى.. كأَنَّ البِنْيَةَ الهيئة التي بُنِيَ عليها»[1].

البنية اصطلاحًا: «نظام من العناصر المحققة فنيًا، والموضوعة في تراتبية معقدة تجتمع بينها سيادة عنصر معين على بقية العناصر»[2]، وللبنية الأدبية مفهومان: «الأول: تقليدي، يراها نتاج تخطيط مسبق، فيدرس آليات تكوينها، والآخر: حديث، ينظر إليها كمعطى واقعي، فيدرس تركيبها، وعناصرها، ووظائف هذه العناصر، والعلاقة القائمة بينها»[3]، وللبنية مستويات: كالبنى اللغوية التي تدرسها اللسانيات، والبنى الأدبية التي يدرسها

---

(1) ابن منظور، لسان العرب، (مرجع سابق)، ج14، ص 89.

(2) لطيف زيتوني، معجم مصطلحات نقد الرواية، مكتبة لبنان ناشرون، ودار النهار للنشر، ط1، لبنان، 2002م، ص 37.

(3) المرجع نفسه، ص 37.

النقد ليكشف العلاقة القائمة بين الخطاب والحكاية، وبين الخطاب والسرد، وبين السرد والحكاية، وهناك بنية النوع التي تدرسها الشعرية لتكشف مجموع العناصر المطَّردة، في نوع أدب معين، وعلاقاتها ووظائفها، كالمقارنة بين الرواية والأقصوصة، أو بين الرواية والمذكرات[1].

بمعنى آخر هي شبكة من العلاقات، التي تنتج من العناصر المختلفة، وإذا تألف السرد من قصة وخطاب، فإن البنية عبارة عن شبكة علاقات، تتحصل بين القصة والخطاب، والقصة والسرد، والخطاب والسرد[2].

ويتضح لنا من المعنى اللغوي والاصطلاحي أن البناء يقوم على مراحل متعددة، ويتطلب الترتيب والتنظيم بين مكونات البناء؛ إذ تترابط كلها لتكون في شكلها النهائي جسدًا ثابتًا، هو البناء، ليُصبح هيكلًا ثابتًا للشيء، لا يتزحزح عن موضعه، متماسكًا في شكله، ووظيفته، وعلاقته بالأجزاء الأخرى.

ويرى جان موكاروفسكي الذي عرّف الأثر الفني بأنه «بنية»، أي: نظام من العناصر الفنية المختلفة[3]، ويتحدث النقاد عن مفهومي البنية الأدبية والفنية، الأول: تقليدي، يقصد بها الساقية، والآخر: نسَقي، ويُقصد بها البنية النصية[4].

وتمثل البنية النسقية، طبقًا لما عرضه جان بياجيه، النظام المتماسك، والمتسق داخليًا، وهو ما يجعل من اللغة مجموعة منتظمة ومترابطة، من حيث الوحدات والعلاقات، كما أن هذه الوحدات تحدد بعضها بعضًا من خلال التبادل؛ وبناءً لنظرة بياجيه، فإن البنية تمثل نظامًا يتكون من وحدات، وأجزاء مترابطة ومتماسكة في ما بينها، كما أن كل جزء يتحدد عن طريق علاقته بباقي الأجزاء الأخرى[5].

واستمر هذا الوضع طويلًا إلى أن ظهرت البنيوية التكوينية على يد لوسيان غولدمان، وقد ظهرت البنيوية التكوينية بوصفها رد فعل للبنيوية الشكلية؛ وبناء على ما تقدمه، فلا ينبغي

---

(1) المرجع السابق، ص 37.

(2) جيراند برنس، معجم المصطلح السردي، (مرجع سابق)، ص 277.

(3) هيفاء شرايحة، أدب الأطفال ومكاتبهم، مركز هيا الثقافي، ط3، الأردن، 1990م، ص 11.

(4) علي الحديدي، في أدب الأطفال، (مرجع سابق)، ص 61.

(5) موفق رياض مقدادي، البنى الحكائية، (مرجع سابق)، ص 11.

دراسة النص الأدبي بوصفه وحدة مستقلة بذاته، ومن الممكن دراسته في سياق الظروف الخارجية التي أوجدته، وفي إطار ما وضعه غولدمان من المفاهيم، وحددها في أثناء دراسة النص الأدبي، التي من بينها مفهومي: الفهم والشرح؛ وطبقًا لما قدمه، فإن الفهم يكون مرتبطًا ببنية النص الداخلي، في حين يكون الشرح مرتبطًا بوضع بنية النص الأدبي، ضمن السياق الأكبر، وهي البيئة الاجتماعية للنص[1].

وتعد الكتابة الأدبية السردية من أهم الكتابات الأدبية، التي احتلت قيمة كبيرة في الأدب، وهذا الأمر يعود إلى ارتباطها بالواقع الاجتماعي المعيش، إلى جانب أن هذه الكتابات تعكس متطلبات وتطلعات المجتمع، التي تصبح «أكثر ضرورة، وأبلغ أهمية حين تبتذل الكتابة اللعب الفني، وتتوجه إلى قارئ قابل للتماهي مع قولها، عاجز عن النقد، مهيأ للتواطؤ مع مفهومها للبطل، بطلها»[2].

وهناك أهمية بالغة للكتابة السردية الأدبية في حقل أدب الطفل؛ لأنها تنمي في عقل الطفل حب الاستطلاع، كما أنها تنمي لديه الخيال، والقدرة على الربط بين مختلف الأحداث بعضها ببعض، والوقوف على الاستنتاجات. ويرى موفق رياض مقدادي أن الكتابات القصصية للأطفال، تنمي لديهم «الحاجة إلى اكتساب القيم الخلقية والدينية للجماعة، حتى يكون الطفل سعيدًا في علاقته مع الله سبحانه وتعالى، وعلاقته مع الآخرين، وتحويل القيم الخلقية والدينية إلى مقومات سلوكية؛ وتنبع أهمية القصة في أنها تغرس القيم في نفوس الأطفال بالاقتداء اللاشعوري بأبطال القصة، التي استحوذت على انتباههم وإعجابهم، فعن طريق القصة يكتسب الطفل الكثير من القيم الخلقية، مثل: تحمل المسؤولية الاجتماعية، والنقد الذاتي، والفضائل الدينية كالصدق، والأمانة، ومساعدة المحتاجين»[3].

ومجمل القول: إن عناصر بنية النص السردي في أدب الطفل، يمكن إيجازها في البنية الزمانية، والمكانية، والحدث، واللغة؛ ويمكن تحديد عناصر القصة في أدب الطفل في النقاط الآتية: المكان، والزمان، والشخصية، والوصف.

---

(1) يوسف وغليسي، النقد الجزائري المعاصر من اللانسونية إلى الألسنية، إصدارات رابطة إبداع الثقافية، د.ط، الجزائر، 2002م، ص 54.

(2) يمنى العيد، تقنيات السرد الروائي في ضوء المنهج البنيوي، دار الفارابي، ط3، بيروت، د.ت، ص 21.

(3) موفق رياض مقداد، البنى الحكائية، (مرجع سابق)، ص 89-90.

2. بنية الزمن في سرديات أدب الطفل في قطر

تعدُّ بنية الزمن في الدراسات النقدية الحديثة مهمة، ومنها تنطلق التقنيات السردية المتعددة، وتأتي أهميتها بناء على الأحداث الزمنية المتصلة بها، وتعرض بحسب النظام الوقتي والسببي للأحداث القائمة في النص.

ويعود السبب في تقديم الزمن داخل السرد، إلى عدم التشابه بين زمن القصة وزمن الخطاب، فزمن الخطاب، وفق الفيلسوف الفرنسي البلغاري تزفيتان تودوروف: «زمن خطي، في حين أن زمن القصة زمن متعدد الأبعاد»[1]. والمعنى أن زمن الخطاب يخضع لنظام كتابة الرواية على أسطر صفحاتها، في حين أن زمن القصة يسمح بوقوع الحدث أو أكثر من حدث، في آن واحد.

والملحوظ في أدب الأطفال أن مفهوم الطفل لزمن القصة يكون محدودًا، وإدراكه للماضي أوضح من إدراكه للمستقبل، وتساعده خبراته المختلفة على زيادة واتساع هذا المفهوم. ويتضح ذلك في سن المراهقة؛ إذ يستطيع الطفل في عمر الطفولة المتأخرة، أن يربط بين أبعاد الأزمنة الثلاثة: الماضي والحاضر والمستقبل، ويستفيد من هذا الربط، ليتوقع الأحداث في النص.

ومن أهم الصيغ التي تتعلق بالترتيب الزمني صيغتا الاسترجاع والاستباق، فصيغة الاسترجاع أو السوابق الزمنية، كما أطلق عليها بعض الباحثين، هي صيغة استدعاء الأحداث، التي حدثت، أو استرجاع الراوي للزمن الحاضر، أو اللحظة الآنية، أو استرجاع الماضي، ويستخدم فيها السارد الصيغ التي تتغير وفقًا لطريقة السرد، مثل قصة «غصون أخت الغزال» لكلثم الغانم؛ إذ «سارت غصون وسالم لفترة طويلة، وأصابهما عطش شديد، وأخذ سالم يبكي، في حين احتارت أخته كيف تساعده؛ وسارت غصون، وبكى سالم، ولم يذكر السبب، فتكلم القارب فجأة، وحاول بيان السبب، وإيجاد حل لحالة غصون وأخيها، وفجأة نطق الغراب، وقال: تعالا، سأدلكما على بركة بها ماء، طعمه كالعسل، ورائحته كالمسك، من شرب منها لا يعطش أبدًا، ثم طار أمامهما، وهو ينطق: غاك! غاك! فلحقا به بلهفة»[2].

---

(1) تزفيتان تودوروف، مقولات السرد الأدبي، ترجمة: الحسين سبحان وفؤاد صفا، منشورات اتحاد كتاب المغرب، ط1، الرباط، 1992م، ص 55.

(2) كلثم الغانم، قصة «غصون أخت الغزال»، رسوم: ابتهاج الحارثي، دار جامعة حمد بن خليفة للنشر، ط1، الدوحة، 2017م، د.ص.

وأما تقنية الاستباق، وهي الاستشراف من حيث هو ذلك الحدث اللاحق، أي: يتجاوز حاضر الحدث كحلم، أو يأخذ شكلًا من أشكال التنبؤ، واستشراف المستقبل، كما في قصة «أمانة الصياد»، المتمثل بالوصية، التي تركها الرجل الثري، هذه الوصية التي يجب أن يعمل بها أبناء هذه الأرض[1].

ومن الضروري الإشارة إلى ملاحظة جيرار جينيت بشأن صيغتي الاسترجاع والاستباق، بأن كثرتها تؤدي إلى توتر القارئ، وهذ الأمر ينطبق على القصص والروايات المقدمة للطفل، «فالاستباق والاسترجاع يفترضان وعيًا زمنيًا واضحًا تمام الوضوح، والعلاقات بين الماضي والحاضر والمستقبل، لا لبس فيها، وإن تواتر الإقحامات للاستباق والاسترجاع، وتشابكهما المتبادل يشوشان الأمور»[2].

ويبقى أن نشير بما يخص صيغة السرد، إلى السرد وحيد الصوت: وهو السرد الذي يوجهه السارد إلى سواه، دون طلب جواب، فالشخصيات كلها تتكلم بمنطق واحد، وروح واحدة، وهي روح الكاتب[3]، كما في قصة «حنان والضفيرة» لوداد اليوسف، التي اعتمدت على سارد وحيد الصوت.

وللصيغة شكلان أساسيان، هما: المسافة والمنظور، والحديث عنهما يستدعي الحديث عن علاقة صوت الراوي بأصوات الشخصيات، وطريقة نقل مادة الرواية، وعلاقتها بالراوي، وتكون العلاقة بين صوت الراوي وأصوات الشخصيات في ثلاثة أنماط[4]:

النمط الأول: المباشر

يطلق عليه النمط المسرحي؛ لأن السارد يتظاهر فيه بإعطاء الكلمة حرفيًا للشخصية، ويتضح ذلك من خلال قصة «علياء والخادمة» لريم الدوسري، وكذلك قصة «أشجار الهواء» لجبر النعيمي، كما في النص الآتي:

---

(1) وداد اليوسف، قصة «أمانة صياد»، رسوم: صفية المهدي، وزارة الإعلام والثقافة، ط1، قطر، 1995م، ص 8.

(2) موفق رياض مقدادي، البنى الحكائية، (مرجع سابق)، ص 117.

(3) المرجع نفسه، ص 118.

(4) المرجع نفسه.

رد والد ناصر: «الحمد لله، كُنت في حيرة من أمري، وغيرُ متأكدٍ من صحة كلامك»[1].

أ. الحوار:

يتجلى أسلوب الحوار بشكلٍ كبيرٍ عند الكاتبة حصة العوضي؛ فهي تجعل الشخصية تبادر بالنطق؛ لأنها تحاور، وتخاطب، وتبدأ الكاتبة قصتها «صانعة الأحلام-1998م» بهذه التقنية، لتجعل الشخصية تبدأ بالنطق، والحوار، والتخاطب، كما هو واضح في النص الآتي:

«اسمي جميلة، وأنا فتاة جميلة... وأحب كل الأشياء الجميلة»،

«لكنِّي لا أحب العمل... وكثيرًا ما كان والدي ينبهني»،

«إلى ذلك .. يقول لي...»[2].

ويتضح لنا أن الشخصية تبادر في النطق لتخاطب المتلقي، وتتيح هذه التقنية المستخدمة في الحوار، تقديم معرفة مباشرة عن الشخصية، وكذلك يستخدم الحوار بين شخصيتين أو شخصيات عديدة في القصة، ولا يكون الأسلوب القصصي والروائي مقتضبًا ومكثفًا، حتى لا تعدُّ الرواية مسرحية، وحتى لا يضيع فيها السارد والسرد بين شخصيات القصة.

وقد يستخدم الحوار للكشف عن ظواهر وبواطن الشخصية، كما في قصة العوضي: «الغزالة لمن؟»

قال الفهد: «إنها فريستي، وأنا اصطدتها، وهي من حقي ... ارتفع صوت الخصمين... وارتفعت دقات قلب الغزالة المسكينة»[3].

فتقنية الحوار ضرورية في القصة، ولكن لا بد من عدم الإكثار منها، في الأعمال الروائية والقصصية المكتوبة؛ لأنه يحولها إلى مسرحيات، والإكثار من الحوار يعود إلى أحد أمرين، أو إليهما معًا: إما إلى تملص الكاتب من موقف صعب في التحليل، والوصف، والكشف، فيعمد إلى إلقاء المؤونة على الشخصيات، لينطقها بأي كلام، وإما إلى أنه مبتدئ في الكتابة

---

(1) جبر النعيمي، قصة «أشجار الهواء»، رسوم: ماهيش كنور، دار جامعة حمد بن خليفة للنشر، ط1، الدوحة، 2018م، ص 12.

(2) حصة العوضي، قصة «صانعة الأحلام»، نشرت على نفقة المؤلف، 1998م، ص 3.

(3) حصة العوضي، قصة «الغزالة لمن؟»، نشرت على نفقة المؤلف، 1998م، ص 5.

للطفل، أو لعدم قدرته على امتلاك التقنيات السردية في مثل هذا النوع من الكتابة، ما يجعله يغرق لغة السرد بالحوار، وهذا يؤدي إلى فساد فنيات القصة.

ب. استعمال ضمير المتكلم:

استخدام ضمائر المتكلم أو ضمير (الأنا)، وهو الضمير الذي تعتمده الشخصية في سردها الروائي، الواقع في الزمن الحاضر، الذي هو زمن السرد، وتحكي عن أحداث وقعت وشخصيات تفاعلت في الزمن الماضي، الذي هو زمن الحكاية، ما يوهم القارئ بأن الرواية -الحل وعقده- هي ضرب من السيرة الذاتية.

ج. استعمال صيغة الفعل المضارع:

وهي صيغة يقتضيها الحوار؛ لأنه كلام في الزمن الحاضر. ونجد ذلك في قصة «أنا أشبه القمر» لمنيرة الرميحي، التي تحكي فيها عن مرض السرطان، فتشبه الطفل المريض الأصلع بالقمر المضيء، وتبتدأ الكاتبة قصتها بقولها:

«أطل من نافذة غرفتي، أنظر إلى السماء السوداء في الليل، الظلام يخيم في الأرجاء»[1].

«أنظر جيدًا، فأرى نجومًا لامعة»[2].

«أنظر بعيدًا، فأرى القمر الساطع، يبتسم لي، وأبتسم له»[3].

«يقول أخي: انظري إلى القمر»[4].

«أليس جميلًا، مع أنه غاب دون شعر»[5].

النمط الثاني: غير المباشر

وفيه يُعاد إنتاج ما قالته الشخصية، دون أن ينشغل القاص بتسجيل العناصر الخطابية الملفوظة للشخصية، ونجد ذلك في قصة «غصون أخت الغزال»؛ «إذ لم تحب غصون ذلك

---

(1) منيرة الرميحي، قصة «أنا أشبه القمر»، رسوم: منيرة سعد الرميحي، دار جامعة حمد بن خليفة للنشر، د.ط، الدوحة، د.ت، د.ص.

(2) المرجع نفسه.

(3) المرجع نفسه.

(4) المرجع نفسه.

(5) المرجع نفسه.

الغراب، لتعصبه كثيرًا من أفعال زوجة أبيها، التي تساءلت في نفسها، عن سر هذا الكلام الهامس، بين الزوجة والغراب»[1].

النمط الثالث: اللامباشر

هو الأسلوب اللامباشر الحر، وهذا النمط يُداخل بين صوت الراوي، وصوت نطق الشخصية، فيبدو أن الكلام ممزوج بين كلام الراوي وكلام الشخصية، وهذا ما لم أجده بكثرة في القصص القطرية المقدمة للطفل؛ ومثل هذا نجده في قصة «أمانة صياد» لوداد اليوسف، التي كانت تمزج بين صوتها وصوت الشخصية، نحو: « لقد ضيعت يومي كله، وأنا أحمل شيئًا، يبدو أنه عديم الفائدة، يا ترى! هل بداخله شيء أم هو فارغ؟ وأخذ يمعن النظر إليه، ولكنه مقفل»[2].

3. بنية المكان في سرديات أدب الطفل في قطر

يؤدي المكان السردي دورًا كبيرًا في تشكيل الفنية المكانية؛ لذلك فإن المكان في البنية السردية، كما يرى حميد لحمداني، مجموعة من الأمكنة، وهو ما يبدو منطقيًا، لذا نطلق عليه: الفضاء المكاني؛ لأن الفضاء أشمل وأوسع، فالمقهى، أو الشارع، أو الساحة، يعدُّ الواحد فيها مكانًا محددًا[3]، وإذا كان العمل السردي المقدَّم للطفل يشمل هذه الأشياء، فكلها تشكل أو تعبر عن الفضاء المكاني، وعندما نتحدث عن الفضاء المكاني، هل نقصد فقط المكان؟

الحقيقة أن تعدد الأحداث وتطورها، يفرض تعددية الأمكنة، واتساعها، أو تقلصها، بحسب طبيعة الموضوع، لذلك لا يمكن الحديث عن مكان واحد، بل عن صور تتنوع حسب الزاوية، التي تؤخذ منها، لذلك يطلق عليها الفضاء.

ويرى العديد من الباحثين أن المكان تبرز فيه جملة من الثنائيات الضدية، وأنه من غير الممكن أن نسرد حدثًا، دون العوامل الثابتة والطارئة، التي تؤثر في النص، وتكوين بيئة النص، ونجد ذلك جليًا عند شمة الكواري في روايتها «شاهين»؛ إذ ركزت على الشخصية الرئيسة

---

(1) المرجع نفسه.

(2) وداد اليوسف، قصة أمانة صياد، (مرجع سابق)، ص 1.

(3) حميد لحمداني، بنية النص السردي، المركز الثقافي العربي للطباعة والنشر والتوزيع، ط1، الدار البيضاء، 1991م، ص 63.

(شاهين بن صالح) بارتباطها بالمكان (الغارية)[1]، وهي: قرية البطل، فلا «يعيش معزولًا عن باقي عناصر السرد، بل يدخل معها في علاقات متعددة، تنتج على الرؤى السردية»[2]، فالغارية كانت رمزًا لتراث قطر، المنطلقة بابنها شاهين نحو فضاء الكون الفسيح (مجرة الحجر الأزرق)، التي تعامل الشخصية مكانيًا، وزمانيًا، وحضاريًا، ومنفتحة على كل عوالم الدنيا، المادية، والخيالية، من المكان المحدد (الغارية) إلى المكان المتسع، بلا حدود، ولا جاذبية (المجرة)؛ ويعد هذا عملًا متكامل البنية الفنية، في مجال السرد المقدم للطفل، وكانت الكاتبة على وعي بهذه التقنيات السردية، المبنية على مرجعيات نقدية، كرمزية الشخصية، وتمتزج كل تشكيلاتها في صورة واحدة، لا حصر لدلالاتها[3]، وهي رواية تصح لمرحلة الطفولة المتأخرة (اليافعين).

4. بنية الشخصية في سرديات أدب الطفل في قطر

تعد الشخصية من أهم عناصر ومكونات العمل القصصي، لعدم وجود قصة واحدة في أي مكان، دون شخصيات تجسدها، وهذا دليل على أهمية الشخصية في العمل القصصي، بمعنى أنه من المستحيل قيام العمل دونها؛ لأنها بمنزلة المحرك الرئيس لأحداث القصة، وبناء على ذلك فإن الشخصية هي: كل مشارك في أحداث القصة سلبًا أو إيجابًا، أي إن الشخصية هي من تقوم بالأحداث في سياق القصة، سواء اتسمت تلك الأحداث بالإيجابية أو السلبية، إذ أن الشيء الأكثر أهمية، هو مشاركة الشخصية في صنع أحداث تلك القصة[4].

ويضاف إلى ذلك أن واقعية الشخصية، أو عدم واقعيتها، لم تكن ذات أهمية في العمل القصصي؛ لأنه من الممكن أن تكون الشخصية خيالية، أو في حالة تجمع بين الخيال والواقع.

لذلك قد تمزج الشخصية بين الصفات الخيالية والواقعية، لعدم تمكن الشخصية الواقعية من إيصال الهدف المرجو منها، ضمن العديد من الصفات الواقعية؛ التي يشعر القارئ

---

(1) شمة شاهين الكواري، قصة «شاهين-مجرة الحجر الأزرق»، وزارة الثقافة والفنون والتراث، الدوحة، 2015م، ص 4. وهذه القصة أول رواية قطرية، تفوز بجائزة الدولة (الدورة السادسة) لأدب الطفل عام 2014م.

(2) حسن البحراوي، بنية الشكل الروائي، المركز الثقافي العربي، ط1، الدار البيضاء، 1999م، ص 26.

(3) بيرسي لوبوك، صنعة الرواية، ترجمة: عبد الستار جواد، دار الرشيد، بغداد، 1981م، ص 325.

(4) حميد لحمداني، بنية النص السردي، (مرجع سابق)، ص 51.

بوجودها بالفعل، كما يشعر، في كثير من الأحيان، أن الراوي يحكي قصته هو، بسبب وجود حالة من التشابه الكبير في الصفات، لدى كل منهما، وعلى الرغم من ذلك تظل الشخصية القصصية محتفظة بطابعها الخيالي، الذي يميزها عن الشخصية الواقعية.

ويرى الفيلسوف والناقد الفرنسي رولان بارث «أن مفهوم الشخصية داخل الشعرية الأرسطية مفهوم ثانوي، ويخضع كليًا لمفهوم الفعل»[1].

وقد حدد فلاديمير بروب إحدى وثلاثين وظيفة، تقوم بها الشخصيات في العمل السردي، كالحكايات والقصص، ووضع لكل وظيفة اسمًا خاصًا بها، وجعل لكل وظيفة شكلًا خاصًا بها يختلف عن الآخر، وقام بتوزيعها على سبع شخصيات، هي: المتعدي أو الشرير، الواهب، المساعد، الأمير، الباعث، البطل، البطل الزائف[2]، فتؤدي كل شخصية عددًا من تلك الوظائف.

ويرى حميد لحمداني أن مسوِّغ «التوزيع الجديد للشخصيات -عند بروب- هو التقليل من أهمية نوعية الشخصيات وأوصافها، على اعتبار أن ما هو أساسي هو الدور الذي تقوم به، وهكذا فالشخصية لم تَعُد تحَدَّدُ بصفاتها وخصائصها الذاتية؛ بل بالأعمال التي تقوم بها، ونوعية هذه الأعمال»[3].

ويميِّز رولان بارث بين الوظائف والقرائن، بقوله: «إن الوظائف والقرائن تغطي تمييزًا كلاسيكيًا آخر، تقتضي الوظائف مترابطات كنائية في إطاره، وتقتضي القرائن مترابطات استعارية، وتطابق الوظائف وظيفة العمل، أما القرائن فتطابق وظيفة الكائن»[4].

وتتمثل تلك الوظائف في أول نوع لها، وهي الوظائف التوزيعية، ويقصد بها الوظائف التي ترتبط بوظائف أخرى، بالمستوى ذاته، والمتوقع في الحدث أن يؤدي إلى حدث آخر، أو يؤدي إلى سلوك معين؛ وفي السرد تظهر علاقات متنوعة بين الوظائف، وهناك وظائف غير توزيعية، وهي التي تسمى بالقرائن، وهي: وحدات صغيرة تقوم كل وحدة منها بوظيفة

---

(1) رولان بارث، التحليل البنيوي للسرد، (مرجع سابق)، ص 23.

(2) حميد لحمداني، بنية النص السردي، (مرجع سابق)، ص 25.

(3) -المرجع السابق، ص 25.

(4) رولان بارث، التحليل البنيوي للسرد، (مرجع سابق)، ص 16.

دلالية إيحائية، ترتبط بعناصر من مستوى آخر، لدى الشخصيات أو الزمان أو المكان، وتشير بعض تلك القرائن إلى شكل الشخصية، وبعضها الآخر يوحي بخلقها، أو حالتها، أو وضعها الاجتماعي في سياق النص، ومنها ما يشير إلى البيئة المحيطة بالشخصيات والأحداث، وتعبر عنها وتجسدها؛ ولهذا فكل ما يتعلق بأوصاف الشخصيات، وبالأفعال الدالة على أخلاقها أو أفكارها، ينتمي إلى ذلك النوع من القرائن، التي تسمى بالمتن الحكائي، وهي واضحة عند الكتاب القطريين؛ إذ وجدناهم -في الأغلب- يوظفون الشخصية في القصص المقدمة للطفل، وكثيرًا ما تظهر من عنوان القصة نفسها، مثل: قصة «ناصر»، و«حشو السنان يوم الختمة» لحصة العوضي، وكذلك «بوابة القصر» لكلثم الغانم؛ إذ نقلت الطفل عبر أحداث القصة إلى حقبة الشيخ عبد الله بن جاسم وقصره، وتمثل تلك المرحلة مرحلة التأسيس العلمي والمعرفي في قطر. ومثل ذلك نلحظه في قصة «حنظلة» للكاتبة أسماء الكواري، وفي قصة «أرحمة» لعبد العزيز آل محمود أيضًا، إذ ركز على بنية الشخصية الداخلية والخارجية، وهي فكرة الجمع بين الأصالة والمعاصرة، والانفتاح على العالم من خلال مهنته النوخذة (بحارة).

5. بنية الحدث في سرديات أدب الطفل في قطر

يُعد عنصر الحدث عاملًا رئيسًا للعناصر السردية السابقة، فإذا كانت الحكاية مجموعة من الأحداث مرتبة ترتيبًا زمنيًا، فإن الحبكة بدورها سلسلة من الأحداث، ولكن التأكيد فيها يتركز على الأسباب والنتائج، ويكون التساؤل: ماذا حدث بعد ذلك؟ أما الحبكة، فنسأل: لماذا؟ لعلنا نبحث عن تفسير مفهوم للحبكة، وعلاقتها بالسرد، والفرق بينها وبين الحدث. ويرى الروائي والكاتب البريطاني إدوارد مورغن فورستر أن القصة، هي: سرد الأحداث مرتبة بحسب التسلسل الزمني، أما الحبكة فتعتمد على سير الأحداث مع التركيز على الأسباب[1]. وفي الكتابة السردية للطفل لا بدَّ من مراعاة خطة سير الأحداث المناسبة للطفل، لأنها التي تتضمن ما يحدث، وهي بمنزلة الخيط الذي يمسك بنسيج القصة، وعلينا مراعاة أن تكون الأحداث مناسبة للموضوع الرئيس، الذي يقوم عليه مشروع القصة.

(1) عبد الفتاح أبو العال، أدب الأطفال، (مرجع سابق)، ص 38-39.

6. بنية اللغة في سرديات أدب الطفل في قطر

تبرز في بنية اللغة السردية جملة من القضايا اللغوية المنطلقة من اللغة، كالثنائيات اللفظية بين اللغة العامية والفصيحة؛ وذلك لأن العمل الأدبي يميل إلى التضاد. لكن الأسلوب في الكتابة السردية للطفل يتميّز بالخفة، والجمل القصيرة، ويتمثل ذلك في استخدام الجمل الواضحة، ويسميه حسن شحاته «الألفة»، ويقصد بها «الألفة بالكلمات، واستخدام الجمل البسيطة، واشتمال الفقرة على فكرة واحدة، والاعتماد على الحوار أكثر من السرد، وعدم استخدام مصطلحات فنية، واستخدام ألفاظ دالة على الانفعالات، والكلمات التي ترمز إلى المحسوسات، والكلمة تعبر عن معنى واحد داخل السياق»[1].

وتبرز إشكالية في بنية اللغة، في سرديات الطفل القطري؛ إذ إن معظم القصص الصادرة في قطر لا تحدد السن الذي كُتبت من أجله القصة، وتحديد السن مهم جدًا؛ لأنه يجعل الكاتب يحيط -قبل كتابة القصص- بمفردات الطفل الأساسية في المرحلة المستهدفة. لكن هذه الإشكالية لا تقتصر على قطر وحدها، بل نجدها في الأقطار العربية كلها، إذ إن معظم الدراسات العربية للغة الطفل، تعتمد بشكل مباشر أو غير مباشر على الدراسات الأجنبية، وهذا يُعد خللًا منهجيًا؛ لأن نتائج الدراسات الأجنبية كانت ثمرة بحوث ودراسات أجريت على أطفال لا يتكلمون اللغة العربية.

7. بنية الوصف في سرديات أدب الطفل في قطر

يعد الوصف من بين أهم المكونات السردية، إلى جانب المكان والزمان والشخصية، وهو يظهر في كثير من القصص، وله وظائف متعددة خاصة، منها تحديد ملامح الأمكنة، وغيرها؛ إذ إنه «أكثر لزومًا للنص من السرد؛ ذلك لأنه أسهل علينا أن نصف دون أن نحكي، من أن نحكي دون أن نصف؛ ربما لأن الأشياء يمكنها أن توجد دون حركة، على عكس الحركة التي لا تستطيع أن تكون دون أشياء»[2].

ويبدو الفرق بين السرد والوصف واضحًا، ويظهر ذلك على المستوى التطبيقي، فالنظام الذي يخضع له السرد، يختلف عن النظام الذي يخضع له الوصف، فيُعد الحصول على

---

(1) حسن شحاته، أدب الطفل العربي، الدار المصرية اللبنانية، ط2، القاهرة، 1994م، ص 17.

(2) موفق رياض مقدادي، البنى الحكائية، (مرجع سابق)، ص 125.

نصوص خالصة في الوصف سهلًا، لكن الحصول على نصوص خالصة في السرد يُعد أمرًا صعبًا[1]، ويمكن توضيح ذلك من خلال الرجوع إلى قصص الأطفال في قطر بشكل خاص، ففي قصة «أمانة صياد» لوداد اليوسف، جاء في القصة «صندوق كبير ومصدئ»[2]، و«دهش الرجل كثيرًا، وقال في نفسه ...»[3]، فالوصف يتمثل في العبارة الأولى، ويتمثل السرد في الأخرى.

وتكون العلاقة بين الوصف والسرد علاقة تلاحم وترابط؛ إذ لا يمكن أن يتشكل عمل فني متكامل مستقل عن السرد أو الوصف؛ لأن الوصف يجعل القصة بطيئة الحركة؛ بل يجعلها أحيانًا تتوقف، والوصف هنا يؤدي وظيفة واقعية، أو يستخدم في خلق إيقاع معين، يُسرد عندما يلفت إلى الواقع حوله. ونجد ذلك في قصة «خيال منال» لمنيرة الرميحي؛ إذ تقول:

«ذات يوم ذهبت منال مع عائلتها إلى الحديقة»[4].

«كانت الحديقة كبيرة وخضراء، مليئة بأطفال يلعبون، ويتأرجحون، ويجرون هنا وهناك، ويطعمون البط العائم على سطح البحيرة»[5].

ويؤدي الوصف وظيفة معرفية وفنية، نجدها عند شمة الكواري في روايتها «شاهين»، وكذلك عند منيرة الرميحي في قصتها «أنا أشبه القمر»، أو يُستخدم لتقديم معلومات جغرافية أو تاريخية، على نحو ما نجده في قصة «بوابة القصر» لكلثم الغانم، التي تحكي عن حقبة التعليم في قطر.

---

(1) حميد لحمداني، بنية النص السردي، (مرجع سابق)، ص 78.

(2) وداد اليوسف، قصة أمانة صياد، (مرجع سابق)، ص 4.

(3) المرجع نفسه.

(4) المرجع نفسه.

(5) المرجع السابق.

المبحث الثاني:

تحليل البنيات السردية لأدب الطفل في قطر

قبل الدخول في التحليل، ينبغي أن نشير إلى أن قصص الأطفال في قطر مرت بثلاث مراحل هي: البدايات، والامتداد، والنضج. وأتناول في كل مرحلة من تلك المراحل نماذج من القصص، وأعمل على تحليل بنياتها السردية، من خلال القراءة الوصفية، والقراءة التحليلية، والهدف من وراء هذا التحليل، الوقوف على أهم الخصائص السردية لكل مرحلة، وتتبع حركة التطوير لأدب الأطفال في إطاره المحلي. فقد ظهرت في الستينيات من القرن الماضي، وامتدت إلى تسعينياته، واعتمد فيها الكتاب على الموضوعات التراثية والأخلاقية وغيرها من الاتجاهات الخاصة بالكتابة لطفل.

فيما يتعلق بمرحلة البدايات اهتم الكتاب بدراسة قصة «أسنان راشد» للكاتب محمد علي، وقصص «حنان والضفيرة»، و«عش العصفور»، و«السمكة الحزينة»، و«البطلة سعدة» للكاتبة لطيفة مبارك السليطي؛ أما المرحلة الثانية، فهي مرحلة الامتداد، التي ظهرت في منتصف التسعينيات من القرن الماضي، وامتدت إلى عام 2010م، وركز الكتاب على الموضوعات الاجتماعية وعلى الموروث الثقافي المستخدم والمستفاد منه في تثقيف الطفل، كقصتي «أمانة صياد» و«الحية بيه» للكاتبة وداد اليوسف، ومجموعة «قصص أطفال» للكاتبة هيا سعيد الكواري، وحكايات وأناشيد (للصغار وأغنية) للكاتبة حصة العوضي، وقصة «كان يا مكان» للكاتبة خولة المناعي، وقصة «الوزة الكسولة» للكاتبة لطيفة مبارك السليطي، وقصة «بيبو الفيل اللطيف» للكاتبة عائشة الدوسري، وحكاية جدتي «حكاية شعبية للأطفال» للكاتبة مريم النعيمي.

أما المرحلة الثالثة، فهي مرحلة النضج، التي بدأت منذ عام 2010م وما زالت مستمرة إلى الآن، وهي مرحلة الإبداع؛ إذ ركز فيها الكتاب على خصوصية أدب الطفل القطري بموضوعات موجهة للطفل القطري تحديدًا، معتمدين على موضوعات متعددة، سواء كانت تراثية أم تاريخية،

إضافة إلى موضوعات الخيال العلمي، كقصص «بوابة القصر»، و«حمدة وفسيكرة»، و«أساطير من قطر»، و«الفارس-سباق المسلية» للكاتبة كلثم الغانم، وقصة «أرحمة» للكاتب عبد العزيز آل محمود، والقصتان «مملكة القرنقعوة»، و«وادي الحنظل» للكاتبة أسماء الكواري، وقصة «جبر فتى من زمن الصبر» للكاتبة بشرى ناصر، وحكايات من البيت القديم «يوم الختمة» للكاتبة حصة العوضي، وقصة «مغامرات فيصل» للكاتبة فاطمة حسن السليطي، والقصتان «طير السعد»، و«حكاية ذهب» للكاتبة نجلة إسماعيل العزي، وقصتا «ماذا يوجد في الرمال؟»، و«غريبة» للكاتبة شيخة الزيارة، وقصة «الأرنب خرنوق» للكاتبة لولوة البنعلي، و«السردية الشفهية لقصص الأطفال» للكاتب محمد إبراهيم السادة، وقصة «أمير الربيع» للكاتبة مليكة غونيور.

1. البنيات السردية لمرحلة البدايات

1.1 قصة: أسنان راشد

القراءة الوصفية:

هذه القصة «أسنان راشد»، من تأليف الكاتب والرسام محمد علي، تقع في 17 صفحة مصورة من الحجم المتوسط، يمزج فيها الكاتب بين السرد والصور، ومنها سبع صفحات تحتوي على صور دون نص مرفق، ونشرتها وزارة الإعلام القطرية، عام 1961م، وفي صفحة الغلاف تحت العنوان، توجد صورة طفل، يجلس على كرسي، ويقف بجواره طبيب أسنان.

تحكي هذه القصة عن طفل صغير اسمه «راشد»، وصفه الكاتب بأنه يحب الحلوى والسكر، ويتسلل لأخذ قطع السكر دائمًا، ويذهب إلى بائع الحلويات كل يوم عند عودته من المدرسة إلى البيت، ويتكرر ذلك المشهد دون أن يغسل راشد أسنانه، فذات يوم يستيقظ من شدة ألم الأسنان، فنصحه الطبيب بالمحافظة على نظافة الأسنان.

القراءة التحليلية:

اعتمد الكاتب على الموضوع التوعوي في قصته، ويتضح ذلك من خلال عنوانها، وهو «أسنان راشد»، التي تدور أحداث القصة حولها؛ إذ نجد أن الكاتب اعتمد على صياغة واحدة لنقل مادته القصصية، إذ يبدأ القارئ القراءة، ولديه فكرة عما سيجري في القصة، وهذا مهم في النصوص الموجهة للأطفال، فهم بحاجة إلى معلومات استعراضية أولية.

ويهدف العرض في بداية القصة إلى وصف «منظر السكر»، الذي كان يثير الطفل «راشد»، وقد ظهر بطل القصة باكرًا في القصة «راشد والسكر»، وجاء العرض مكان الفعل (الحدث) في بداية القصة «إلا أن منظر قطع السكر كان يُثير شهيته، فيأخذ أكبر قدر منها»[1].

وتظهر في سياق القصة صورة طبيعية لعدد من التفاصيل المتعلقة براشد، والأحداث الأخرى، التي استعمل الكاتب الزمن الماضي في وصفها، نحو: «كان يمر...»[2]. و«كان راشد...»[3]. و«... فكان يصرخ...»[4].

واعتمد الكاتب على الوصف لتكوين وظيفة تصويرية، كي تظهر الأشياء، وتوضحها، وكان الوصف متتاليًا في القصة؛ إذ اعتمد على الوصف، والعرض، وتقنية السرد اللاحق للحدث؛ لأن هذا النوع هو الشائع في قصص الأطفال، وكذلك السرد السابق للحدث من خلال الأحداث، التي كانت تحصل مع راشد وهو نائم، نحو: «كان راشد ينام لتصحو مخلوقات صغيرة...»[5].

ركز الكاتب على الزمن الماضي، وهذا مناسب للأطفال، لعدم قدرتهم على فهم المقاطع السردية المتداخلة، التي تنتمي لأزمنة مختلفة؛ لا سيما أنها موجهة لأطفال من عمر الرابعة وحتى السابعة. وكذلك نجد الكاتب يوظف الزمان توظيفًا يجمع بين متناقضين، هما: السكون والحركة، نحو: «كان راشد ينام لتصحو مخلوقات صغيرة، تنتقل بين أسنانه، تبحث عن طعامها»[6]؛ إذ إن المخلوقات التي تسبب التسوس والألم، تجد أن الوقت الأنسب للعمل، هو عندما يكون راشد نائمًا، والجمع بين المتناقضين يعمق المعنى، ويبرزه.

ووظف الكاتب المكان في القصة، وجعله مصدر جذب وإثارة؛ إذ إن موقع دكان صاحب الحلوى يقع في الطريق، بين البيت والمدرسة، ما يعني أن منظر الحلوى سيؤثر تأثيرًا كبيرًا في نفس راشد، «كان يمر بعد عودته من المدرسة بالدكان المجاور لبيتهم، فيشتري الحلوى كذلك»[7].

---

(1) محمد علي، قصة «أسنان راشد»، وزارة الإعلام القطرية، الدوحة، 1961م، ص 1.

(2) المرجع نفسه، ص 3.

(3) نفسه، ص 8.

(4) نفسه، ص 15.

(5) نفسه، ص 8.

(6) نفسه.

(7) نفسه، ص 3.

واستعرض الكاتب شخصيات ثانوية في القصة، تقع ضمن المشاهد الاعتيادية، مستخدمًا الوصف السردي، وذلك على نحو: «لتصحو مخلوقات صغيرة»[1]، وعلى نحو: «هكذا في كل ليلة ينام راشد لتصحو الكائنات الدقيقة»[2].

ويختتم الكاتب القصة بـ«الحل» بعد حبكه للأحداث، وترك مشكلة إهمال راشد لأسنانه تتعقد، ليقرر الطبيب تخفيف ذلك الألم، مع صراخ راشد الشديد بخلع سنين، فيأتي هذا الحل بقرار شجاع للطفل راشد، «فكر راشد، أن الألم شيءٌ صعب الاحتمال، فقرر ألّا يكثر من تناول الحلوى، ويحافظ على أسنانه بغسلها ثلاث مرات يوميًا»[3]. لكن الذي يُؤخذ على الكاتب أنه رسم للممرضة صورة مخيفة؛ إذ رسم لها جسمًا كبيرًا، وملامح عدوانية[4]، وهذا يجعل الطفل يكتسب اتجاهًا سلبيًا نحو الممرضات، فيتحول مفهوم الممرضة عنده من ملاك الرحمة إلى شيطان عذاب.

2.1 قصة: حَنَانُ والضفيرة

القراءة الوصفية:

إن قصة «حَنَانُ والضفيرة» من تأليف الكاتبة لطيفة مبارك السليطي، ورسم زبيدة السويدي، تقع في 14 صفحة مصورة، تمزج فيها الكاتبة بين السرد والصور، ونشرتها وزارة الإعلام القطرية، وتوجد في صفحة الغلاف تحت العنوان صورة طفلة تنام على السرير، وبجوارها طفلة أخرى بيدها مقص، وتحاول قص ضفيرة الطفلة النائمة.

تحكي هذه القصة عن أختين، كانت لإحداهما ضفيرة طويلة، في حين أن شعر الأخرى قصير وليس لها ضفيرة، وكان همها الشاغل، أن يكون لها ضفيرة طويلة كضفيرة أختها، حتى أنها كانت تحلم بذلك، وتكثر من النظر إلى المرآة باستمرار.

القراءة التحليلية:

تعكس القصة في مجمل بنياتها السردية واقع أختين صغيرتين، تقع بينهما غيرة

(1) نفسه، ص 8.

(2) نفسه، ص 9.

(3) نفسه، ص 17.

(4) ينظر: نفسه، ص 15.

بسبب ضفيرة الأخت الكبيرة، وهذا واقع قد يحصل في كل أسرة من باب «المقارنات بين الأخوات»، وفي ثنايا القصة، تصور لنا الكاتبة الانتقال السلبي للأحداث والأبعاد النفسية للعلاقات الاجتماعية، فجعلت في العلاقات الأخوية، علاقات تقوم على المقارنة الشكلية، إلا أن الكاتبة انتصرت لقيمة الحب في العلاقة الأخوية على الغيرة، نحو: «ستكون سعاد حزينة، إذا قصصت ضفيرتها، فنهضت حنان، ووضعت المقص الكبير، ثم ذهبت لتنام في السرير»[1].

ونجد في بنية هذه القصة أننا أمام صراع قائم على الخير والشر؛ إذ حاولت الكاتبة معالجة قضية الغيرة، ولكنها لم توظفها بالشكل الصحيح؛ إذ جعلت البداية حلمًا «بأن حنان تحلم بضفيره طويلة»[2]، واختتمتها بحكمة قد تكون أكبر من المستوى المقدم في القصة.

واستخدمت الكاتبة تقنية الراوي الشاهد، التي تنطلق من الرؤية الخارجية، باعتمادها على الوصف الخارجي؛ إذ تنقل لنا تحركاتها في القصة، وكأنها بمنزلة الكاميرا السينمائية، التي تلتقط كل ما يمكن أن يبدو لها من الصور والمشاهد.

أما لجهة الرواية الداخلية، فاعتمدت الكاتبة على تقنيات رواية تيار الوعي الحديث، التي يجري فيها «خطاب الراوي بضمير المتكلم، ولكننا نكتشف أن المتكلم هو الشخصية، لا الراوي، وأنها تستخرج أفكارها تدرجًا كما تخطر لها»[3]؛ لأنها تستقصي أعماق الشخصية الروائية، وتكشف عن أبعادها النفسية، وتعدها محورًا لهذا العالم؛ إذ نجد العنصر المهيمن هو «الضفيرة»، بما تحمله من دلالات جمالية، ومعان نفسية، كما نجد أن الكاتبة تركز على توظيف الاضطراب النفسي، الذي تعانيه حنان، من خلال الحلم والمرآة، وتبرز دلالة المرآة كرمز من رموز كشف الشخصية، فنجد الكاتبة قد اعتمدت على الحوار الداخلي عند حنان:

«ستكون سعاد حزينة، إذا قصصت ضفيرتها»[4].

---

(1) لطيفة مبارك السليطي، قصة «حنان والضفيرة»، رسوم: زبيدة السويدي، وزارة الإعلام القطرية، الدوحة، ص8.

(2) المرجع نفسه، ص 12.

(3) تقنية يستخدمها أتباع تيار الوعي، لوصف نمط من السرد الحديث يعتمد الشكل الانسيابي. ينظر: لطيف زيتوني، معجم مصطلحات نقد الرواية، (مرجع سابق)، ص 66.

(4) لطيفة مبارك السليطي، قصة حنان والضفيرة، (مرجع سابق)، ص 8.

«يا لها من ضفيرة طويلة، كم أتمنى أن يكون هذا الحلم حقيقيًا»[1].

ومرة بوصف حالتها النفسية:

«كانت حنان دائمًا حزينة»[2].

«دائمًا تنظر للمرآة لترى الضفيرة، ولكن لا تستطيع»[3].

«ترفع رأسها لترى الضفيرة»[4].

وتُعد هذه القصة من القصص البسيطة في أحداثها وموضوعها، إذ إنها تركز على الشخصية، وبنيتها السردية خطية، وليس فيها روح المغامرة والمفاجأة، وهذا ما كانت عليه قصص البدايات.

2. البنيات السردية لمرحلة الامتداد

1.2 قصة: أمانة صياد

القراءة الوصفية:

هذه القصة «أمانة صياد»، من تأليف الكاتبة وداد اليوسف، ورسم صفية المهدي، وتقع في 17 صفحة مصورة، فصلت الكاتبة فيها بين السرد والصورة، ونشرتها وزارة الإعلام والثقافة عام 1995م، وفي صفحة الغلاف توجد صورة مدموجة مع العنوان لقارب، ورجل، وصندوق، وسحاب، وماء.

تحكي القصة عن صياد يذهب كل يوم للصيد، ولديه أربعة أولاد، يتمنى أن يوفر لهم عيشة رغيدة، وتعليمًا عاليًا، ليرفعوا مستوى بلادهم. ذات يوم وجد الصياد صندوقًا في داخله مجوهرات كثيرة، وبجانبها وصية، تركها صاحب الكنز، الذي طلب من الله أن يُرزق به رجل فقير، ينفقه على أهل العلم والمعرفة، فنفذ الصياد الوصية، ولم يترك مهنة الصيد.

---

(1) المرجع نفسه، ص 14.

(2) نفسه، ص 2.

(3) نفسه، ص 3.

(4) نفسه، ص 4.

القراءة التحليلية:

نلاحظ أن العنوان جزء من موضوع القصة؛ إذ تتمحور فكرة القصة على قيمة الأمانة، ويدور حاجز السرد حول هذه القيمة (الصياد الأمين)، «الذي يجول في البحر للبحث عن رزق أبنائه»[1]، ويقول لهم: «إنها أمانة يا أبنائي يجب المحافظة عليها»[2].

وتستخدم الكاتبة السرد اللاحق للحدث، فهي تصور الواقع الاجتماعي لهذا الصياد، الذي يمثل مرحلة من مراحل المجتمع القطري قبل ظهور النفط، وهي: مرحلة الصيد والبحث عن اللؤلؤ والسمك.

وركزت الكاتبة على إبراز طموح الشخصية الرئيسة في القصة (الصياد القطري)، وما تتحلى به من أخلاق فاضلة، فوظفت السرد في الكشف عن الجانب النفسي لهذا الرجل، الذي يتمنى أن تتغير أحواله المعيشية الصعبة، وأن يُوفر لأبنائه عيشة راضية، وأن يتطور البلد على يد أبنائه، ويحتل مكانة عالية بين بلدان العالم، وقد أجاد الكاتب تصوير هذا الجانب الانفعالي، الذي يحمل همَّ تطوير البلد، ويشارك في ريادته.

ونجد الكاتبة في سردها لأحداث القصة تتخذ من الحدث الرئيس، وهو: (حصول الصياد على كنز كبار الدولة)، حدثًا يحمل قيمًا ودلالات خاصة، لإبراز الكنز والوصية، وإظهار قيمة العلم والمعرفة، وحب الخير، لأن العلم والخير هما من القيم العليا، التي يطلبها أبناء المجتمع، وبهما يتحقق التطور والرقي.

وتوظف الكاتبة في سردها البنيتين المكانية والزمانية، بصورة رمزية واضحة، فالبحر رمز للعطاء والخير، والعمل والاجتهاد، أما البنية الزمانية فظهرت في رصدها لجزء من تاريخ قطر، المتمثل في الاعتماد الكلي على مهنة الصيد البدائي للأسماك، ومحاولة استخراج اللؤلؤ، وهذا الرمز الزماني يسعى لإبراز الدور الكبير الذي بذله قادة البلاد للنهوض بها، حتى وصل إلى هذا التطور الكبير، والعيش الرغيد، والحياة السعيدة.

---

(1) وداد اليوسف، قصة «أمانة صياد»، رسوم: صفية المهدي، وزارة الإعلام والثقافة، ط1، قطر، 1995م، ص 1.

(2) المرجع نفسه، ص 11.

2.2 قصة: قصص أطفال

القراءة الوصفية:

هذه القصص من تـــأليف الكـــاتبة هيـــا سعيد الكـــواري، وهي بعنوان «قصص أطفال»، وتضم أربع قصص، هي: «أمنية المعزة الصغيرة»، و«الرجل الحكيم وأبنائه الثلاثة»، و«الفأر الذكي»، و«الجبنة الذهبيـــة»، وتقـــع في 18 صفحة، وهي مصـــورة، وفصلت فيها الكـــاتبة بين الســـرد والصور، ونشرها المجلس الوطني للثقافة والفنون والتراث القطري عام 2001م.

وتحكي القصة الأولى عن «أمنية المعزة الصغيرة»، التي عانت من ظلم القطيع لها، فذات مرة مرت زرافة أمام الحظيرة، فتمنت المعزة الصغيرة أن يكون لها رقبة طويلة، لكي تستطيع أن تنافس قطيعها في الأكل والشرب، فتحققت أمنيتها، الأمر الذي جعل القطيع يقرر طردها، فنال منها القطيع، وطردها من الحظيرة، ثم تمنت أن تعود إلى طبيعتها، وتحقق حلمها، وعادت تعيش مع القطيع بسلام وانسجام.

وتحكي القصة الثانية عن «الرجل الحكيم وأبنائه الثلاثة»، وهم: أحمد، ومحمود، وحسام. أراد الوالد أن يعلم أولاده الصبر على قسوة الحياة، لكي يحققوا ما يصبون إليه، فعرض عليهم جوهرة ثمينة، لتكون من نصيب من يعمل عملًا، يجد فيه مشقة ومعاناة، ولكن عليه أن يصبر، حتى يصل إلى هدفه، مقابل أن تكون الجوهرة من نصيب أشدهم معاناة، وأكثرهم صبرًا، وأنبلهم هدفًا، فقدم كل واحد منهم عملًا مختلفًا عن الآخر، فكانت الجوهرة من نصيب حسام، الذي كان أثر عمله مستمرًا.

وتحكي القصة الثـــالثة عن «الفـــأر الذكي»، فقد سقط فيل في حفرة كبيرة، وحاولت الحيوانات إنقاذه بطرق عديدة، لكنها فشلت في ذلك. وعرض عليها الفأر فكرة لإخراجه من الحفرة، فتجاهلت الفكرة؛ وإذا بالفأر يصعد على صخرة كبيرة، ويطلب منها الاستماع لفكرته. سمعته، واستطاعت إخراج الفيل، وراحت تصفق للفأر، الصغير في حجمه، الكبير في عقله.

وتحكي القصة الأخيرة «الجبنة الذهبية» عن فأرين جائعين، يدبران مكيدة كي يأخذا الجبنة من طبق الولد، ففكرا في حيلة لأخذ الجبنة؛ قام الفأر الأول برجم الباب بحجر، على أن يأخذ الفأر الثاني قطعة الجبنة، وحاولا تكرارها، إلا أن الولد حمل الجبنة معه.

القراءة التحليلية:

استعملت الكاتبة في القصص السابقة طريقة السرد المباشرة والتقليدية، المتمثلة بتقنية السرد اللاحق للحدث، التي لا تروى فيها الأحداث إلا بعد وقوعها، من ذلك مثلًا:

«يحكى أنه في سالف الذكر والزمان...»[1].

«يحكى أنه في قديم الزمان...»[2].

«كان يا ما كان... في سالف الزمان»[3].

«يحكى أنه كان.... في سالف الزمان»[4].

وركزت الكاتبة على تقنية الشخصية كعنصر مهيمن في تلك القصص، التي كانت مكونًا من مكونات السرد الواضح عندها، من خلال موضوعات القصص:

«أمنية المعزة الصغيرة»[5].

«الرجل الحكيم وأبناؤه الثلاثة»[6].

«الفأر الذكي»[7].

ورسمت الكاتبة في مجموعتها القصصية الشخوص من الخارج، كما هي في قصة «أمنية المعزة الصغيرة»، إلا أن هذه الشخصيات يعوزها الدافع الدرامي، الذي يبرز أفعالها دائمًا، مثل: «رأتها المعزة الصغيرة، وقالت: يا إلهي! لو أن لي رقبة طويلة، مثل هذه الزرافة، لاستطعت أن أمد رقبتي من خلف المعز الكثيرة، وألتهم الطعام قبلها...»[8].

---

(1) هيا سعيد الكواري، قصص أطفال، قصة «أمنية المعزة الصغيرة»، المجلس الوطني للثقافة والفنون والتراث، الدوحة، 2001م، ص 4.

(2) المرجع نفسه، قصة «الرجل الحكيم وأبنائه الثلاثة»، ص 8.

(3) نفسه، قصة «الفأر الذكي»، ص 12.

(4) نفسه، قصة «الجبنة الذهبية»، ص 16.

(5) نفسه، قصة «أمنية المعزة الصغيرة»، ص 4.

(6) نفسه، قصة «الرجل الحكيم وأبنائه الثلاثة»، ص 8.

(7) نفسه، قصة «الفأر الذكي»، ص 12.

(8) نفسه، قصة «أمنية المعزة الصغيرة»، ص 4.

وكذلك يظهر في المقطع التالي: «جمع الرجل الحكيم أولاده الثلاثة، وعرض عليهم جوهرة ثمينة، لتكون من نصيب من يعمل عملًا يجد فيه مشقة ومعاناة، ولكن عليه أن يصبر، حتى يصل إلى هدفه، مقابل أن تكون الجوهرة من نصيب أشدهم معاناة، وأكثرهم صبرًا، وأنبلهم هدفًا»[1].

وكذلك يظهر في المقطع التالي: «ذهبت الفأرة المسكينة تشكو إلى جارتها سوء حالها من شدة الجوع... وتواسيها الأخيرة، ثم قالت لها: تعالي نحتال عليه في حيلة، نستطيع بها الحصول على الجبن، فنأكلها معًا»[2].

وكثر التوضيح والإقناع في أسلوب الكاتبة، فغلب الطابع النمطي على مجموعتها القصصية، معتمدة على فكرة واحدة في القصة، وهي شخصيات تخضع لنمط واحد، مثل: الصغيرة، والحكيم، والذكي، والذهبية، فتظهر هذه الشخصيات المسطحة بصورة محددة على طول القصة، ولكنها تختلف في انفعالاتها.

وتعتمد الكاتبة في مجموعتها القصصية على الشخصيات الحيوانية، وهو عكس ما كان سائدًا في المراحل السابقة في القصص القطرية، التي كانت تتميز بالبساطة في استخدام الشخصيات الحيوانية؛ أي إنها كانت تستخدمها استخدامًا لا يحمل دلالة رمزية.

وكذلك تعتمد تقنية الحدث في قصصها ذات المغزى الأخلاقي، التي تسعى من ورائها الكاتبة إلى تعميق الأخلاق في نفوس الأطفال، ففي قصة «أمنية المعزة»، تدور الأحداث حول خلق القناعة، وفي قصة «الرجل الحكيم»، تدور الأحداث حول قيم وصفات أخلاقية، وهي الصبر، والتعاون، والحب، والصدق، والرحمة، وتبرزها الكاتبة بوصفها أهدافًا يجب أن يتصف بها الرجل الذكي؛ وتسعى الكاتبة في قصة «الفأر الذكي» إلى تجسيد روح التعاون والتشاور، إلا أنها تركز على الخلق الرئيس، وهو عدم الاحتقار أو الاستهزاء، وفي قصة «الجبنة الذهبية» تحاول الكاتبة التركيز على نبذ الخلق السيئ المتمثل بالطمع.

ونجد أن الكاتبة قد اختارت أماكن مميزة لأحداث القصص؛ إذ جسدت البيئة الطبيعية، البعيدة عن صخب المدينة، وتنبع أهمية اختيار المكان من أنه يربط الطفل ببيئته الطبيعية، المتمثلة بالغابات والبوادي.

---

(1) نفسه، قصة «الرجل الحكيم، وأبنائه الثلاثة»، ص 8.

(2) نفسه، قصة «الجبنة الذهبية»، ص 16.

وعلى الرغم من أن هذه القصص كُتبت في مرحلة الامتداد؛ إلا أن بنيتها السردية خطية، لا مفاجأة فيها، كأنها من قصص البدايات.

3. البنيات السردية لمرحلة النضج

1.3 قصة: بوابة القصر

-القراءة الوصفية:

هذه القصة بعنوان «بوابة القصر»، من تأليف الكاتبة كلثم الغانم، ورسم تماضر العسيري، وتقع في 20 صفحة مصورة، وفصلت الكاتبة فيها بين السرد والصورة، ونشرتها هيئة متاحف قطر عام 2013م، وفي صفحة الغلاف توجد صورة مدموجة مع العنوان لبوابة قصر، وأمامها عدد من الرجال، وطفلان، وجمال.

تحكي هذه القصة عن طفل اسمه خالد، كان يراجع ما درسه في مادة التاريخ، عن الشيخ عبد الله بن جاسم آل ثاني،رحمه الله؛ وبعد القراءة نام خالد، وحلم أنه ذهب إلى البحر، ورأى السفن وصيادي اللؤلؤ، وزار قصر الشيخ عبد الله، وشاهد عظمة البناء، وحسن العمارة، وطلب منه أن يلحقه بالمدرسة الأثرية.

القراءة التحليلية:

تعد قصة «بوابة القصر» تاريخية ذات إطار إبداعي، تعتمد على التخيل عبر الماضي القديم؛ إذ يتعرف الطفل القطري على تاريخ بلاده بطريقة السرد القصصي، المتمثل بدور الشيخ عبد الله بن جاسم آل ثاني في هذه القصة، والذي يعد العنصر المهيمن على أحداث القصة؛ واستعمال الكاتبة عبارة «بوابة القصر»، له رمزية خاصة، فالبوابة ترمز إلى وجود شيء من ورائها، له قيمة كبيرة، والقصر يرمز إلى العظمة والحضارة، وكان السرد موفقًا في توضيح هذه الدلالة.

ووظفت الكاتبة المكان السردي بصورة مشوقة، فإلى جانب دلالة القصر وبوابته، جاءت أماكن أُخر، تعمق الدلالة الحضارية، على نحو:

«يخرج من القصر... يتجه إلى البحر... يجلس على صخرة كبيرة... يشاهد سفن الغوص، والسفن التجارية، وهي تنتقل من ميناء الدوحة إلى مغاصات اللؤلؤ، وإلى البلدان المختلفة»[1].

---

(1) كلثم الغانم، قصة «بوابة القصر»، رسوم: تماضر العسيري، هيئة متاحف قطر، 2013م، ص 7.

وفي مشهد آخر، نجد الكاتبة تمزج بين صيغتي الماضي والمضارع، والمصادر عند سردها لرحلة «القافلة»، «سمعا صوت رغاء إبل وراءهما... التفتا، فشاهدا مجموعة من الرجال، يقودون قافلة من الجمال، متجهين إلى قصر الشيخ عبد الله... كانت الجمال محملة بـقلال التمر... قادمة من الأحساء.. وبعد قليل لاح القصر»[1]. هذا النوع من السرد السريع، يجعل من المكان رمزًا للحركة بدلًا عن السكون، لكنه لا يناسب الأطفال في مرحلة الطفولة المبكرة؛ كون النقلات السريعة تفقدهم التركيز، والاستمتاع بالحدث.

واعتمدت الكاتبة على السرد المتداخل، الذي تتداخل فيه المقاطع السردية، المنتمية إلى أزمنة مختلفة (حاضر، وماضٍ، ومستقبل)، على نحو:

«كان الشيخ عبد الله حاد الذكاء... كان يحب العلم والعلماء».

تأمل خالد صورة قصر الحاكم الشيخ عبد الله بن جاسم... واستمر بالقراءة»[2].

«نريد أن نتعلم في المدرسة»[3].

ووظفت الكاتبة صياغة الحاضر في بداية القصة، وبعد ذلك تعود إلى الماضي مستخدمة أسلوب التضمين، أي «إدخال قصة داخل قصة»، وفي نهاية القصة دمجت بين أسلوب الحاضر والمستقبل، مثل «ألف ليلة وليلة»، وتضمنت القصة شخصيتين رئيستين، الأولى من الزمن الماضي، وهي «الشيخ عبدالله بن جاسم آل ثاني»، والأخرى من الزمن الحاضر، وهي «خالد»؛ إذ كانت الشخصية الأولى هي الحدث البارز، الذي يحمل القيم والدلالات، التي يسعى الصغار والكبار إلى التحلي بها، وأن تكون متحققة في زعمائهم، ومنها: الشجاعة، والكرم، والعلم، والتواضع، وحب الناس.

وتناولت القصة الجانب النفسي أيضًا، من خلال ظهور انفعالات خالد، وشعوره بالرضا عن ماضي بلاده، وعظمة قادته.

لقد نوعت الكاتبة في أسلوبها، واستفادت من صيغ الحكاية الموجهة للكبار، ووظفتها من خلال تقنية السرد السابق للحدث، وذلك في توظيفها لـ«الحلم»، الذي يعتمد على أزمنة

---

(1) المرجع نفسه، ص 11.

(2) نفسه، ص 7.

(3) المرجع السابق، ص 19.

متعددة، وهذا الأسلوب السردي قد يكون متكامل البنية السردية، لكنه يصعب على الطفل استيعابه في مرحلة الطفولة المبكرة، وأرى أن القصة مناسبة لمراحل الطفولة المتأخرة وما فوق.

2.3 قصة: ماذا يوجد في الرمال؟

القراءة الوصفية:

إن قصة «ماذا يوجد في الرمال؟» من تأليف الكاتبة شيخة الزيارة، ورسم ميّ الكبيسي، تقع في 24 صفحة مصورة، ومزجت فيها الكاتبة بين السرد والصور، ونشرتها هيئة متاحف قطر، وكذلك نشرتها أكادية للنشر في دبي عام 2014م، وفي صفحة الغلاف توجد صورة مدموجة مع العنوان لطفل وطفلة يجلسان على الرمال.

وتحكي هذه القصة عن عائلة مكونة من أم وطفلين، هما خالد ونورة، ذهبوا في رحلة إلى شاطئ البحر، فحفر الطفلان حفرة في الرمال، ووجدا شيئًا اعتقدا أنه سن لسمكة القرش، فشجعتهما الأم على تمثيل دور القرصان ومساعده، للبحث عن سمكة القرش، وقتلها، محاولة بذلك تنمية خيالهما؛ لأن ذلك المكان لا يوجد فيه سمكة القرش.

القراءة التحليلية:

يتضح لنا من عنوان القصة «ماذا يوجد في الرمال؟» أن الكاتبة حاولت توظيف المكان السردي، أي «رمال الشاطئ» في سردها لأحداث هذه القصة، فاستخدامها للشاطئ يحمل دلالات وقيم رمزية عظيمة، فهو مصدر النجاة، ورمز الشموخ، كما ترمز رماله للسعة، والكثرة، والبساطة، والاجتماع، والمفاجآت. واستخدمت الكاتبة أسلوب الحوار في سردها، لإبراز الحدث الرئيس والمهيمن على أحداث القصة، وهو دور الأم في إثارة الخيال، والإبداع، وحب القراءة لدى أطفالها؛ لأن تشجيع الأطفال، واللعب معهم، يعزز من قدراتهم الإبداعية.

وحاولت الكاتبة توزيع الأدوار بين الشخصيات الرئيسة الثلاث (الأم-خالد-نورة)، ورصد بعض الجوانب المتعلقة بالجانب النفسي والانفعالي، من خلال الأصوات المتعلقة بالانفعالات، والاستجابات النفسية، على نحو:

« بأعلى صوته ما هذا!!؟» قال خالد[1].

« ابتسمت الأم قائلة: همممم ... تبدو كذلك فعلًا...»[2].

« هاااه... إنه هنا ...» قالت نورة[3].

« آاااا.. انظر أيها القرصان... يوجد ظلٌّ في الأمام!»، قالت نورة[4].

« هاااااااه.. !!!!» صرخت الأم[5].

« ياااااااااااااه.. إنها كبيرة جدًا»، قال خالد[6].

وتنوعت الأزمنة في سرد الكاتبة لأحداث القصة، وهي

الزمن الماضي:

«خرجت عائلة خالد في نزهة إلى الشاطئ.

بدأ خالد ونورة بالحفر في الرمال»[7].

والمضارع:

«هل تظن...»[8].

«تبدو كذلك فعلًا»[9].

والمستقبل:

«سنجد كنزًا هنا»[10].

---

(1) شيخة الزيارة، قصة «ماذا يوجد في الرمال؟»، رسوم: ميّ الكبيسي، هيئة متاحف قطر، وأكادية للنشر-دبي، 2014م، ص 4.

(2) المرجع نفسه، ص 5.

(3) نفسه، ص 12.

(4) نفسه، ص 18.

(5) نفسه، ص 21.

(6) نفسه، ص 23.

(7) نفسه، ص 3.

(8) نفسه.

(9) نفسه، ص 5.

(10) نفسه، ص 3.

«سأبدأ البحث عن سمكةِ القرشِ»[1].

ونلاحظ أن الكاتبة عند سردها للحوار بين الشخصيات تذكر اسم الشخصية في نهاية الحوار، نحو:

«سأحارب سمكة القرش»، قال خالد[2].

«جميل.. ولكن ألا تظن أن القرصان يحتاج إلى سيف وقبعة؟»، قالت الأم[3].

«وغطاء للعين أيضًا»، قالت نورة[4].

هذا الأسلوب لا يتناسب مع مراحل الطفولة الأولى؛ لأنه يشتت فهم الطفل بين متعة الحوار، وإدراك الشخصية، وكان الأولى ربط الرسم بالقول، إما بوضع القول بجانب قائله، أو استخدام النمط المعتاد، الذي يصل القول بصاحبه.

وتجسد هذه القصة مرحلة الوعي، الذي وصل إليه كُتاب أدب الطفل في قطر من خلال إدراكهم لأهمية الإسهام في تكامل شخصية الطفل القطري، وتنمية عقله بروح المبادرة، والحرص على اكتسابه مهارات الإبداع، والابتكار، والذي بدوره سيسهم في بناء أجيال قادرة على العطاء، والبناء، والقيادة، والريادة.

3.3 قصة: أرحمة

القراءة الوصفية:

هذه القصة من تأليف الكاتب عبد العزيز آل محمود، ورسم حاتم علي، وتقع في 39 صفحة مصورة، ومزج فيها الكاتب بين السرد والصور، وصدرت عن دار جامعة حمد بن خليفة للنشر، وفي صفحة الغلاف توجد صورة مدموجة مع العنوان لطفل، وبحر، وقوارب، وطيور.

وتحكي هذه القصة عن البحار الصغير «أرحمة»، الذي أراد ترك دراسته؛ لأنه يتمنى أن يكون أعظم بحار في هذا الكون، إلا أن والده بيَّن له أن هذه الأمنية يرتبط تحقيقها بإجادة

---

(1) نفسه، ص 14.

(2) نفسه، ص 3.

(3) المرجع السابق، ص 9.

(4) نفسه، ص 3.

كثير من العلوم كالفلك، والرياضيات، وغيرها، وعند عودته من أول رحلة -بعد إجادته لتلك العلوم- روى لأصدقائه تفاصيل رحلته، التي كانت مثيرة ومحفوفة بالمخاطر.

القراءة التحليلية:

يظهر من عنوان القصة أنها تتمحور حول شخصية «أرحمة»، تلك الشخصية التاريخية الأسطورية في تاريخ الخليج، وإبراز أهمية العلم في نجاح تلك الشخصية، الذي يعدُّ العنصر المهيمن على أحداث تلك القصة. وتمكن الكاتب ببراعة من وصف هذه الشخصية بأبعادها الاجتماعية، والانفعالية، والنفسية، وبسردها مع الأحداث؛ إذ رسم شخصية بارزة للبحار الصغير، الذي يسعى إلى أن يصبح «نوخذة» يساعد أباه.

ويبدأ الكاتب قصته هذه بتقنية الحوار السردي؛ إذ استطاع في سرده لأحداث القصة أن يستقدم الراوي بصوت الشخصية، والنطق مباشرة في النص، على نحو: «كم مللت الحياة هنا والجلوس في المنزل؟! لا بدَّ أن أبحر مع والدي، وأسافر، أريد أن أرى العالم»[1].

ويتيح الحوار الداخلي لهذه الشخصية تقديم معرفة عن الشخصية، فالشخصيات تعبر طوعًا أو كرهًا عما لا يتاح الكشف عنه، بطريقة غير مباشرة، حول المنظور الباطني للعواطف الانبعاثية للشخصية.

ويركز الكاتب بشكل كبير على الحوار، مما يجعل القصة تشبه المسرحية، متناسيًا الأسلوب السردي للقصص، ويعود ذلك إلى أمرين:

إما أن الكاتب يتملص من وصف موقف صعب في القصة، وتحليله، وكشفه، فيلجأ إلى الاعتماد على الشخصيات، ليجعلها تنطق بأي كلام، أو الاعتماد على المحاورات، لعدم إدراكه أن الكتابة للأطفال خلاف الكتابة للكبار، بدليل أن استخدامه لهذه التقنية كان كثيرًا في القصة، فطغت لغة الحوار على لغة السرد؛ فلا نستطيع أن نفرق بينها وبين المسرحية، التي تُكتب لتمثل على خشبة المسرح.

---

(1) عبد العزيز آل محمود، قصة «أرحمة»، رسوم: حاتم علي، دار جامعة حمد بن خليفة للنشر، قطر، ص 1.

المبحث الثالث:

تمثلات سرديات أدب الطفل في قطر (من الأدب التفاعلي إلى أدب الطفل التفاعلي)

ساهم التقدم التقني الذي شهده العالم، منذ نهاية القرن الماضي، وحتى وقتنا الحاضر، في تطور وسائل الاتصال، التي أثرت في الأدب، من جوانب عديدة؛ إذ ظهرت أجناس أدبية جديدة، كالمسرحيات والأفلام الممثلة، وتطورت وسائل نقل الأدب، عبر الوسائط الإلكترونية، كالتلفزيون، والإذاعة، ووسائل التواصل الاجتماعي (SOCIAL MEDIA)، ولا يكتفي المؤلف باللغة وحدها، بل يعتمد على وسائل تعبيرية أخرى، كالصورة، والصوت، والحركة، وهذا يسهم في التفاعل الكبير مع الأدب.

1. مفهوم الأدب التفاعلي:

وردت تعريفات عديدة للأدب التفاعلي، منها: ما ذكره جميل حمداوي بأنه: «الأدب الذي يهتم بالعلاقة التفاعلية، التي تنشأ بين الراصد والنص، على مستوى التصفح، والتلقي، والتقبل. وتخضع هذه لمجموعة من العناصر التفاعلية الأساسية، هي: النص، والصوت، والصورة، والحركة، والمتلقي، والحاسوب، مع التشديد على العلاقة التفاعلية الداخلية (العلاقة بين الروابط النصية)، والعلاقة التفاعلية الخارجية (الجمع بين المبدع والمتلقي)، أي: إن الأدب التفاعلي، هو الذي يجمع بين نشاط الكاتب، أو السارد، ونشاط المتلقي معًا»[1].

وذهبت فاطمة البريكي إلى أن «الأدب الذي يوظف معطيات التكنولوجيا الحديثة، في تقديم جنس أدبي جديد، يجمع بين الأدبية والإلكترونية، ولا يمكن أن يتأتى لمتلقيه، إلا عبر الوسيط الإلكتروني، أي: من خلال الشاشة الزرقاء، ولا يكون هذا الأدب تفاعليًا، إلا إذا أعطى المتلقي مساحة تعادل أو تزيد عن المبدع الأصلي للنص»[2].

---

(1) جميل حمداوي، الأدب الرقمي بين النظرية والتطبيق، شبكة الألوكة، ط1، 2016م، ص 14.

(2) فاطمة البريكي، مدخل الأدب التفاعلي، المركز الثقافي الغربي، الدار البيضاء، ط1، المغرب، 2006م، ص 49.

ويقول سعد يقطين عن الأدب التفاعلي إنه «مجموع الإبداعات، التي تولدت مع توظيف الحاسوب، ولم تكن موجودة قبل ذلك، أو تطورت من أشكال قديمة، ولكنها اتخذت مع الحاسوب صورًا جديدة في الإنتاج والتلقي»[1]، وهذا يعني أن المبدع أو المتلقي يتمكن من استخدام الحاسوب بمهارة، وفهم لغته وبرامجه، دون الشعور بحواجز نفسية، على الأقل بينهما، وبين الوسيط، الذي ينقل عبره المبدع إبداعه إلى المتلقي، ويلتقي الأخير بالوسيلة نفسها، ضمن هذه الرسالة، ويمكن الاستعانة في هذا المجال بالمختصين في مجال الكمبيوتر[2].

2. مفهوم أدب الطفل التفاعلي:

لا يختلف مفهوم أدب الطفل التفاعلي عن مفهوم الأدب التفاعلي، فالعلاقة بينهما علاقة تخصيص وعموم، والجامع هو أن النص الأدبي فيهما «يستعين بالتقنيات، التي وفرتها تكنولوجيا المعلومات، وبرمجيات الحاسب الإلكتروني، لصياغة هيكلته الداخلية والخارجية، فلا يمكن عرضه، إلا من خلال الوسائط التفاعلية الإلكترونية، كالقرص المدمج، والحاسب الإلكتروني، أو الشبكة العنكبوتية»[3]، فهو يعتمد على هذه الوسائط تاركًا الورق، فهذا الوسيط الجديد، قد يؤدي إلى أفول الوسيط الآخر (الورقي)، وإن كنا نعتقد أن توقفه هذا، متأت من الانبهار بهذا المولود الجديد، والتفاؤل بدور هذا الوسيط الحضاري، و«إذا كان الطور الأول (الرقمي)، أخذ بالنماء والتصاعد والانتشار، فإن الطور الثاني الورقي، أخذ يخيم عليه النكوص، والاختفاء، والأفول، ولكنها متحصلة بحكم التاريخ، وجريان الزمن»[4]، وتشير نادية هناوي إلى «أن الأدب الرقمي، لا يمكن أن يحل محل الأدب الورقي، كما يذهب بعض المنبهرين بهذا الأدب، إلى القول بأن المدونة الإلكترونية، ستكون هي البديل المستقبلي، والمهيمن على الوسط الثقافي، بل إننا ندرك أنه بالإمكان أن يتعايشا معًا،

---

(1) سعد يقطين، من النص إلى النص المترابط، مدخل إلى جماليات الإبداع التفاعلي، المركز الثقافي العربي، ط1، بيروت، 2005م، ص 9.

(2) العيد جلولي، مدخل الأدب التفاعلي، مجلة الأثر، كلية الآداب واللغات-جامعة قاصدي مرباح ورقلة، العدد 10، الجزائر، ص 238.

(3) إياد إبراهيم فليح الباوي، حافظ محمد عباس الشمري، الأدب التفاعلي الرقمي (الولادة وتغيير الوسيط)، مطبوعات الكلية التربوية المفتوحة، ط1، بغداد، 2011م، ص 19.

(4) ندوة الاتحاد العام للكتاب، القصيدة التفاعلية الرقمية ودخول العصر، بغداد، 2008م، ص 70.

ضمن ثنائية ورقية ورقمية معًا، ولا يعني هذا التعايش تضادًا أو تقاطعًا؛ بل هو وسطية تفاعلية أدبية»[1]، ويقول ياسر منجي عن الأدب التفاعلي، أو الرقمي، أو التكنو أدبي إنه: «النص الذي يستعينون بالوسيط الإلكتروني، وفضائه الإلكتروني، وفضائه المعلوماتي، لتوصيل الأدب، وصياغته النصية»[2]، ويشير أمجد حميد إلى أنه يفضل الاكتفاء بتسميته «الأدب التفاعلي»، دون الحاجة إلى تقييده بالرقمي؛ لأن رسوخ السمة التفاعلية بحسب اعتقاده، كفيل أن يدل على «رقميته»، دون «ورقيته»، وأن هذا أدعى عنده لقرارة المصطلح وذيوعه[3]، وما يفهم من مصطلح الأدب التفاعلي، أنه يقوم على تقنية النص المترابط؛ إذ إنه نظام يتشكل من مجموعة من النصوص، ومن روابط تجمع بينها، متيحًا بذلك للمستعمل، إمكانية الانتقال من نص إلى آخر، وحسب احتياجاته؛ ويؤيد بعض النقاد تسمية هذا الجنس الأدبي بالأدب الرقمي، فترى زهور كرام «أنه التعبير الرقمي، عن تطور النص الأدبي، الذي يشهد شكلًا جديدًا من التجلي الرمزي، باعتماد تقنيات التكنولوجيا الحديثة، والوسائط الإلكترونية، فالأدب الرقمي، أو الإلكتروني، أو التفاعلي، يتم في علاقة وظيفية مع التكنولوجيا الحديثة، ويقترح رؤى جديدة في إدراك العالم، كما أنه يعبر عن حالة انتقالية، لمعنى الوجود، ومنطق التفكير»[4]، والجنس الجديد (الأدب الرقمي)، يحاول استثمار كل الإمكانات المتاحة، ليحقق الآتي:

- نقل المتلقي إلى عالم النص، عبر مؤثراته الصوتية، والصورية، وفن الكتابة.
- إضفاء محفزات استقبالية جديدة، تساعد على تحقيق عملية الاستجابة، تلك العملية التي يسعى إليها المبدعون في كل عصر. وتشير سهام الشجيري إلى «أن الكتابة التفاعلية مستوحاة من الكتابة التلفزيونية، أي: تخاطب المتصفح، كأنك تتحدث لصديق، وأنت تكتب بلغة الإعلاميين (للعين)، ومن مميزاتها الابتعاد عن الحشو

---

(1) نادية هناوي سعدون، مقاربات في تجنيس الشعر، دار الفراهيدي للنشر والتوزيع، ط1، بغداد، 2011م، ص 69.

(2) ياسر منجي، جدلية الصورة الإلكترونية في السياق التفاعلي لتباريح رقمية، دار الفراهيدي للتوزيع والنشر، ط1، بغداد، 2010م، ص 7.

(3) ينظر: إياد إبراهيم فليح الباوي، حافظ محمد عباس الشمري، الأدب التفاعلي الرقمي، (مرجع سابق)، ص 34.

(4) زهور كرام، الأدب الرقمي أسئلة ثقافية وتأملات مفاهيمية، رؤية للنشر والتوزيع، ط1، القاهرة، 2009م، ص 10.

بقراءة قصيرة ومعبرة، ومن الممكن أن يصل المتصفح إلى الموقع، عن طريق رابطه، من موقع لآخر، وبعض المعلومات على الويب ممكن أن تختصر أو تلخص في شكل رسومات، أو بيانات، تخلق أسئلة تفاعلية، أو استفتاءات، أو بحوث، في فائدة الموقع، أو أي معلومات من الممكن أن يحتاجها المتصفح، فضلًا عن الوسائط ككلمات الفيديو، أو مقتطفات من حديث أو تصريح، وروابط ذات صلة بالموضوع، متتبعًا تقنية جديدة، في إضافة أو حذف أجزاء مما كتب، بتوجيهها إلى روابطها، صلة بالنص الأصلي، وإذا وجد المتصفح أن الإسنادات مجدية، فإنه سيعود لمواصلة قراءة النص، وبالتالي، فإن الكتابة التفاعلية مدرسة جديدة، تضاف إلى مدارس الشعر العربي، والصحافة الإلكترونية، باعتمادها على التقنية شكلًا ومضمونًا»[1].

- «المواءمة بين جميع جوانب التعايش والتواصل في العصر؛ لذلك نجد أن المرسل الرقمي يسعى إلى تحقيق جوانب العملية الإبداعية، من خلال نصه المرسل، فنجده يفرع، ويربط، ويشعب، ويؤثر، صوريًا وكتابيًا»[2]. وتشير البريكي إلى نتيجة الحالة التفاعلية، الخاصة والمميزة، التي تحكم النصوص الأدبية، المقدمة عبر الوسيط الإلكتروني، حيث نشأ مصطلح الأدب التفاعلي. ويضم هذا المصطلح جميع الفنون الأدبية، التي نتجت عن تقاطع الأدب مع التكنولوجيا الرقمية، المتمثلة في جهاز الحاسوب الشخصي، المتصل بشبكة الإنترنت؛ ومن شروط الأدب التفاعلي: أن يتحرر مبدعه من الصورة النمطية التقليدية في القديم للنص الأدبي، والاعتراف بدور المتلقي في بناء النص، وقدرته على الإسهام فيه، لتنطبق عليه صفة التفاعلية، ومن الصفات المميزة للأدب التفاعلي[3].
- أن الأدب التفاعلي يقدم نصًا مفتوحًا، نصًا بلا حدود؛ إذ يمكن أن ينشئ المبدع أيًا كان نوع إبداعه، نصًا، ويلقي به في أحد المواقع على الشبكة، ويترك للقراء والمستخدمين حرية إكمال النص، كما يشاؤون[4].

---

(1) سهام الشجيري، البناء الفني في القصيدة المتفاعلة الرقمية، مجلة الآطام، العدد (33)، السعودية، 2008، ص 60-61.

(2) إياد إبراهيم فليح الباوي، حافظ محمد عباس الشمري، الأدب التفاعلي الرقمي، (مرجع سابق)، ص 24.

(3) ينظر: فاطمة البريكي، مدخل الأدب التفاعلي، (مرجع سابق)، ص 50-51.

(4) ينظر: المرجع نفسه.

- يمنح الأدب التفاعلي المتلقي/ المستخدم فرصة الإحساس بأنه مالك لكل ما يقوم على الشبكة، أي إنه يعلي من شأن المتلقي، الذي أهمل لسنين عديدة، من قبل النقاد والمهتمين بالنص الأدبي، والذين اهتموا أولًا بالمبدع، ثم بالنص، والتفتوا مؤخرًا إلى المتلقي[1]، وإن عملية الإبداع الرقمي مثلها مثل غيرها، تمر بدورة حياة، لا يكون فيها كل شيء، بل إن المبدع يقوم بدور إدخال النص الرقمي، بعد أن يتضمن في طريقة عرضه، وفقًا للخيارات التي تتيحها تقنية الحاسوب (الوسيط)، ثم يطلقه في الفضاء الشبكي، ليستعيده المتلقي عبر وسيطه؛ وبعد تلقيه يمكن للمتلقي أن يحفظه، أو أن يعيده إلى الفضاء الشبكي عبر وسيطه، بعد إعادة إنتاجه؛ ليطلع عليه مبدعه أو الآخرون على الشبكة[2]. وتؤكد ذلك البريكي بقولها: «يتيح الأدب التفاعلي للمتلقين/ المستخدمين فرصة الحوار الحي والمباشر، وذلك من خلال المواقع ذاتها، التي تقدم النص التفاعلي، رواية كان، أو قصيدة، أو مسرحية؛ إذ بإمكان هؤلاء المتلقين/ المستخدمين أن يتناقشوا حول النص، وحول التطورات، التي حدثت في قراءة كل منهم له، والتي تختلف غالبًا عن قراءة الآخرين»[3]، وإن معظم هذه المواقع تفتح غرفًا ومجالس للحوار الأدبي، الذي تظهر فيها روح التفاعل، في أرقى صورها وأشكالها، ويستطيع كل متلق/ مستخدم أن يعبر عن رأيه صراحة، حول هذا النص، وأن يقترح شيئًا ما بخصوصه.

- أن البدايات في النص التفاعلي تمثل قيمًا غير محددة، في بعض نصوص «الأدب التفاعلي»؛ إذ يمكن للمتلقي أن يختار نقطة البدء، التي يريد دخول عالم النص من خلالها، ويكون هذا باختيار المبدع، الذي ينشئ النص أولًا؛ إذ يبني نصه على أساس ألا تكون له بداية واحدة، والاختلاف في اختيار البدايات من متلق لآخر، يجب أن يؤدي إلى اختلاف سيرورة الأحداث في النص الروائي، أو المسرحي،

---

(1) ينظر: أحمد فضل شبلول، أدباء الإنترنت وأدباء المستقبل، دار الوفاء لدنيا الطباعة والنشر والتوزيع، ط1، الإسكندرية، ص 43-45.

(2) ينظر: إياد إبراهيم فليح الباوي، حافظ محمد عباس الشمري، الأدب التفاعلي الرقمي، (مرجع سابق)، ص 23.

(3) فاطمة البريكي، مدخل الأدب التفاعلي، (مرجع سابق)، ص 51.

على سبيل المثال، من متلق لآخر أيضًا، وكذلك فيما يمكن أن يصل إليه كل متلق من نتائج[1].

- أن النهايات في النص التفاعلي -كما ترى البريكي- تمثل «قيمًا غير موحدة، في معظم نصوص الأدب التفاعلي، فتعدد المسارات، يعني تعدد الخيارات المتاحة، أمام المتلقي/ المستخدم، وهذا يؤدي إلى أن يسير كل منهم في اتجاه، يختلف عن الاتجاه الذي يسير فيه الآخر، ويترتب على ذلك اختلاف المراحل، التي سيمر بها كل منهم، مما يعني اختلاف النهايات، أو على الأقل، الظروف المؤدية إلى تلك النهايات، وإن تشابهت أو توحدت»[2]، وتؤكد ذلك بقولها: «إن مثل هذه الميزة، تسمح بأن يخرج كل متلق/ مستخدم من النص، برؤية تختلف عن تلك، التي سيخرج بها غيره من المتلقين/ المستخدمين، وهذا يوسع أفق النص، بل يعدد آفاقه، ويفتح باب التأويل فيه على مصراعيه، بما يضمن له البقاء أو الاستمرارية»[3].

إن ظهور الأدب الرقمي، مع ظهور الحاسوب، والفضاء الشبكي في الثقافة الغربية، لم يرافقه أدب رقمي عربي، يوظف الحاسوب بإمكاناته التقنية، كأداة وفضاء، على الرغم من التنظير النقدي له، باستثناء تجارب فردية محدودة، كانت تظهر على استحياء، لعل أبرزها تجربة الكاتب الروائي الأردني: محمد سناجلة في روايته «ظلال الواحد» عام 2001م، ورواية «شات» عام 2005م، والتي فيها من العمل الرقمي الكثير، ورواية «صقيع» عام 2006م، وقدمها الكاتب على أنها قصة قصيرة، وكتابه الإلكتروني «رواية الواقعية الرقمية» عام 2005م، والذي قدم فيه تصورًا لهذا الجنس الأدبي الجديد[4].

واعتمد هذا الجنس الأدبي الجديد، مع ظهوره إلى حيز الوجود، على استخدام خصائص النص الجديد. وقد ولد هذا الجنس الأدبي الجديد في رحم التكنولوجيا، لذلك يوصف بالأدب الإلكتروني أو بالأدب التكنولوجي، إذًا هو أدبي من جهة؛ لأنه في الأصل إما أن يكون

---

(1) ينظر: أحمد محمد صالح، ثقافة مجتمع الشبكة، دار الفكر، ط1، دمشق، 2004م، ص 44-48.

(2) فاطمة البريكي، مدخل الأدب التفاعلي، (مرجع سابق)، ص 52.

(3) المرجع نفسه.

(4) ينظر: إياد إبراهيم فليح الباوي، حافظ محمد عباس الشمري، الأدب التفاعلي الرقمي، (مرجع سابق)، ص 28.

شعرًا، أو مسرحية، أو قصة، أو رواية، ويكون إلكترونيًا من جهة أخرى؛ لأنه لا يمكن لهذا الفن الأدبي، أيًا كان نوعه، أن يأتي لمتلقيه في صيغته الورقية، وأنه لا بدَّ له من الظهور في الصيغة الإلكترونية[1]، «فالأدب الرقمي: هو استجابة طبيعية للتحولات، التي مست العصر الراهن، بإمكانات تواصلية، ووسائل تكنولوجية متطورة؛ سواء أحجم مبجلو ثقافة المتداول والمألوف، عن الاهتمام بهذا الأدب ورفضه، أم أقدم محبو ثقافة التجديد والحديث، على العناية بالأدب الرقمي والتعريف به، فالأدب الرقمي في عصرنا الحالي، تولد من المتغيرات التي جاءت بها الثورة الرقمية، مما فرض تمثلًا إبستمولوجيًا لها؛ لأن ذلك من شأنه أن ينتج خطابً أدبيًا تخيليًا جديدًا، وهو ما يستنتجه خطاب نقدي جديد، مواكب لهذا الأدب: لهذا، تبدت الأهداف الموجهة لدراسة الأدب التفاعلي، وضبط مسار تحليل تجلياته، المؤدي إلى هدفين بارزين: يتجه الهدف الأول إلى المساهمة في إلقاء شروط موضوعية، ونقدية، وعلمية، للتعامل مع الثقافة الرقمية، من خلال بعدها التخيلي، ويسعى الهدف الثاني إلى وضع بعض المفاهيم الخاصة بالأدب الرقمي في سياقها النقدي والأدبي»[2]، في حين أن صفة التفاعلية -كما ترى البريكي- لا تختص «بالأدب في طوره الإلكتروني؛ إذ إن الأدب، في جميع أطواره، لا يكتسب وجوده أو كينونته إلا بتفاعل المتلقين المختلفين معه، والذين تتنوع بتنوعهم واختلافهم، طرائق تفاعلهم مع الأدب، وهذه الفكرة مشتركة بين الأدب في طوره الإلكتروني، والنظريات النقدية الحديثة، التي أكدت على صفة التفاعلية للعملية الإبداعية، بتعزيزها دور القارئ، في بناء النص، وإنتاج معناه. وإن استكشاف التفاعلية في هذا العصر، يعيدنا إلى جذور الإبداع الأدبي والدرامي، ويأخذنا إلى ما وراء الأشكال الكلاسيكية، فالنص الأدبي ليس مرآة للواقع، ولا موضوعًا ثابتًا، وعليه، فإن استدعاء استخدامات أخرى للأدب، تتضمن إمكانية التزييف والتشكيل، والتي تعد خاصية تفاعلية أساسية (جوهرية)، فالتفاعلية ليست مصطلحًا أدبيًا، أو نصًا إلكترونيًا، أو تكنولوجيًا فحسب؛ بل تعني قوة المستخدم، وقدرته على التغيير»[3]. ويُقوى السرد في عوالم التكنولوجيا، من خلال خطاب معرفي قوامه تعميق الوعي، وذلك بتجربة الأدب الرقمي، وتقويته، والإحساس بالتغيير، الذي

(1) ينظر: فاطمة البريكي، مدخل الأدب التفاعلي، (مرج سابق)، ص 73.

(2) عبد الرحمن محمد التمارة، الأدب الرقمي قراءة في كتاب الأدب الرقمي (أسئلة ثقافية وتأملات مفاهيمية لزهور كرام)، مجلة الملتقى العربي، المغرب، 2013م، ص 124.

(3) فاطمة البريكي، مدخل الأدب التفاعلي، (مرجع سابق)، ص 54-66.

أحدثته الثورة التكنولوجية في حياة الإنسان، ومنها: امتداداته الإبداعية، فضلًا عن الإحساس بأن تجربة الأدب الرقمي مؤشر على تغيير حقيقي، يمس الواقع الإنساني في كل مناحيه، بوصفه تغييرًا معرفيًا، فرضه امتلاك التقنية، وتوظيفها في خدمة الأدب. وبهذا المعنى، إن الاشتغال على الأدب الرقمي، هو إنتاج ومواكبة نقدية، كفيلان بتجاوز إكراهات الرفض والتردد في قبول استهلاكه، وكأن الانخراط في مواكبة الأدب الرقمي، هو الأدب بعينه في صورته العصرية، وتيسير التفاعل معه، وتعميق الوعي بعوالمه، ومفاهيمه، والتحول إلى استجابة التغيير، وإعلان فعلي عن نقض ثقافة السكون والتبعية؛ إذ «إن الانخراط في الأدب الرقمي، هو مطلب حضاري بامتياز، وليس نزوة، أو موضة عابرة، أو شيئًا من هذا القبيل، والمسألة محسومة معرفيًا، وثقافيًا، وأنثروبولوجيًا»[1]، فالمنظومة المفاهيمية التي تتشكل -على سبيل المثال- من الوسائط الإلكترونية، والزمن التكنولوجي، والفضاء الإلكتروني، والوسيط التقني، والرابط، والإبحار، والتفاعل، والتحميل، والخلفية، والروابط الثقافية...، تكشف الإطار المعرفي الجديد، الذي بلورته هذه المنظومة، ضمن عناصر الأدب التفاعلي الرقمي، وهذا يعني ضمنيًا إدراكًا للخصائص المميزة لهذا الأدب من جهة، وضبط الخلفية الإبستمولوجية والفلسفية، المساهمة في تشييده، وتحقيق كينونته من جهة ثانية[2].

3. مظاهر الأدب التفاعلي الطفولي في قطر

1.3 السرديات المرئية:

هي سرديات أدبية (قصصية وروائية)، مصاغة ضمن سيناريوهات حوارية، موجهة للطفل، وتمر عبر وسائل الإعلام والسينما، وصيغت وعولجت في صورة أفلام ومسلسلات مرئية، تُبَثْ عبر شاشة التلفزيون، والسينما، والوسائط الإلكترونية، والرقمية الأخرى.

1.1.3 التلفزيون والسينما:

أدى استكشاف القيم الأدبية إلى توفير المتعة والتحرر من القيود من خلال الصورة، والفيلم، والمسلسل، التي تعرض عبر وسائل الإعلام والسينما، وأثارت جدلًا بين المهتمين

---

(1) عبد الرحمن محمد التمارة، قراءة في كتاب الأدب الرقمي، (مرجع سابق)، ص 130.

(2) ينظر: إياد إبراهيم فليح الباوي، حافظ محمد عباس الشمري، الأدب التفاعلي الرقمي، (مرجع سابق)، ص 29-33.

بأدب الطفل، من حيث الدلالة، والرموز، والإيحاءات، وأدت إلى تفاعل النقاش بينهم؛ ولعلنا نستعرض الأدب المرئي (المشاهد)، لجهة إفراد السرد عبر الوسائط الإلكترونية الرقمية، وتسليط الضوء على الأدب المكتوب، كصورة من صور الأدب المسرود عبر الوسائط الإلكترونية، وعبر الشاشات (التلفزيون والسينما والكمبيوتر)، إذ إنه يهتم بمعالجة النص الحواري عبر الصورة المرئية المتحركة، ويرتبط بثقافة الصورة المرئية البصرية وفنونها، والذي عُرض عبر الدراما الأدبية، في المعالجة التلفزيونية أو السينمائية، المهتمة بقضايا السرد الأدبي للطفل، ومفاهيم هذا الأدب، الذي يتناوله بالعرض والمخاطبة[1].

ويعد التلفزيون وسيلة اتصال مهمة، فهو إحدى الوسائط الرئيسة في هذا العصر؛ لأنه مصدر مهم في إيصال المعلومات، كما أنه عامل أساسي في تربية الطفل وتثقيفه؛ إذ إنه يؤدي إلى تحسين لغة الأطفال وتطويرها، من خلال البرامج التثقيفية، والندوات الأدبية، وأفلام الرسوم المتحركة، والأفلام الروائية، التي تبث باللغة العربية الفصحى[2].

وقد يتعرض السرد المرئي، في القصص والروايات المقدمة للطفل، للانزياح، من الفصحى إلى اللهجات العامية المحلية، وعناصر التشكيل الفني والدرامي، وتحويل الأنماط والأشكال المكتوبة في السرد، إلى نماذج أدبية وسيناريوهات، تترجم خيالات الطفل، وتشبع رغباته في المعرفة، والتهذيب، والمتعة، والتشويق، بالإضافة إلى التغذية الراجعة، والمردود الثقافي عبر الاستبصار الذاتي للطفل، والذي يعكس صورة مباشرة، عن البعد التأثيري، في التشكيل الفكري والقيمي، وترسيخ مبادئ الأدب، الذي يخاطب عقل الطفل وكينونته، وطرائق تفكيره، ونمو الوعي لديه، وإبداعه، وتوظيف الصورة السردية النمطية، المكتوبة لأنواع متجددة في شكل فني جديد[3]، ولا بدَّ أن يقوم السارد وكاتب السيناريو، بالتنسيق مع المبدعين، من صناع الميديا الجديدة، وذلك بتوظيف البنية السردية، وطريقة الطرح، والإضاءات، ضمن الرسالة الإعلامية، والثقافية، والترفيهية الموجهة للطفل، هذا إلى جانب أن الأفلام التسجيلية والروائية، التي تُعدُّ وتُخرَجُ، يؤدي فيها الطفل دورًا فاعلًا في إبراز وجوده بين الممثلين، أو مشاركته فيها بالحوار،

---

(1) تحسين محمد صالح، أدب الفن السينمائي، الجنادرية للنشر والتوزيع، ط1، الأردن، 2016م، ص28-33.

(2) خالد عزايزة، المزاوجة بين القصة المكتوبة والقصة التلفزيونية المسموعة، مجلة صدى التربية، الناصرة، العدد 4، 2013م، ص 10.

(3) المرجع السابق، ص 70-80.

والغناء، بالإضافة إلى مشاركته في البرامج، والندوات الفنية والترفيهية والأدبية، التي يشارك فيها الطفل أساسًا للتكلم عن الكتب، التي قرأها، وأثارت لديه المتعة والتشويق؛ لأن كلامه هذا، يبعث في نفوس الأطفال الآخرين شغفًا بمتابعة هذه البرامج، التي تهتم بعالمهم، ثم البحث عن البرامج والأفلام المختلفة، التي ظهرت من خلال هذه القنوات التلفزيونية لمشاهدتها، والاطلاع عليها[1]. فما زال الإبداع الرقمي عبر التلفزيون والسينما، لم يلق اهتمامًا عربيًا في معالجة أدب الطفل المشاهد، من ناحية التقنية، والقيم الفنية، والحبكات الدرامية، والإخراج، وتوظيف الأشكال، وتحريك الرموز، التي تداعب خيالات الطفل العربي، ضمن الأنواع الأدبية المختلفة في سرد الصورة المرئية، عبر سيناريو الهدف المرغوب، وضعف الرواية في المشهد الدرامي، والاعتماد على المترجمات الأجنبية من المسلسلات والأفلام، ودبلجتها بصورة ركيكة، مما يفقد العمل الفني قيمته، ويتسبب في ضعف اللغة العربية لدى الطفل[2].

فالأدب المكتوب قد يكون عاجزًا عن دغدغة خيال الطفل، مقارنة مع الأدب المرئي المتلفز؛ إذ إن الإبداع الجديد، لا بدَّ أن يكون له دور في عرض مشكلات الطفل ومعالجتها، ضمن الممارسة، التي من شأنها أن تهتم بهذا الجنس الأدبي الجديد الموجه للطفل[3].

إذًا يجب أن يكون الأدب مربيًا للطفل على الأخلاق الحميدة، ضمن السرد والتهذيب في القصة والرواية، فما أفضل من تلك الأفلام المتحركة أو غيرها، التي تصور طفلًا ينشأ على الفطرة الإلهية، موحدًا ومتصفًا بأخلاق حسنة، وصفات نبيلة، يتمثل بها؛ وقد أدت ترجمة الأفلام المتحركة الأجنبية دورًا غير محمود، بسبب القصور في أدب الطفل، هذا إلى جانب أنه ينمي سمات الإبداع والامتصاص، ضمن سيناريو الترفيه، والفكاهة، والتسلية. ويعد أدب الطفل -ضمن عروض السرد المرئية- وسيطًا لتحقيق الثقة بالنفس، وروح المخاطرة، والتفكير المتشعب، والاكتشاف من أجل مزيد من المعرفة والتشويق، ويضاف إلى هذا أنه ينمي سمات الإبداع، من خلال التفاعل والتمثل، واستثارة المواهب، ضمن جمال اللفظ، وسمو المعنى المسرود في صور مرئية تلفزيونية وسينمائية[4].

---

(1) مصري حنورة، الحاجة الى القراءة بين أطفال البلدان النامية، دار المعارف، القاهرة، 1984م، ص 181.

(2) جميل حمداوي، الصورة السردية في أدب الطفل، (مرجع سابق).

(3) خالد عزايزة، المزاوجة بين القصة المكتوبة والقصة التلفزيونية، (مرجع سابق)، ص 11-15.

(4) حنين فريد فاخوري، سيكولوجية أدب وتربية الأطفال، دار اليزوري للطباعة والنشر والتوزيع، ط1، بيروت، 2006م، ص 49-52.

2.1.3 دور السرديات المرئية عبر التلفزيون والسينما:

إن المعالجات السردية المرئية، التي تقدم للطفل في القصص والروايات، عبر الوسائط المرئية في التلفزيون والسينما، تعمل على:

- إثراء ملكة التخيل لدى الطفل، مثل: الأساطير، والقصص الخيالية، والخيال العلمي، وقصص البطولات والمغامرات في عالم من الخيال، والتخيل لتفجير طاقاتهم الإبداعية[1].
- تكوين الشخصية السوية والمبدعة للطفل، وتنمية اتجاهه القيمي، وذوقه الفني والأدبي، ويوصى لكُتّاب وصناع الأدب المرئي بأهمية ودور هذا الجنس الأدبي، والمقدم في صورة سردية بالغة الأهمية، في صورة الفيلم السينمائي أو التلفزيوني، لتنمية خيال الصورة، إذ تُعد الصورة أبلغ من ألف كتاب، كما أن معالجة الصورة عبر الوسائط المرئية، تمد الطفل بالمتعة، والتسلية، والتهذيب النفسي والخلقي[2].

3.1.3 مقومات السرديات المرئية عبر التلفزيون والسينما:

يجب أن تخضع السرديات المرئية للطفل لمقومات عديدة، منها:

- جودة المنتج الفني من كتابة السيناريو، والإخراج، والتمثيل.
- أن تكون الصورة واضحة، وتتمتع بالجودة، وبتجسيد عمق السرد الأدبي المقدم للطفل، وبجمالياته.
- أن يكون السرد المرئي مناسبًا لمراحل الطفل العمرية، وقادرًا على مداعبة خياله، وإطلاق أفكاره.
- أن تُراجع السرديات المرئية، عبر لجنة مكونة من مختصين، بالأدب والثقافة والتربية والفنون، وذلك لعرض صورة أدبية دقيقة، تناسب الطفل العربي، وتلبي طموحه الأدبي والثقافي والترفيهي، وتعمل على التفريق بين أدب الطفل وأدب الكبار، في الطرح، والمعالجة الفنية، والمصورة، لتوريثه حب الجمال، والسمو

---

(1) خالد عزايزة، المزاوجة بين القصة المكتوبة والقصة التلفزيونية، (مرجع سابق)، ص 11-15.

(2) المرجع نفسه.

بالذوق الأدبي، ويتحقق ذلك عند مزاولته للاستمتاع بالأدب الجميل، من حيث حسن التعبير، والأداء، والموسيقى اللفظية[1]، مع مراعاة وجود كتَّاب قصص يصلحون للكتابة للأطفال؛ لأنهم يفهمون نفسية الطفل واحتياجاته، وأيضًا ثقافته، ووعيه، وتاريخه[2]. وهذا ما وجدناه مثلاً في:

2.3 مهرجان أجيال للسينما في قطر:

اهتم مهرجان أجيال بسينما الأطفال، فقد قدمت سينما الفن القطرية العديد من الأفلام في المسابقة الرسمية؛ إذ قدمت على هامش المهرجان مجموعة من الأفلام منها:

- فيلم «قصة قصيرة»، للمخرجة أمل المفتاح، في عام 2013م، ومدته دقيقتان.

الضوابط والتصنيف: إن هذا الفيلم، في المستوى العام، مناسب لعمر الطفل من سن الرابعة وما فوق.

الملخص:

يحكي أن هناك أخًا وأخته، يحاولان استعادة كرة القدم المفقودة في قرية قديمة في قطر[3].

- فيلم وثائقي قصير بعنوان «عامر»: وهو أسطورة عربية، من إخراج جاسم الرميحي، في عام 2016م، ومدته ثلاث وعشرون دقيقة.

الضوابط والتصنيف: يُنصح بالإرشاد الأبوي للمشاهدين، الذين تقل أعمارهم عن 13 عامًا، ولا يُسمح للأفراد الذين تقل أعمارهم هذا السن بدخول دور السينما، ما لم يرافقهم شخص يبلغ من العمر 18 عامًا أو أكثر.

الملخص:

عامر هو حصان تلقاه الشيخ خليفة أمير قطر هدية في أواخر 1990م، وهو حصان عربي

---

(1) تحسين محمد صالح، أدب الفن السينمائي، (مرجع سابق)، ص 28-33.

(2) هيئة التحرير، سينما الأطفال عالم تسكنه الخيالات الخرافية، جريدة النهار، العدد 1048، 17 سبتمبر 2010م.

(3) أمل المفتاح، فيلم «قصة قصيرة»، كلمة المرور: فيلم الخليج، ((https: //vimeo. com/78477286 amalalmuftah@hotmail. com

أصيل وجميل، يسابق الريح؛ إذ قُلصت فرص فوزه في السباق بسبب الشكوك، التي دارت حول نسبه، وبعد أن أزيلت الشكوك بشأن نسبه في نهاية المطاف، أثبت عامر(الحصان) كفاءته ليكون قائدًا لسلالته؛ إذ تفوق في السباق على المئات من أفضل الخيول العربية، وحصل على الجائزة. ويحكي هذا الفيلم عن بعض أولئك الذين عاصروا (عامر)، ونقلوا سوالف متواترة عن مسيرته[1].

- فيلم وثائقي قصير بعنوان «بدر»، إخراج: سارة السعدي، وماريا أسامي، ولطيفة آل درويش، ومدته عشر دقائق، وعُرض هذا الفيلم في قطر، وسورية، والولايات المتحدة الأمريكية في عام 2012م، بميزة (HDCAM)، وترجم من العربية إلى الإنجليزية، وكان هذا العرض الأول في العالم.

الضوابط والتصنيف: يُنصح بالإرشاد الأبوي للمشاهدين، الذين تقل أعمارهم عن 13 عامًا، ولا يُسمح للأفراد الذين تقل أعمارهم عن هذا السن بالدخول إلى دور السينما، ما لم يرافقهم شخص يبلغ من العمر 18 عامًا أو أكثر.

الملخص:

فيلم «بدر» هو قصة صبي صغير، يحاول العثور على مكانة في مدرسته. ويسلط هذا الفيلم الضوء على صراع الصبي مع هويته أمام كل الأولاد؛ إذ كان يلجأ للاعتماد على الشعر ليساعده في التغلب على تحدياته[2].

- فيلم وثائقي قصير بعنوان «تشارلي»، للمخرج علي بن علي سالم، ومدته سبع دقائق، وعُرض في عام 2015م بميزة (DCP2K)، وترجم من الإنجليزية إلى العربية في العرض الدولي الأول.

الضوابط والتصنيف: ينصح بتوجيه الوالدين للأطفال؛ لأن بعض المواد فيه قد تكون غير مناسبة للأطفال الصغار.

---

(1) جاسم الرميحي، فيلم «عامر»، (https://vimeo.com/197365736)، كلمة المرور: فيلم الخليج: dohamiq2017 الاتصال: jassim.011@gmail.com

(2) سارة السعدي، ماريا أسامي، لطيفة آل درويش، فيلم «بدر»، رابط الاتصال Producer: لطيفة الدرويش L.a.m.90@windowslive.com

الملخص:

كان هناك شيء مختلف عند تشارلي دومًا، وعلى الرغم من كونه مبدعًا ومبتكرًا، فقد كافح كثيرًا في المدرسة؛ إذ كان متخلفًا عن أقرانه في مهارتي القراءة والكتابة، وقد شُخصت حالته في نهاية المطاف بأنه ضعيف في القراءة، ولديه عجز في التعلم، وصعوبة في التمييز بين الحروف والكلمات. ويوضح هذا الفيلم الوثائقي كيف تعلم تشارلي، وكيف تأقلمت عائلته على هذا التحدي؟ ومع أنه كان ضعيفًا في القراءة إلا أنه تغلب على هذا الضعف، فقد حث هذا الفيلم الأطفال الآخرين على مواجهة الصعاب[1].

- فيلم الرواية القصيرة بعنوان «طيارة دانا» (kite2016)، للمخرجة نور النصر، ومدته خمس دقائق، وعُرض بميزة (DCP2K) بالعربية، والإنجليزية في العرض العالمي الأول.

الضوابط والتصنيف: ينصح بتوجيه الوالدين للأطفال؛ لأن بعض المواد فيه قد تكون غير مناسبة للأطفال الصغار.

الملخص:

يحكي لنا الفيلم أن «دانا» تلعب بطائرتها الورقية على الشاطئ، عند حافة الماء، بينما يجلس شقيقها أحمد على الرمال، ويتناوب أصدقاؤه على هاتفه المحمول؛ حاولت أن تلفت انتباهه، لكنه كان مشغولًا عنها برؤية القشرة المدهشة، التي وجدها... وفجأة أخذ ينظر إلى المكان، ولم يجد الفتاة في أي مكان حوله، فقد اختفت. ومع فيلم (Dana's Kite)، يستكشف المخرج القطري نور النصر صلات الحب داخل العائلة، والاعتماد المتزايد على التكنولوجيا الشخصية، وشاطئ الدوحة الرائع[2].

- فيلم الرواية القصيرة بعنوان «البطل والرسالة»، للمخرجة نور النصر، ومدته خمس وعشرون دقيقة، وعُرض بميزة(HDCAM) بالعربية، وترجم إلى الإنجليزية في العرض العالمي الأول.

---

(1) علي علي سالم، فيلم (تشارلي)، https://vimeo.com/140667575 كلمة المرور، للاتصال: ali78salem@ hotmail.Com.

(2) علي علي سالم، الفيلم، «طيارة دانا» (kite2016) https://vimeo.com/234192859، للاتصال https:// vimeo.com/234192859.

الضوابط والتصنيف: يرى الجمهور العام أنه مناسب لعمر الطفل من سن الرابعة وما فوق.

الملخص:

أنتج هذا الفيلم بتكليف من (الريان للإنتاج)، للاحتفال بيوم قطر الوطني عام 2012م؛ إذ يروي لنا الفيلم قصة خيالية عن طفلين قطريين، هما أخ وأخته، يسافران عبر الزمن القديم، ليشاهدا الأحداث التي واجهها المؤسسون لدولة قطر في القرن التاسع عشر[1].

- فيلم بعنوان «الضربـــات»، للمخـرج: A. J. آل ثاني، ومدته اثنتا عشرة دقيقة، وعُرض بميزة (DCP2K) بالعربية في عام 2016م، وترجم إلى الإنجليزية في العرض العالمي الأول.

الضوابط والتصنيف: يُنصح بالإرشاد الأبوي للمشاهدين، الذين تقل أعمارهم عن 13 عامًا، ولا يُسمح للأفراد الذين تقل أعمارهم عن هذا السن بدخول دور السينما، ما لم يرافقهم شخص يبلغ من العمر 18 عامًا أو أكثر.

الملخص:

يروي لنا الفيلم قصة رجل -في فضاءات الصحراء الجميلة- يُعلم أبناءه الصغار كيفية تعقب الصيد، ويؤدي الإحباط في الصيد إلى صراع -ليس كبيرًا- بين الأخوين على ما يبدو، لكن إهمالهم في الصيد يسبب كارثة مفاجئة، ويؤدي إلى عواقب وخيمة؛ إذ إن الأمر يتعلق بتحقيق التوازن الصحيح، بين الهدوء والمصيبة، وبين المراهقة والبلوغ، وبين المعرفة والذعر، إنها ثنائيات بسيطة، يصاحبها شعور بالانجذاب، التي من شأنها أن تجعل أي شخص يشاهد ما حدث يتصور أمورًا فظيعة على غير ما يرام[2].

- فيلم القصة القصيرة بعنوان «واحد وألف يوم»، للمخرجة عائشة الجيدة، ومدته اثنتا عشرة دقيقة، وعُرض في عام 2017م بميزة(DCP) باللغتين العربية والإنجليزية[3].

الاهتمامات: الرسوم المتحركة، والدراما، والخيال، في العرض الأول في العالم.

---

(1) نور النصر، الفيلم «بطل ورسالة» للاتصال، nouriko@hotmail.com،

(2) A. J. آل ثاني، الفيلم «الضربات»، كلمة المرور: دونابوكس، الاتصال: ajalthani8@gmail.com https://vimeo.com/209328504

(3) ترجمات الرابط: https://vimeo.com/243647138 كلمة المرور: QFF1001DAYS.

الضوابط والتصنيف: يُنصح بالإرشاد الأبوي للمشاهدين، الذين تقل أعمارهم عن 13 عامًا، ولا يُسمح للأفراد الذين تقل أعمارهم عن هذا السن بدخول دور السينما، ما لم يرافقهم شخص يبلغ من العمر 18 عامًا أو أكثر.

الملخص:

يروي لنا فيلم «واحد وألف يوم» قصة حياة شهرزاد، وهي الحكايات المبدعة والبطولية، في إطار بنية حكاية تقليدية؛ إذ يتناول هذا الفيلم القضايا الأبدية والقيمية، مثل: التضحية، والمساواة، والشجاعة؛ إذ إن المرأة اليوم تستحق معاملة حسنة، وامتيازات متساوية، فقد صور لنا قوة المرأة في نضالها (ليلة بعد ليلة)، من أجل استقلالها، وكرامتها، وحريتها[1].

- فيلم سردي قصير بعنوان «الأحلام التي بقيت»، للمخرجة عائشة الجيدة، عُرض في عام 2017م، ومدته سبع دقائق، وعُرض بميزة (DCP) بالعربية والإنجليزية.

الاهتمامات: الخيال، والأسرة، والهوية في العرض الأول في العالم.

الضوابط والتصنيف: يُنصح بالإرشاد الأبوي للمشاهدين، الذين تقل أعمارهم عن 13 عامًا، ولا يُسمح للأفراد الذين تقل أعمارهم عن هذا السن بدخول دور السينما، ما لم يرافقهم شخص يبلغ من العمر 18 عامًا أو أكثر.

الملخص:

يحكي لنا هذا الفيلم عن رجل يعمل في المكتب، وفي إحدى الأمسيات، عمل إلى وقت متأخر في مكتبه، وكان بمفرده، باستثناء حارس أمن المبنى، ويحصل أمر غريب في تلك الليلة... انقطاع مفاجئ للتيار الكهربائي؛ إذ جعل الرجل ينظر في جهاز تلفزيوني غامض، ينقله إلى أحلام طفولته، في مغامرة عبر الفضاء مع بطله المفضل، وحين عادت الأضواء عاد كل شيء إلى طبيعته، وهذا يجعلنا نتذكر أن بطل الرسوم المتحركة، هو شيء من الخيال... أم وهم؟[2]

---

(1) عائشة الجيدة، نور النصر، فيلم «الأحلام التي بقيت»، سرد قصير/ قطر الرابط: https://vimeo.com/243647138، كلمة المرور: QFF1001DAYS، للاتصال، عائشة الجيدة الجيداء @hotmail.com.

(2) نور النصر، فيلم «الأحلام التي بقيت»، سرد قصير، للاتصال: نور النصر nouriko@hotmail.com، كلمة المرور: dreams1986، https://vimeo. com/230276725.

- فيلم قصير بعنوان «رفع»، للمخرجة نور النصر، ومدته أربع عشرة دقيقة، وعُرض في عام 2017م بميزة (DCP2K) باللغات العربية، والإنجليزية، والتاغالوغية.

الاهتمامات: الخيال في العرض الأول في العالم.

الضوابط والتصنيف: يُنصح بالإرشاد الأبوي للمشاهدين، الذين تقل أعمارهم عن 13 عامًا، ولا يُسمح للأفراد الذين تقل أعمارهم عن هذا السن بدخول دور السينما، ما لم يرافقهم شخص يبلغ من العمر 18 عامًا أو أكثر.

الملخص:

أحبطت لطيفة بعد يوم من التسوق الشاق، وهي امرأة فظة وعبثية، ومعها خادمتها «روزي»، التي طالت معاناتها في المصعد؛ إذ أصبحت لطيفة -وهي متغطرسة ومغفلة بالفعل- سيئة للغاية في معاملتها لـ«روزي»؛ بل إنها وصلت إلى حد إلقاء اللوم عليها، وبسبب الفشل الميكانيكي، الذي أدى إلى إثارة المشاعر في ذهن لطيفة، جعلها تواجه طبيعتها الأنانية، وتعيد اكتشاف دروس التواضع والاحترام، التي تعلمتها عندما كانت طفلة[1].

- فيلم القصة القصيرة بعنوان «الأحمر»، من إخراج حمدية عيسى الكواري، وخلود العلي، في عام 2017م، ومدته تسع دقائق، وعُرض بميزة (DCP) باللغة العربية في العرض الأول في العالم.

الاهتمامات: الرسوم المتحركة، الخيال.

الضوابط والتصنيف: يُنصح بالإرشاد الأبوي للمشاهدين، الذين تقل أعمارهم عن 13 عامًا، ولا يُسمح للأفراد الذين تقل أعمارهم عن هذا السن بدخول دور السينما، ما لم يرافقهم شخص يبلغ من العمر (18) عامًا أو أكثر.

الملخص:

يحكي لنا الفيلم عن صبي كان يمشي في الشوارع المغطاة بالثلوج، وهو خجول ووحيد، ويصوره في مشهد حضري مهجور، فيرى زوجًا من الشمع الأحمر، يتدلى من

---

(1) نور النصر، فيلم «رفع» https://vimeo.com/230276725، كلمة المرور: dreams1986 للاتصال: نور النصر nouriko@hotmail.com.

سلك الهاتف، وهو يحتاج إلى الشمع بشدة، ولكن هل يستطيع أن يخفف من مخاوفه، ويجد طريقة للحصول عل الشمع، وإشعاله عند قدميه؟ إنه شبح الخوف والشك، الذي يعيش في داخلنا جميعًا، ويشكك في شجاعتنا[1].

- فيلم قصير بعنوان «سميكة» (Smicha)، للمخرجة أمل المفتاح، ومدته خمس عشرة دقيقة، وعرض في عام 2016م بميزة (DCP) باللغتين العربية والإنجليزية.

الاهتمامات: الأسرة، الأطفال، العرض الأول في قطر.

الضوابط والتصنيف: يُنصح بالإرشاد الأبوي للمشاهدين، الذين تقل أعمارهم عن 13 عامًا، ولا يُسمح للأفراد الذين تقل أعمارهم عن هذا السن بدخول دور السينما، ما لم يرافقهم شخص يبلغ من العمر 18 عامًا أو أكثر.

الملخص:

يحكي لنا الفيلم أن لولوة، البالغة من العمر سبع سنوات، قابلت جدها، الذي تلتقي به كل يوم جمعة، وهو شيخ كبير؛ لكنه ينسى وعوده، وأحيانًا يسمي لولوة باسم شخص آخر، ومع ذلك، فإن الوقت الذي تمضيه معه مهم جدًا؛ لأنها تقوم بتذكيره بأشياء أخرى إضافية، يحتاج ليتذكرها[2].

3.3 مبادرة مؤسسة قطر «سراج» 2016م (التربوي والترفيهي للأطفال):

أطلقت مؤسسة قطر مسلسل رسوم متحركة ثلاثي الأبعاد، التربوي والترفيهي، باللغة العربية الفصحى، تحت عنوان «سراج»، ضمن الاهتمام بتمثلات أدب الطفل المرئي (المشاهد). ويهدف مسلسل «سراج» للأطفال إلى دعم اللغة العربية، وتوطيد أركانها، والمساعدة في نشرها، من خلال هذا البرنامج، الذي يعتمد على منهجيات أدبية عالية، في مجال أدب الطفل، ملحوظة في المعالجة، والبراعة التقنية، والإخراج المبتكر.

وتهتم مؤسسة قطر، للعلوم ضمن أهدافها، بترسيخ دعائم اللغة العربية وآدابها، في خلد

---

(1) حميدة عيسى الكواري، خلود العلي، فيلم «الأحمر»، الاتصال: halkawari@gmail.com، كلمة المرور: QFF17ELEVATE.

(2) أمل المفتاح، فيلم «سميكة»، amalalmuftah@hotmail.com– https://vimeo.com/200245855، كلمة المرور: Smicha.

الصغار، ضمن برنامج ترفيهي، وتعليمي، وتربوي، يركز على النهوض باللغة العربية، ونشرها محليًا وإقليميًا ودوليًا، عن طريق مبادرات ومشاريع مختلفة، بما ينسجم ومساعي دولة قطر في تعزيز اللغة العربية، والحفاظ على مفردات هذا الإرث الثقافي والأدبي العميق؛ وضمن جماليات السرد المرئي لمسلسل الأطفال، جرى الاعتماد على كوكبة من أصدقاء (راشد ونورة) في الأدوار المساعدة، وذلك في إطار القص، عبر رحلة تستكشف من خلالها مكونات اللغة العربية، ومفرداتها، وتتمحور كل حلقة، حول أحد الحروف الأبجدية، لمساعدة الأطفال، في تعلم اللغة العربية الفصحى، كتابة، وقراءة، ونطقًا، وتشكيلًا، في إطار السرديات المرئية[1].

ومسلسل «سراج»، هو ثمرة تعاون عربي إقليمي مشترك، تضافرت فيه المواهب القطرية والعربية. وأنتج المسلسل شركة (لمتري آرت برودكشن)، وساهم في هذا العمل مدرسون ولغويون، ومختصون في كتابة النصوص ومراجعتها. وجاء تطبيق سراج، بوصفه برنامجًا تعليميًا وترفيهيًا وتربويًا، يهدف إلى التعلم الممتع، عن طريق سرود أدبية، تعنى بمنطوق اللغة العربية، وذلك من خلال تمارين، تساعدهم على تعلم الحروف الأبجدية اللغوية، في سيناريو هادف أُعد بعناية، لأبجديات اللغة العربية، ويحظى هذا المسلسل الهادف بالدعم الذي أطلقته مؤسسة قطر للتربية، ضمن الشراكة المجتمعية القطرية[2].

وفي الجوانب الفنية والتقنية، التي صاغت العمل، نجد أن:

- الشركة المنتجة اهتمت بإخراج العمل بالصورة المثلى، التي تتناسب وطبيعة الطفل العربي؛ إذ دأب المنتجون على التركيز على الأشكال المتحركة الحية، لتنفيذ أهداف السيناريو، بما يخدم السرد اللغوي المرئي، واستخدام الوسائط الرقمية والإلكترونية، في الابتكار والإبداع لحيثيات العمل، حيث نلاحظ الخدع الفنية، التي تخدم السياق السردي، بصورة تعطي عمقًا ودلالة، وتساعد على تجسيد القص الروائي، ضمن الصورة ثلاثية الأبعاد في إطار تعليمي[3].

---

(1) هيئة التحرير، مؤسسة قطر تطلق مسلسل «سراج» التربوي الترفيهي للأطفال، مطبوعات مؤسسة قطر، 5 نوفمبر 2016م. /https://www.qf.org.qa.

(2) موقع سراج، مسلسل تربوي ثلاثي الأبعاد لتعلم الحروف الأبجدية، مؤسسة قطر للتربية والعلوم وتنمية المجتمع، الدوحة – قطر، 2018م، /https://www.siraj.tv.

(3) ليندا عياش، مؤسسة قطر تطلق مسلسل «سراج» التربوي باللغة العربية، مجلة هي، الشركة السعودية للأبحاث والنشر، دبي، الإمارات العربية، 2018م، /https://www. hiamag.com.

- لقد كان لاستخدام التكنولوجيا المتطورة، في مشروع الاهتمام بالسرد المرئي، الأثر البعيد المدى، في تجسيد السيناريو والقص، بصورة إبداعية، أعطت تناغمًا بين الحبكات الفنية والدرامية، وبين المدلول العلمي والثقافي، في سياق سردي ومنهجي متوازن[1].

- مسلسل «سراج»، الذي أُنتج عام 2017م، باستخدام أحدث تقنيات الرسوم المتحركة، ثلاثية الأبعاد، هو باكورة إنتاج لأعمال أكثر تقنية في الأدب المسرود والمرئي للطفل، ضمن منظومة تربوية، وتعليمية، وتهذيبية واسعة. ودعوة الجمعيات الأهلية والحكومية المهتمة بأدب الطفل، لعمل الشراكات المجتمعية، التي تنمي قاعدة شعبية عريضة، لأدب الطفل وانتشاره[2].

- من خلال آلية المعالجة في مسلسل مغامرات «راشد ونورة»، يتم الاهتمام بالأشخاص الفاعلين، في مسرح الحدث المروي (مجموعة الأصدقاء الآخرين المرحين)، الذين يتعاونون في العمل، من خلال اكتشاف الحروف الأبجدية العربية. ويهدف مسلسل «سراج»، الموجه للأطفال في الفئة العمرية من (2 – 8) سنوات، إلى غرس حب اللغة العربية في نفوسهم منذ سن مبكرة[3].

- صُمم المسلسل بعناية ودقة، في التقنية، عالية المستوى، من أجل بلورة فكرة البرنامج، بصورة شائقة، وجرى تطويره لمساعدة الأطفال الصغار، على التكيف، واكتشاف عجائب اللغة العربية، بطريقة تعليمية مرحة، وهو أحد أهداف البرنامج[4].

- يوفر مسلسل «سراج» مزيجًا من الوسائل التعليمية الشائقة، المعدة بعناية، لمساعدة الأطفال على التعلم، والترفيه، والتسلية، من خلال تقديم محتوى تعليمي، وتثقيفي شائق، عبر وسائل الإعلام الرقمية والإلكترونية، التي تحظى بإقبال كبير[5].

- يقدم المسلسل مصدرًا مفيدًا، لتعلم اللغة العربية، من أجل تحسين مهارات

---

(1) المرجع نفسه.

(2) نفسه.

(3) نفسه.

(4) هيئة التحرير، مؤسسة قطر تطلق مسلسل «سراج» التربوي الترفيهي للأطفال، (مرجع سابق).

(5) ليندا عياش، مؤسسة قطر تطلق مسلسل «سراج» التربوي باللغة العربية، (مرجع سابق).

القراءة والكتابة لدى الأطفال، إضافة إلى أنه مصمم للمساعدة، في تمكين الآباء والمعلمين، على حدٍ سواء، من المفصليات اللغوية؛ إذ تقرب تقنية البعد الثالث المعنى، إلى جانب التشويق، والدقة في التعليم، القائم على المتعة، من خلال العروض السردية المرئية[1].

- ضمن الشراكة المجتمعية في الاهتمام بأدب الطفل القطري والعربي، دعم الرئيس التنفيذي لمؤسسة قطر، مسلسل الرسوم المتحركة ثُلاثي الأبعاد، ليعزز دور السرد المرئي، في العملية التربوية، ضمن تمثلات أدب الطفل، في الجانب التربوي والترفيهي، باللغة العربية الفُصحى، لتأكيد ثوابت اللغة العربية ومفرداتها، وغرسها في نفوس النشء[2].

- يتوجه مسلسل «سراج» إلى الأطفال، الذين تتراوح أعمارهم ما بين (الثانية والثامنة)، ليُصاحبهم في رحلة تعليمية وترفيهية شيقة، تستدل في رؤيتها، من خلال عمق اللفظ، ومفهومه، ومعناه في اللغة، وتغرس في قلوبهم حب اللغة العربية، وتعزز تواصلهم بها[3].

- ضمن التعليم الممتع، تدور حلقات الحروف الأبجدية في مساعدة الأطفال على تعلّم اللغة العربية الفُصحى، كتابة، وقراءة، ونطقًا، وتشكيلًا. وقالت هند آل ثاني: «الحفاظ على اللغة العربية، يتطلب منا العمل معًا، من أجل تشجيع أبنائنا، على تعلم لغتنا، والتمسك بثقافتنا»[4].

ويتضح لنا مما سبق، مدى اهتمام الدولة ممثلة في مؤسساتها الرسمية بهذا الأدب، مما يجعله يصل إلى درجة المنافسة ويحظى بحضور مهم على المستويين الإقليمي والعربي.

---

(1) موقع سراج، مسلسل تربوي ثلاثي الأبعاد لتعلم الحروف الأبجدية، (مرجع سابق).

(2) هيئة التحرير، مؤسسة قطر تطلق مسلسل «سراج» لتحفيز الأطفال على اكتشاف اللغة العربية، مجلة الضاد (وكالة الأنباء الكويتية- الراصد)، العدد 11، 5 نوفمبر 2016م. http://www.alddad.com.

(3) المرجع نفسه.

(4) المرجع السابق.

الخاتمة

سعى هذ الكتاب -في طليعة ما سعى إليه- إلى إلقاء الضوء على جديد الدراسات في أدب الطفل، ولا سيما ما بات يُعرفُ بـ«سرديات أدب الطفل» داخل المؤسسة النقدية الحديثة، منطلقًا من إشكالية محورية، تتمثل في كيفية تأصيل أدب الطفل وسردياته في قطر. هو سؤال يطرح قدرًا من الأسئلة التي تتفرع عنه، والتي يمكن أن نتذرَّع بها لجلاء ما يتصل بهذا النوع الأدبي، مثل توضيح المراد بأدب الطفل الذي يمثل ميدان الدراسة، هذا فضلًا عن تتبع مواصفات البنية السردية التي انبنى عليها أدب الطفل في قطر، وذلك مرورًا ببيان تمثلاته السردية في ظل التطور الحضاري الذي أتاح استخدام الصورة، والذي تنامى وتعاظم إلى أن أصبحنا نعيش فيما يسمى عصر الصورة. ويرجع ذلك إلى ما تمتلكه الصورة من مميزات وخصائص لا يمكن إغفال أهميتها لِما لها من قدرة تتفوق على الكلمة في إيصال المعنى؛ ومما جعلها أكثر جماهيرية على الرغم من عدم حياديتها. وكل ذلك هو ما يسعى الكتاب إلى الإجابة عنه من خلال مقاربة نقدية كاشفة.

وفي سياق سعينا البحثي، كان لا بد لنا من العودة إلى «**مرجعيات سرديات أدب الطفل في قطر**»، ورصدها عالميًا، وإقليميًا، وعربيًا. وقد أفضى ذلك إلى التأكيد أن مرجعيات أدب الطفل في قطر جاءت نتيجة ما لحق بهذا الحقل الأدبي من تأصيل، متأثرًا بتجارب الآخرين في هذا المضمار؛ وذلك أن هذا الأدب لم يكن بمعزل عن المرجعيات الثقافية الأخرى، هذا فضلًا عما تضمنته البيئة القطرية من مقومات ساعدت على تطور هذا النوع من الأدب. وتجدر الإشارة هنا إلى أن أدب الطفل في قطر، تشكّل في ظل اهتمام الدولة بهذا الحقل الأدبي من خلال المسرح، سواء أكان في بداياته، أم بعد أن ترسخ وأثبت موقعه وحضوره في الذاكرة الشعبية الجمعية.

وتوصل الكتاب في مبحثه الأول الذي تناول «مرجعيات أدب الطفل العالمية» إلى أن أدب الطفل العالمي في فرنسا، والدول الإسكندنافية، وإسبانيا، وألمانيا، وإيطاليا، وروسيا، والولايات المتحدة الأمريكية ارتبط بالموروث المبني على الثقافة الغربية التي تتميز بخصائص

مطبوعة بطابع المجتمعات التي أنتجتها، وبدا واضحًا التداخل بين الثقافتين الشعبية والأدبية.

وبالانتقال إلى المبحث الثاني الذي تناول «مرجعيات أدب الطفل العربية والإقليمية» وقفت على أن أدب الطفل كان حاضرًا وموجودًا منذ بداياته وإرهاصاته الأولى التي تجلت في عموم التراث المتجذر في أرضية ثقافتنا العربية إلى درجة تتيح لنا القول: إنَّ المرجعيات في الدول العربية كانت معينًا ثريًا نهل منه الآخرون، وكان له تأثيره الواضح في الثقافات الأخرى.

وقد أفضى المبحث الثالث المتعلق بـ «مرجعيات أدب الطفل في قطر» إلى التأكيد أن دراسات أدب الطفل التي اهتمت بظهوره ونشأته في هذا البلد، قد أغفلت بيان الأصول والخلفيات التراثية لهذا الجنس الأدبي الذي كان راسخ الجذور في الذاكرة الثقافية الجمعية للمجتمع القطري، وذلك أن القصص الشعبية التي كانت تُحكى في مجالس الرجال والنسوة، أو في مسارح الفرجان، كان لها الأثر البعيد في تشكيل أدب الطفل. وظل ذلك التأثير مستمرًا إلى أن استقل هذا الضرب من الأدب عام 1971م، وأصبحت له شخصيته وكينونته مع ظهور المسرح المدرسي، وإنشاء هيئة خاصة به في عام 1975م، التي استطاعت أن تقدم كثيرًا من العروض المسرحية، منها «الحذاء الذهبي» في عام 1980م، و«بائع الصندل» في عام 1986م. ويُضاف إلى ذلك ما كان للمؤسسات الحكومية من دور مهم في أدب الطفل؛ إذ صبَّت إدارة الثقافة والفنون -منذ منتصف السبعينيات- اهتمامها على كل ما يتعلق بالطفولة من تأليف وترجمة للقصص والحكايات، أو إجراء المسابقات، ولعل أشهرها مسابقة الأقلام الواعدة. وألفيت أن «المركز الثقافي للطفولة» قد نظم عددًا من الفعاليات، التي أسهمت في تعزيز أدب الطفل، ومنها فعالية «الأديب الواعد» في عام 2015م، وإلى جانب ذلك جرى عقد المؤتمر الدولي لجيل المستقبل عام 2016م.

واتضح أن كثيرًا من المؤسسات في قطر -كانت ولا تزال- تسعى إلى تعزيز ثقافة الطفل، والنهوض بها، وأذكر منها على سبيل المثال لا الحصر؛ مؤسسة قطر التي تؤدي جهدًا في تنظيم العديد من المبادرات التي تعزز ثقافة الطفل، ومنها الحملة الوطنية للقراءة، وإنشاء دار جامعة حمد بن خليفة للنشر، ومكتبة الأطفال الملحقة بالمكتبة الوطنية القطرية، وغيرها الكثير. لكن هذا النهوض لا بُدَّ أن يستمد مقومات تطوره من قيم المجتمع المحلي، بالتوازي مع تحقيق مهارات الانفتاح البنَّاء على تجارب الآخرين في العالم،

والإفادة منها.

وإلى جانب ما تقدم لا بد لنا أن نؤكد أن الحراك الإعلامي ليس بمعزل عن المؤسسات في قطر، وإنما هو في بؤرة الجهد والحراك الثقافي؛ ويسهم في تعزيز أدب الطفل وتمثلاته. ولا ننسى هنا أن نشير إلى الدور الذي أدته الصحافة القطرية منذ القدم -وحتى الآن- في هذا المضمار، فقد بيَّنت ما يؤكد ذلك؛ إذ إني وجدت أن مجلة الدوحة كانت تخصص ملحقًا خاصًا بالطفل، وكذلك فعلت الصحف اليومية: الشرق، والراية، والعرب؛ إذ كانت تفُرِد في أعدادها صفحات خاصة بأدب الأطفال، فضلًا عن إصدارها بعض القصص.

وهذا كله يعني في جملة ما يعنيه أن القطاع الثقافي في البلاد ممثلًا بالمؤسسات الثقافية القطرية -حتى المؤسسات ذات الصلة غير المباشرة- أسهم إسهامًا بالغًا في تطوير أدب الطفل ورعايته، فقد وجدت أن هيئة متاحف قطر تصدر كثيرًا من قصص الأطفال، فضلًا عن طباعة النشرات الدورية والثقافية التي تُعنى بأدب الأطفال وثقافتهم، هذا عدا عن تنظيمها للرحلات والمسابقات الفنية للأطفال. ولا ننسى هنا تخصيص دولة قطر لجائزة في هذا المضمار على الصعيد العربي تحت مسمى «جائزة الدولة لأدب الطفل» وذلك في المجالات الأدبية المختلفة من شعر، ورواية، وقصة، ورسوم كتب الأطفال، وموسيقى أغاني الأطفال، والنص المسرحي، والدراسات الأدبية الخاصة بحقل أدب الطفل.

وبانتقالنا إلى الفصل الثاني الذي تناول «**البنيات السردية لأدب الطفل في قطر**» كان لزامًا علينا التعرض للبنيات السردية ومكوناتها، وتحليلها عبر مراحلها الزمنية المختلفة، وبيان التمثلات المتعلقة بالتحول من الأدب التفاعلي إلى أدب الطفل التفاعلي. وتوصلت إلى أن أدب الطفل في قطر (في حقل السرديات) يتمتع بقابلية واسعة للدراسة في إطار المناهج النقدية الحديثة، وهو قادر الآن على إبراز الاتجاه الوطني لأدب الطفل في التراث القطري إبرازًا واسعًا؛ بسبب اعتماده على المرجعية الشعبية.

وقد بيَّن المبحث الأول -من هذا الفصل- الذي تعرَّض لـ«البنيات السردية ومكوناتها» أن الكُتّاب القطريين تمكنوا من توظيف البنيات السَردية (المكان، الزمان، الشخصية، الوصف، الحدث، اللغة)، لكنهم ظلوا مشدودين إلى التراث، ولم يتمكنوا من الإفلات من أسره، بل أغرقوا في استعماله وتكراره؛ مما يشكل عائقًا أمام العملية الإبداعية على الساحة القطرية الخاصة بأدب الطفل، الأمر الذي يستوجب على الكُتّاب القطريين الوعي بالتقنيات السردية

للإفادة منها في توظيف التراث المقدم للطفل بصورة فاعلة.

أما المبحث الثاني الذي تناول «**تحليل البنيات لسرديات أدب الطفل في قطر**»، فقد جعلنا نقف على حقيقة مفادها أن القصص الموجهة إلى الطفل القطري، شهدت تطورًا ملحوظًا في مراحلها المتأخرة؛ مما أهَّلها للمنافسة الإقليمية والعربية، ولنيل الجوائز العالمية. إلا أنني سجَّلت قدرًا من المآخذ على بعض القصص، ومن ذلك عدم تحديد الفئة العمرية المستهدفة، فمعظم القصص لا تناسب إلا مرحلة الطفولة المتأخرة، ومنها قصة «بوابة القصر»، للكاتبة كلثم الغانم، ورواية «شاهين» للكاتبة شمّة الكواري. في بعض القصص لم يركز الكُتَّاب على الأسلوب السردي، بل لجأوا إلى الحوار المباشر المُتَّبع في المسرحيات، وفي بعضها الآخر استخدموا ألفاظًا لا يفهمها كثيرٌ من الأطفال.

وقد كان المبحث الثالث المعنون بـ «**تمثلات سرديات أدب الطفل في قطر**» مساحة عرضتُ فيها توصيفًا لرؤيتي حول أدب الطفل التفاعلي، وذلك أن هذا النوع من الأدب يعزز ما يسمى بتآزر الحواس (مشاركة الحواس) باعتماده على وسائل تعبيرية متعددة كاللغة، والصورة، والصوت، والحركة، الأمر الذي من شأنه أن ينقل الطفل إلى عالم النص بوساطة هذه المؤثرات، ويقدم النص مفتوحًا لا حدود له، ويمنحه حرية شبه مطلقة في إيصال المعنى المراد إلى المتلقي. وقد تمثلت مظاهر هذا الأدب التفاعلي الطفولي في قطر بالسرديات المرئية، ومهرجان «أجيال» السينما في قطر، ومبادرة مؤسسة قطر «سراج»، وهو برنامج تربوي وترفيهي للأطفال، جرى إطلاقه عام 2016م، ويُضاف إلى ذلك أن السرديات المرئية المتمثلة بالتلفزة والسينما والكمبيوتر، قد سعت إلى إثراء ملكة التخيل لدى الأطفال من خلال ما يُطرح من برامج تتناول قصص الخيال العلمي والبطولات والمغامرات، وعملت على تكوين الشخصية السردية المبدعة للطفل، وذلك عبر تنمية اتجاهه القيمي، وذوقه الفني والأدبي، اعتمادًا على الوسائط المرئية.

وتبقى كلمة أخيرة تتعلق بالاستنتاجات التي دفعتني إلى عرض بعض التوصيات، ويمكن تلخيصها فيما يأتي:

- إيلاء المزيد من الاهتمام بأدب الطفل» الموجَّه»، بما يعزز قيمه الدينة والثقافية.
- زيادة التنوع والتوعية في أساليب الكتابة الخاصة بالطفل، للنهوض بحقل أدب

الطفل في قطر.

- تعزيز مبادرات المؤلفين والمجتمع المحلي بما يخدم الطفل وثقافته.
- إقامة ندوات، وإنشاء دور نشر خاصة بأدب الطفل تقدم إنتاجًا على قدر عالٍ من الجودة، ومعارض كتب متخصصة بأدب الطفل.
- عقد حلقات نقاش نقدية تهدف إلى تقييم الإنتاج القطري في هذا المجال من قبل نقاد أدب الطفل.
- تعزيز الكتابة الإبداعية للأطفال من خلال سياسة دعم الموهوبين، وفق خطة تشارك فيها الجهات ذات الصلة (التعليم-الثقافة) للنهوض بهذا الحقل.
- إقامة محور خاص بالإنتاج القطري في جائزة الدولة لأدب الطفل.
- إقامة محور خاص بالإنتاج القطري في مهرجان «أجيال» السينمائي، يكون إنتاجه مناسبًا للفئات العمرية بين 3 – 14 عامًا.
- اقتراح إنجاز دراسة متخصصة بأدب الطفل المرئي والتفاعلي في قطر.
- تأسيس المجلس الوطني لأدب الطفل وثقافته في قطر.

المصادر والمراجع

أولًا: القرآن الكريم

ثانيًا: المصادر

1. القصص:

1. **جبر النعيمي**، قصة «أشجار الهواء»، رسوم: ماهيش كنور، دار جامعة حمد بن خليفة للنشر، ط1، الدوحة، 2018م.
2. **حصة العوضي**،
   - قصة «صانعة الأحلام»، نشرت على نفقة المؤلف، 1998م.
   - قصة «الغزالة لمن؟»، نشرت على نفقة المؤلف، 1998م.
3. **شمة شاهين الكواري**، قصة «شاهين- مجرة الحجر الأزرق»، وزارة الثقافة والفنون والتراث، الدوحة، 2015م.
4. **شيخة الزيارة**، قصة «ماذا يوجد في الرمال؟»، رسوم: ميّ الكبيسي، هيئة متاحف قطر، وأكادية للنشر-دبي، 2014م.
5. **عبد العزيز آل محمود**، قصة «أرحمة»، رسوم: حاتم علي، دار جامعة حمد بن خليفة للنشر.
6. **كلثم الغانم**،
   - قصة «بوابة القصر»، رسوم: تماضر العسيري، هيئة متاحف قطر، 2013م.
   - قصة «غصون أخت الغزال»، رسوم: ابتهاج الحارثي، دار جامعة حمد بن خليفة للنشر، ط1، الدوحة، 2017م.
7. **لطيفة مبارك السليطي**، قصة «حنان والضفيرة»، رسوم: زبيدة السويدي، وزارة الإعلام القطرية، الدوحة.

8. **محمد علي**، قصة «أسنان راشد»، وزارة الإعلام القطرية، الدوحة، 1961م.

9. **منيرة الرميحي**،

- قصة «أنا أشبه القمر»، رسوم: منيرة سعد الرميحي، دار جامعة حمد بن خليفة للنشر، د.ط، الدوحة، د.ت.
- قصة «خيال منال»، رسوم: جلنار حاجو، دار جامعة حمد بن خليفة للنشر، ط1، الدوحة، 2015م.

10. **هيا سعيد الكواري**، «قصص أطفال»، المجلس الوطني للثقافة والفنون والتراث، الدوحة، 2001م.

11. **وداد اليوسف**، قصة «أمانة صياد»، رسوم: صفية المهدي، وزارة الإعلام والثقافة، ط1، قطر، 1995م.

2. الدراسات:

1. **أسماء الكواري وآخرون**، ندوة أدب الطفل ودوره في رسم الأجيال، (ندوة معرض الكتاب القطري – اليوبيل الفضي) إدارة الثقافة والتراث والفنون، مركز قطر الوطني للمؤتمرات، الدوحة، 2015م

2. **محمد طالب الدويك**،

- القصص الشعبية، مركز التراث الخليجي في دولة قطر، ج1، ط1، 1984م.
- ندوة أدب الطفل لدول مجلس التعاون لدول الخليج العربي، إدارة الثقافة والفنون، وزارة الإعلام، الدوحة، 1987م.

3. المقابلات:

1. **حصة العوضي**، مقابلة علمية مسجلة، كاتبة قطرية، في منزلها بتاريخ 13/ 2/ 2018.

2. **صالح غريب**، مقابلة علمية مسجلة، الباحث في التراث القطري، وزارة الثقافة، الدوحة، 6/ 11/ 2017م.

3. **كلثم الغانم**، مقابلة علمية مسجلة، قاصة وروائية قطرية، تمت المقابلة بوزارة الثقافة والتراث، الدوحة، 15/ 10/ 2017م.

4. **محمد مصطفى سليم**، مقابلة علمية مسجلة، تمت في جامعة قطر، الدوحة، 21/ 2/ 2018م.

ثالثًا: المراجع

1. المراجع باللغة العربية والمترجمة:

1. **إبراهيم أحمد ملحم**، الأدب والتقنية (مدخل إلى النقد التفاعلي)، عالم الكتب الحديث، د.ط، الأردن، 2013م.
2. **أحمد زلط**،
   - أدب الطفل (دراسة معاصرة في التأصيل والتحليل)، دار هبة النيل للنشر والتوزيع، القاهرة، 1998م.
   - أدب الطفل أصوله ومفاهيمه، الشركة العربية للنشر والتوزيع، ط4، القاهرة، 1997م.
   - أدب الطفولة (أصوله ومفاهيمه – دراسات في الأدب والنقد)، الدار العربية للنشر والتوزيع، ط1، القاهرة، 1997م.
   - الخطاب الأدبي والطفولة، الهيئة العامة لقصور الثقافة، مكتبة الشباب، ط4، مصر، 1977م.
3. **أحمد فضل شبلول**، أدباء الإنترنت وأدباء المستقبل، دار الوفاء لدنيا الطباعة والنشر والتوزيع، ط1، الإسكندرية.
4. **أحمد محمد صالح**، ثقافة مجتمع الشبكة، دار الفكر، ط1، دمشق، 2004م.
5. **أحمد نجيب**، أدب الأطفال (علم وفن)، دار الفكر العربي، ط1، القاهرة، 1991م.
6. **إسطفان هاشم**، الحرف المطبوع، دار الساقي، ط1، بيروت، 1993م.
7. **أسماء مصطفى الأسطى**، النتاج الفكري للأطفال والناشئة (دراسة ببليوغرافية)، إصدارات مجلس الثقافة العام، سرت، 2006 م.
8. **إسماعيل عبد الفتاح**، أدب الأطفال في العالم المعاصر (رؤية نقدية تحليلية)، مكتبة الدار العربية للكتاب، ط1، القاهرة، 2000م.
9. **آناماريا ماتوتي**، أدب الأطفال والفتيان في العالم، ترجمة: نادر زكريا، دار الحوار للنشر، ط 2، اللاذقية، 1985م.
10. **انشراح المشرفي**، أدب الأطفال مدخل للتربية الإبداعية، دار السحاب للطباعة والنشر، ط1، القاهرة، 2005م.

11. **إياد إبراهيم فليح الباوي، حافظ محمد عباس الشمري**، الأدب التفاعلي الرقمي (الولادة وتغيير الوسيط)، مطبوعات الكلية التربوية المفتوحة، ط1، بغداد، 2011م.
12. **إيمان بقاعي**، قصص الأطفال الناشئة في لبنان جدلية الشكل والمضمون، دار الكتاب اللبناني، ط2، بيروت، 2002م.
13. **بهيج عثمان**، أدب الطفل العربي في لبنان، (دراسة نقدية)، النادي الثقافي العربي، بيروت، 1978م.
14. **بيرسي لوبوك**، صنعة الرواية، ترجمة: عبد الستار جواد، دار الرشيد، د.ط، بغداد، 1981م.
15. **تحسين محمد صالح**، أدب الفن السينمائي، الجنادرية للنشر والتوزيع، ط1، الأردن، 2016م.
16. **تزفيتان تودوروف**، مقولات السرد الأدبي، ترجمة: الحسين سبحان وفؤاد صفا، منشورات اتحاد كتاب المغرب، ط1، الرباط، 1992م.
17. **جرجي زيدان**، تاريخ الآداب العربية، دار المعارف، ط1، القاهرة، 1957م.
18. **حسان عطوان**، الحياة المسرحية في قطر، مطبوعات وزارة الثقافة والتراث، الدوحة، 1987م.
19. **حسن البحراوي**، بنية الشكل الروائي، المركز الثقافي العربي، ط1، الدار البيضاء، 1999م.
20. **حسن شحاته**، أدب الطفل العربي، الدار المصرية اللبنانية، ط2، القاهرة، 1994م.
21. **حسين عبروس**، أدب الأطفال وفن الكتابة، دار مدني للطباعة والنشر، ط1، الجزائر، 2003م.
22. **حميد لحمداني**، بنية النص السردي، المركز الثقافي العربي للطباعة والنشر والتوزيع، ط1، الدار البيضاء، 1991م.
23. **حنين فريد فاخوري**، سيكولوجية أدب وتربية الأطفال، دار اليزوري للطباعة والنشر والتوزيع، ط1، بيروت، 2006م.
24. **رافع يحيى**، تأثير ألف ليلة وليلة في أدب الأطفال العربي، دار الهدى للطباعة والنشر والتوزيع، د.ط، الجزائر، 2001م.

25. **روز غريِّب**، مجموعة قصص الأولاد، دار الكتاب اللبناني، ط1، بيروت، 1961م.
26. **زهور كرام**، الأدب الرقمي أسئلة ثقافية وتأملات مفاهيمية، رؤية للنشر والتوزيع، ط1، القاهرة، 2009م.
27. **سالم محمد العواسي**، أدب الطفل في ليبيا، مجلس الثقافة الليبي، سرت، 2010م.
28. **سعد أبو الرضا**، النص الأدبي للأطفال أهدافه ومصادره وسماته، دار البشير للنشر والتوزيع، عمان- الأردن، 1995م.
29. **السعيد بوسقطة**، أدب الأطفال في التجربة الشعرية الجزائرية، (أعمال الملتقى الثاني- الأدب الجزائري في ميزان النقد)، منشورات جامعة عنابة، د.ط، الجزائر، 1994م.
30. **سعد يقطين**، من النص إلى النص المترابط، مدخل إلى جماليات الإبداع التفاعلي، المركز الثقافي العربي، ط1، بيروت، 2005م.
31. **سمر روحي الفيصل**، أدب الأطفال وثقافتهم (قراءة نقدية)، منشورات اتحاد الكتاب العرب، 1998م.
32. **سهير أحمد محفوظ**، الخدمة المكتبية العامة للأطفال، وكالة المطبوعات، د.ط، الكويت، د.ت.
33. **سهير القلماوي**، ألف ليلة وليلة (دراسة)، سلسلة ذاكرة الكتابة، الهيئة العامة لقصور الثقافة، القاهرة، 2010م.
34. **سيث ليرر**، أدب الأطفال، ترجمة: ملكة أبيض، منشورات الهيئة العامة السورية للكتاب، د.ط، دمشق، 2010 م.
35. **عبد التواب يوسف**،
    - أطفالنا وعصر العلم والمعرفة، دار الفكر المعاصر، بيروت، 2002 م.
    - حول أدب الأطفال في الخليج العربي، (كتاب رسالة الخليج العربي)، دار المعرفة، الصفاة، الكويت، 1994م.
36. **عبد الحميد يونس**، الأسس الفنية للنقد الأدبي، دار المعارف، ط2، القاهرة، 1966م.
37. **عبد الرازق جعفر**، أدب الأطفال، منشورات اتحاد الكتاب العرب، ط3، دمشق، 2005م.

38. **عبد اللطيف أرناؤوط**، فهرست الكتب الصادرة للأطفال، اتحاد الكتب، وزارة الثقافة سوريا – منظمة طلائع البعث، مجلة الموقف الأدبي، دمشق اتحاد الكتاب العرب، 1997م.

39. **عبد الفتاح أبو معال**، أدب الأطفال (دراسة وتطبيق)، دار الشروق للنشر والتوزيع، ط2، عمان-الأردن، 1988م.

40. **عبد الله أبو هيف**، أدب الأطفال نظريًا وتطبيقيًا، اتحاد الكتاب العرب، دمشق، 1983 م.

41. **عصام بهي**، القيم الفكرية والفنية في مسرح الأطفال، (دراسة النص المسرحي في دولة قطر)، ندوة أدب الطفل في دول مجلس التعاون لدول مجلس الخليج العربي)، إدارة الثقافة والفنون- وزارة الإعلام – الدوحة، 1987م.

42. **علي الحديدي**، في أدب الأطفال، مكتبة الأنجلو المصرية، ط3، القاهرة 1982م.

43. **عيسى الشماسي**، القصة في سوريا (ورشة تحليلية للقيم التربوية)، منشورات وزارة الثقافة، دمشق، 1996م.

44. **فادية حطيط**، أدب الأطفال في لبنان، دار الفكر اللبناني، ط1، بيروت، 2001م.

45. **فاطمة أنور اللواتية**، تجربتي مع أدب الطفل في السلطنة (ورقة عمل)، (فعالية جامعة قابوس حول أدب الطفل في سلطنة عمان، بالتعاون مع مجلس البحث العلمي، واليونيسكو)، 2011 م.

46. **فاطمة البريكي**، مدخل الأدب التفاعلي، المركز الثقافي الغربي، الدار البيضاء، ط1، المغرب، 2006م.

47. **فريدة الأمين المصري**، أدب الأطفال في ليبيا في النصف الثاني في القرن العشرين، مجلس الثقافة الليبي، سرت، 2008م.

48. **كمال الدين حسين**، مدخل في أدب الأطفال، مطبعة العمرانية للأوفست، د.ط، القاهرة، 2000م.

49. **كيمبرلي رينولدز**، أدب الاطفال، ترجمة: ياسر حسن، مراجعة: هبه نجيب مغربي، مؤسسة هنداوي للتعليم والثقافة، ط1، 2014م.

50. **محمد بريغش**، أدب الأطفال، دار الوفاء للطباعة والنشر، ط1، القاهرة، 1992م.

51. **محمد جمال عمرو وآخرون**، المدخل إلى أدب الطفل، دار البشير لنشر، ط1، الأردن، 1990م، ص28.
52. **محمد الطاهر**، أشكال أدب الأطفال – قصيدة الطفل (ندوة أدب الطفل في الأردن، واقع وتطلعات)، وزارة الثقافة، عمان – الأردن، 1989م.
53. **محمد بن عبد الرحمن الربيع**،
- جهود جامعة الإمام في مجال ثقافة الطفل وأدبه، (بحث مقدم لندوة منهج الأدب الإسلامي في أدب الطفل، المكتب الإقليمي لرابطة الأدب الإسلامي العالمية، 1416هـ.
- الكتابة للطفل والكتابة عن الطفل في السعودية – رؤى وانطباعات، (بحوث ملتقى الطفل).
54. **محمد فؤاد الحوامدة**، أدب الطفل (فن وطفولة)، جامعة اليرموك، دار الفكر، د.ط، الأردن، 2014م.
55. **محمد محمود رضوان**، أدب الأطفال مبادئه ومقوماته الأساسية، دار المعارف، د.ط، القاهرة، د.ت.
56. **محمد الهرفي**، في أدب الأطفال (دراسة نظرية وتطبيقية)، دار الاعتصام، ط1، القاهرة، 1996م.
57. **محمد الهواري**، سمير الأطفال، دار الكتب المصرية، ط2، القاهرة، 1923م.
58. **مصري حنورة**، الحاجة الى القراءة بين أطفال البلدان النامية، دار المعارف، القاهرة، 1984م.
59. **مفتاح دياب**، مقدمة في ثقافة الأطفال، الدار الدولية للنشر والتوزيع، القاهرة، 1990م.
60. **موفق رياض مقدادي**، البنى الحكائية، (في أدب الاطفال العربي الحديث)، عالم المعرفة، ط1، القاهرة، 2012م.
61. **نادية هناوي سعدون**، مقاربات في تجنيس الشعر، دار الفراهيدي للنشر والتوزيع، ط1، بغداد، 2011م.
62. **نجلاء محمد علي أحمد**، أدب الأطفال، دار المعرفة الجامعية، ط1، الإسكندرية، 2011م.

63. **نجلاء نصير بشور**، أدب الأطفال العرب، مركز دراسات الوحدة العربية، ط1، 2012م.

64. **هادي نعمان الهيتي**،

- ثقافة الأطفال، المجلس الوطني للثقافة والفنون والآداب، سلسلة عالم المعرفة، العدد 123، الكويت، 1988 م.
- صحافة الأطفال في العراق، وزارة الثقافة والفنون العراقية، دار الرشيد للنشر (سلسلة دراسات رقم: 176).

65. **هيفاء شرايحة**، أدب الأطفال ومكتباتهم، مركز هيا الثقافي، ط3، الأردن، 1990م.

66. **ياسر منجي**، جدلية الصورة الإلكترونية في السياق التفاعلي لتباريح رقمية، دار الفراهيدي للتوزيع والنشر، ط1، بغداد، 2010م.

67. **يمنى العيد**، تقنيات السرد الروائي في ضوء المنهج البنيوي، دار الفارابي، ط3، بيروت، د.ت.

68. **يوسف وغليسي**، النقد الجزائري المعاصر من اللانسونية إلى الألسنية، إصدارات رابطة إبداع الثقافية، د.ط، الجزائر، 2002م.

2. المعاجم:

1. **جيرالد برنس**، المصطلح السردي، ترجمة: عابد خزندار، المشروع القومي للترجمة (368)، المجلس الأعلى للثقافة، ط1، القاهرة، 2003م.
2. **محمد القاضي وآخرون**، معجم السرديات، مكتبة الندب المغربي، ط1، لبنان، 2010م.
3. **مروان العطية**، معجم المعاني الجامع، مركز إيوان للنشر والتوزيع، دار النوادر، القاهرة، 2012م.
4. **ابن منظور**، (لسان العرب)، دار صادر، ط1، بيروت، د.ت.
5. **لطيف زيتوني**، معجم مصطلحات نقد الرواية، مكتبة لبنان ناشرون، ودار النهار للنشر، ط1، لبنان، 2002م.

3. الرسائل الجامعية:

1. **حنان محمد سعيد الحلاق**، المرجعيات الثقافية لمصطلح الشعرية عند النقاد

العرب المعاصرين، (رسالة ماجستير)، غير منشورة، كلية الآداب والعلوم (مسار الأدب والنقد)، جامعة قطر، 2015م.

2. **طارق البكري**، مجلات الأطفال ودورها في بناء الشخصية الإسلامية، (رسالة دكتوراه غير منشورة)، جامعة الإمام الأوزعي، الكويت، أكتوبر 2003م.
3. **كلثوم زنينة**، النص الأدبي من الشفهية إلى الرقمية، (رسالة ماجستير غير منشورة)، إشراف: الدكتور عبد الملك بومنجل، قسم اللغة العربية (تخصص نقد)، كلية الآداب والعلوم الاجتماعية، جامعة فرحات عباس، سطيف، الجزائر، 2010م.
4. **نورة بنت أحمد معيض الغامدي**، قصص الأطفال لدى يعقوب اسحاق، (رسالة ماجستير غير منشورة)، (قسم اللغة العربية – شعبة الآداب)، جامعة أم القرى، مكة المكرمة، 2011م.

4. المجلات:

1. **خالد عزايزة**، المزاوجة بين القصة المكتوبة والقصة التلفزيونية المسموعة، مجلة صدى التربية، الناصرة، العدد 4، 2013م.
2. **رافد سالم سرحان شهاب**، أدب الأطفال في العالم العربي، (مفهومه، نشاطه، تطوره)، دراسة تحليلية، مجلة التقني، المجلد 26، العدد السادس، 2013 م.
3. **سهام الشجيري**، البناء الفني في القصيدة المتفاعلة الرقمية، مجلة الآطام، العدد (33)، السعودية، 2008م.
4. **كفاية الله همداني**، أدب الأطفال (دراسة فنية)، مجلة جامعة بنجاب لاهور، العدد السابع عشر، باكستان، 2010م.
5. **عبد التواب يوسف**،

- تاريخ أدب الطفل، مجلة الفيصل (مقال منشور)، العدد 292، السعودية، يناير 2001م. بالاشتراك مع حسين حسن حسين.
- دور أدب الطفل في تحقيق التنشئة الثقافية للأطفال وإعدادهم لعالم الغد، مجلة الفيصل، العدد (2– 3)، السعودية، 2001م.

6. **عبد الرحمن محمد التمارة،**

- الأدب الرقمي قراءة في كتاب الأدب الرقمي (أسئلة ثقافية وتأملات مفاهيمية لزهور كرام)، مجلة الملتقى العربي، المغرب، 2013م.
- مرجعيات بناء النص الروائي، دار ورد الأردنية للنشر والتوزيع، ط1، الأردن، 2013م.

7. **عبد الله أبو جلال،** الأطفال والتلفزيون، المجلة الجزائرية للاتصال، العدد 13، يناير 1996م.
8. **عمر الطالب،** قصص الأطفال في العراق بعد ثورة تموز، مجلة الجامعة، العدد 3، السنة العاشرة، العراق، كانون الأول (نوفمبر) 1979م.
9. **العيد جلولي،** مدخل الأدب التفاعلي، مجلة الأثر، كلية الآداب واللغات-جامعة قاصدي مرباح ورقلة، العدد 10، الجزائر.
10. **فايزة يخلف،** الأدب الإلكتروني وسجالات النص المعاصر، مجلة المخبر (أبحاث في اللغة والأدب الجزائري)، جامعة بسكرة، العدد التاسع، الجزائر، 2013م.
11. **فريق عمل مجلة الرافد،** ملامح من أدب الطفل في الإمارات، (مجلة الرافد)، دائرة الثقافة والإعلام، العدد 63، الشارقة، نوفمبر 2002م.
12. **قرة العين طاهرة،** أدب الأطفال العربي وتطوره، مجلة القسم العربي، جامعة بنجاب، العدد 22، لاهور، باكستان.
13. **محمد سعيد ناصر الغامدي،** المرجعية، مجلة جامعة أم القرى لعلوم الشريعة والدراسات الإسلامية، العدد 50، مكة.
14. **محمد عبد الهادي،** تاريخ أدب الأطفال في الجزائر والعالم العربي (بحث منشور)، مجلة المخبر العدد 3، (أبحاث في اللغة والأدب الجزائري- قسم الأدب العربي)، جامعة بسكرة، 2006م.
15. **مدثر حميد،** أدب الاطفال وتطوره، مجلة القسم العربي، جامعة بنجاب، العدد 22، لاهور باكستان، 2015 م.
16. **نشأت المصري،** مجلات الأطفال بين الواقع والمأمول، مجلة الفيصل (مقال منشور)، العدد 291، 2000م.

5. مراجع شبكة الإنترنت:

1. **أمل المفتاح،**

- فيلم، «سميكة» -amalalmuftah@hotmail.com

https://vimeo.com/200245855، كلمة المرور: Smicha.

- فيلم «قصة قصيرة»، كلمة المرور: فيلم الخليج،

https://vimeo.com/78477286)amalalmuftah@hotmail.com

2. **جاسم الرميحي،**

- فيلم «عامر»، (https://vimeo.com/197365736)، كلمة المرور:

فيلم الخليج: dohamiq2017 الاتصال: jassim.011@gmail.com.

3. **جميل حمداوي،**

- أدب الأطفال في البحرين، 2009م (الموقع: ديوان العرب).

http://diwanalarab.com/spip.php?article19408.

- أدب الأطفال في العراق (مقال منشور)، موقع ديوان العرب، 29-8-2009م.

http://www.diwanalarab.com/spip.php?article19249.

- الأدب الرقمي بين النظرية والتطبيق (نحو المقاربة الوسائطية)، اتحاد كتاب الإنترنت المغاربة (الكتاب الرقمي)، موقع شبكة الألوكة (www.alukah.net)، ط1، 2016م.

4. **حميدة عيسى الكواري، خلود العلي**، فيلم «الأحمر» الاتصال: halkawari@gmail. com، كلمة المرور: QFF17ELEVATE.

5. **سارة السعدي، ماريا أسامي، لطيفة آل درويش**، فيلم «بدر»، رابط الاتصال: Producer: لطيفة الدرويش L.a.m.90@windowslive.com.

6. **عائشة الجيدة**، نور النصر، فيلم «الأحلام التي بقيت»، سرد قصير/ قطر الرابط: https://vimeo.com/243647138، كلمة المرور: QFF1001DAYS، للاتصال، عائشة الجيده الجيداء @hotmail.com.

7. **علي علي سالم،**

- فيلم، «طيارة دانا -kite2016»

https://vimeo.com/234192859، للاتصال https://vimeo.com/234192859.

- فيلم (تشارلي)، https://vimeo.com/140667575 كلمة المرور، للاتصال: ali78salem@hotmail.com.

8. **ليندا عياش**، مؤسسة قطر تطلق مسلسل (سراج) التربوي باللغة العربية، مجلة هي، الشركة السعودية للأبحاث والنشر، دبي، الإمارات العربية، 2018م، https://www.hiamag.com/.
9. **الموقع الرسمي للمركز الثقافي للطفل**، قطر (http://www.ccc.org.qa/contact.asp).
10. الموقع الرسمي لمؤسسة قطر (التعليم قبل الجامعي)، https://www.qf.org.qa.
11. **موقع سراج**، مسلسل تربوي ثلاثي الأبعاد لتعلم الحروف الأبجدية، مؤسسة قطر للتربية والعلوم وتنمية المجتمع، الدوحة – قطر، 2018م، https://www.siraj.tv/.
12. **نور النصر**،
    - فيلم (الأحلام التي بقيت)، سرد قصير، للاتصال: نور النصر nouriko@hotmail.com، كلمة المرور dreams1986، https://vimeo.com/230276725.
    - فيلم (بطل ورسالة) للاتصال، nouriko@hotmail.com.
    - فيلم (رفع) https://vimeo.com/230276725، كلمة المرور: dreams1986.
13. **نورة حمد**، قراءة ثقافية لتمثيلات المرأة في الحكاية الشعبية القطرية http://rafatalbait.blogspot.com.eg.
14. **هشام أيت علا موسى، وآخرون**، جماليات السرد الرقمي (حلقة نقاشية في مختبر السرديات بالدار البيضاء) بالتعاون مع مجموعة (سيما) للبحوث السيميائية بجامعة (معسكر) بالجزائر، 21مارس 2014م موقع ديوان العرب، http://www.diwanalarab.com.
15. **هيئة التحرير، مؤسسة قطر** تطلق مسلسل (سراج) التربوي الترفيهي للأطفال، مطبوعات مؤسسة قطر، 5 نوفمبر 2016م. https://www.qf.org.qa/.
16. **هيئة متاحف قطر**، نشرة دورية تصدر عن كتارا http://www.katara.net/ar/Communities/qm-gallery-katara.
17. A J. **آل ثاني**، الفيلم (الضربات)، كلمة المرور: دونابوكس، الاتصال: ajalthani8@gmail.com https://vimeo.com/209328504

6. الصحف:

1. **تهاني صلاح**، ألف ليلة وليلة (مقال منشور) عن كتاب الأسبوع ألف ليلة وليلة، جريدة الأهرام، العدد 46972، مصر.
2. **جميل حمداوي**، أدب الطفل في دولة الإمارات العربية المتحدة، جريدة دنيا الوطن، الإمارات (دبي)، 29 أغسطس 2009م.
3. **سمر روحي الفيصل**، الثقافة العربية والترجمة (مقال منشور)، جريدة الشرق الأوسط، العدد 8083، 14 يناير 2001 م.
4. **علي عبد القادر الحمادي**، أدب الأطفال في دولة الإمارات العربية، صحيفة الاتحاد (مقال منشور)، 13 يوليو 2010م.
5. **عياش يحياوي**، أدب الاطفال وبوادره في الجزائر، جريدة الشعب، العدد 10228، الجزائر، 1993م.
6. **مفتاح دياب**، ملحق الخليج الثقافي، واقع ترجمة أدب الطفل في الوطن العربي، مركز الخليج للدراسات، صحيفة الخليج، 21 أغسطس، 2017م.
7. **نجلاء علام**، إصدارات العالم العربي لمجلات الأطفال في 130 عامًا، صحيفة الوسط، العدد 853، يناير 2005 م.